「師父」與「徒弟們」——

艾米莉亞 Emilia
諾艾兒 Noel
天狼星一家人平穩的日常——

雷烏斯 Reus
天狼星 Sirius
艾莉娜 Erina

「太嫩了。」
想躲開預測得到的攻勢易如反掌。
他偶爾會使出大動作的攻擊，
我便趁這個機會反擊。

ネコ光一
1
Illustration
Nardack
WORLD
異世界式教育特務
TEACHER

# CONTENTS



Illust：Nardack

# 《過去最強的男人》

黑髮少年在陰暗的迷宮內奔跑。

學校制服的斗篷飛揚於空中，他一心一意向前狂奔，前方卻出現無數敵人阻擋他的去路。

然而，少年沒有駐足。他從敵人頭上跳過去，或是打倒他們，不斷在迷宮中奔跑，一找到樓梯就飛也似的衝下去。

少年之所以會這麼急……全是為了守護心愛的徒弟們。

接著，他終於抵達最下層，但按照迷宮的構造，不沿牆壁繞一大圈就無法抵達目的地。

少年迅速判斷這樣會來不及，手指朝牆壁一指，使出他自己發明的魔法。

從指尖釋放出的魔法在牆上開了個大洞，少年便從那個洞衝向目的地。
映入眼簾的景象……是被人喚作殺人鬼的男人們，正在攻擊他珍視的三位徒弟。
其中一名男性獸人準備給受傷倒地的弟子最後一擊，因此少年立刻介入其中。
看到少年突然出現，獸人大吃一驚，不過，他仍然反射性揮拳攻擊少年。
正常人要是被那以驚人之速襲來的拳頭擊中，八成會受到致命傷。
但少年輕鬆閃過拳頭，還回敬一腳把獸人踢飛。
他一邊警戒其他敵人，一邊擋在徒弟們身前保護他們。
「天狼星少爺……」
少年聽見呼喚回過頭，擁有一頭連在昏暗迷宮內都顯得燦爛奪目的銀髮，以及一對狼耳的少女——艾米莉亞看著他，眼神充滿希望。
「艾米莉亞，妳沒事吧？」
「……是的。」
可是，艾米莉亞倒在地上，無法動彈的樣子，不曉得是不是敵人的攻擊害她意識不清。
「天狼星同學……你來了呀……」
「這不是當然的嗎？」
旁邊是他在學校認識的、藍髮清澈如水的少女，她臉色蒼白癱坐在地，一看到少年就放心得流下眼淚。

「大……哥……」

「雷烏斯。幹得好，撐到了現在。」

接著是為了保護兩名少女，拚命戰鬥至今的少年。

狼耳從銀色短髮冒出來，看起來活潑調皮的少年——雷烏斯遍體鱗傷，倒在艾米莉亞身旁。

他的臉龐因瘀血和淚水令人不忍卒睹，不過雷烏斯出神地望著他崇拜的少年背影，連身上傳來的痛楚都拋諸腦後。

「我……很努力喔……」

「嗯，之後就交給我吧。等你醒來時就全都結束了。」

「……嗯。」

少年瞪著眼前的敵人大聲宣言，回應徒弟們的期待。

「我不會……再讓你們碰我心愛的徒弟一根寒毛！」

他踏出一步，心中因重要的徒弟受到傷害，燃起熊熊怒火。

……事情發生在不久後的未來。

這是過去被喚為最強特務的男人轉生到異世界，以一位教師的身分顯姓揚名的其中一道軌跡。

# 《序章》

『——……了——……——情況……回答我！』

堪稱某國大陸中心的中央摩天大樓社長室。

用大理石地板和高價飾品裝潢的房間，如今化為令人不敢直視的地獄。

牆壁和地板被炸彈和子彈炸碎，裝飾品全都變成沒有價值的破銅爛鐵。

以及地上無數的……屍體。

屍體的額頭全都被子彈貫穿，怎麼看都不可能活下來。

其中只有一個人在動。

是一名全身上下都被薄如緊身衣的防護衣包覆住的男人。

趴在地上的男人試圖站起來，卻因為無力支撐身體，摔倒了無數次。男人決定放棄起身，爬向前方，靠在附近的牆壁上喘了口氣，開啟戴在耳朵上的耳機型通信器。

「……聽到了啦，這邊是……代號・Axel。」

『你沒事吧!?快報告狀況！』

在無數的屍體中，只有一具屍體身上的衣服明顯比較高級。

不只是額頭，那具屍體全身都被無數子彈貫穿，因炸彈的餘波變得有點看不出人形。那人是這棟大樓的主人，也是男人的目標。

「目標……我解決掉了。剩下就是要……咳咳！善後……吧？」

『等等！那是最後的手段吧。你趕快逃出來！』

「哈、哈哈……不可能啦。」

男人看著自己的身體。

腹部中了好幾發子彈，左腳膝蓋以下的部分全沒了。左手也幾乎沒有知覺，連講話都痛苦不堪，完美體現「體無完膚」一詞。

他用唯一能動的右手從口袋拿出小型機器，解除安全裝置。

那是炸彈引爆裝置。只要引爆設置在大樓內的無數炸彈，這棟大樓絕對會崩塌——帶著身在其中無法動彈的男人。

『我馬上派人過去！喂，直升機準備好了沒！上頭的許可？那之後再說！』

戰友的指示從通信機傳出，然而，已經沒時間了。

在男人準備開口阻止戰友的瞬間，他透過通信機聽見用力開門的聲音。

『『老師————！』』

是男人培育的徒弟們。

『老師，請您不要放棄！』

『我們還有很多事想請您指導啊！』

『老師！老師……爸、爸爸……！爸爸！』

執行作戰前他應該已經說服徒弟們，不過得知恩師現在的處境，他們似乎忍不住了。男人開始擔心徒弟們心智還不夠成熟，但他們的愛又讓男人心裡湧現一絲喜悅。

身為他們的老師，最後有句話得告訴他們。男人如此心想，擠出力氣發號施令。

「整隊！」

『『『!?是！』』』

大概是他教育的成果吧，前一刻還驚慌失措的徒弟們整齊地回應。

「你們應該知道……我想說什麼吧……？」

『『『不要停下腳步！』』』

「那就好……你們……沒問題的。要帶著自信……活下去。」

『『『……是！』』』

徒弟們的聲音帶著哭腔，男人想到他們八成在號啕大哭，不禁笑了出來。

「抱歉……我的徒弟給你添麻煩了……」

『這是他們應有的權利。還有……真的沒辦法逃出來嗎？』

「你應該早就知道……會演變成……這個情況了吧？」

『……………嗯。』

戰友的聲音聽起來像拚命把煩惱、糾結壓在心底，才好不容易擠出來的。

「我有……留下東西……在這世上。我可以……笑著死去了。」

『……之後就全部交給我吧。』

「麻煩你了。能跟你……一同奮戰……我很……高興。」

『那是我該說的話。』

通話中斷，男人握緊引爆裝置，將手指伸向開關。

由於失血過多，男人的意識有些模糊，不過唯有作戰成功一事，他能清楚理解。

男人想託付的事物全都託付了，剩下一件工作要做。

他用最後的力氣……按下開關。

細微爆炸聲傳入耳中。接著，爆炸聲越來越大，天花板終於開始崩落。

男人最後看見的景象……是從天而降的瓦礫。

然後，男人他……

雖然自己這麼說有點那個，我認為我的人生充滿波折。

以訓練為名的拷問、像要去散步一樣被帶到各國動盪不安的地區。每天都過著與「普通」兩字遙不可及的刺激生活。

隨著時間過去，我當上「第三十七特殊工作員」……即所謂在見不得光的地方從事危險任務，以此維生的特務。

在那裡我遇見了同伴，被他的志氣吸引，與他並肩作戰。

我在這個隨時有可能喪命的世界生存下來，於年過五十時退休，負責教育後進。教人並不簡單，不過發現栽培徒弟的樂趣後，我每一天都過得很充實。

在我度過充實生活的期間，某地下組織在暗地制定可能會顛覆世界的計畫。

我們的組織發現對方的企圖，決定將其殲滅，然而該組織過於龐大，必須慎選人選，上頭便派過去擁有最強稱號的我前去暗殺。

我是個退休的大叔，萬一送命也不會有什麼損失……這個殘酷決定很有組織的風格，不過其中明顯包含其他意圖。

恐怕是有人看退休後還是有一定程度發言力的我不順眼。

我的戰友堅決反對，說這怎麼看都是陰謀，但我沒有拒絕。因為如果我成功解決目標，上頭答應會讓我的戰友升職。

我做好萬全準備，執行任務……卻失去了性命。

講了一長串，簡單地說就是我的人生和一般人大相逕庭。我去世時已經過了六十歲，自認不會輕易失去冷靜，現在這個狀況卻令我難掩驚慌。

「啊嗚——！」

為什麼我變成嬰兒了！

我想這麼吶喊，可是不曉得是不是這嬰兒的身體聲帶還沒發育完全，我沒辦法講出自己想講的話。小到驚人的四肢，以及明明屬於自己卻無法隨心所欲行動的身體。我本來覺得自己慣於面對超出常識範圍的事態，不過這也太超乎預料了。

我心想「總之先冷靜下來吧」，試圖恢復鎮定時，忽然一道影子落在我臉上。

「——……——……？」

好像有人來看我，對我說了些什麼，然而尚未發育完全的眼睛和耳朵看不清對方，也聽不太清楚聲音，所以我不知道對方在講什麼。

對方看來沒有敵意，首先該冷靜整理狀況。切換心態時要迅速、冷靜且準確……就來回顧一下記憶吧。

我在臨死前成功解決掉目標，自己也受了致命傷。

憑這具負傷的身軀不可能逃出，因此我選擇和建築物一同炸毀，順便湮滅證據。我還記得被掉下來的瓦礫砸到的感覺。

之後我便失去意識，醒過來時已變成一名嬰兒。

這是俗稱的投胎轉世嗎……我為何會擁有自我意識和記憶？

死後記憶和靈魂會被淨化，以一無所知的純白狀態重生，這才是投胎不是？

而且我明明想得起自己的人生歷程，卻不記得過去的戰友和徒弟們的名字及長相。

缺了一角的記憶、無法獲得情報的狀況、嬰兒的身體。

怎麼想都得不出答案，也沒人會告訴我。

我判斷繼續煩惱也沒意義，停止思考，這時眼前的人把我抱起來，開始哼歌。

雖然這對眼睛看不清楚，只要靠近一點還是能隱約看見東西，因此我試著觀察面前這個人。

白髮綁在腦後，臉上皺紋很多，散發出沉著冷靜的氣息，我想她應該是名頗為年長的女性，但從客觀角度來看，這人是個美女。若是死前的我，說不定會約她喝杯酒。

然而不知為何，她穿著女僕裝。以角色扮演來說這衣服材質太好，所以她應該是真正的女僕吧。意思是，這裡是外國嗎？

在我心不在焉地思考的期間，她也溫柔安撫著我，唱起疑似搖籃曲的歌。內容我仍然聽不懂，不過她看著我的慈愛眼神，以及從她口中傳出的輕柔旋律，使我意識開始逐漸模糊。

必須思考的事情有很多，但我無法抗拒這舒適的感覺，墜入夢鄉。

※　※　※　※　※

醒來後過了一個月，我所知的世界還是只有這間房間。

大小約三坪，房內只有我躺著的這張附圍欄的床，以及桌子和衣櫃，連本書都沒有，用一句「單調冷清」就能形容。

棉被觸感也有點差，讓我覺得這裡挺落後的。

嬰兒的工作就是吃和睡，在吃飽就睡醒了再吃的循環下，我的身體順利成長。

本來只看得見模糊景象的眼睛變得能看到遠處，聽起來像從故障的音響傳出的聲音，也變得清晰可聞。

身體也多少能動一下，可是能量消耗得非常快，馬上就會肚子餓。

平常那人都會在精準到讓我懷疑她是不是在監視我的時機過來餵我，今天卻遲遲沒出現。

在我心想「我醒來後從來沒哭過，今天就來哭一下吧」的時候，房門打開，照顧我的白髮女僕走了進來。

「──……──」

……嗯，還是一樣聽不懂她在講什麼。

聲音聽得清楚，語言完全不通。

前世我因為工作的關係到過世界各地，懂很多外文，她講的語言我卻從未聽過。只要聽她講的話，我遲早會學會這種語言，所以現在就先吃飯吧，反正憑嬰兒的身體也沒辦法仔細調查。

這時，我發現白髮女僕身後有一名和她穿著同款女僕裝的少女。

白髮女僕不顧疑惑的我，面帶一如往常的慈愛笑容，把盛了食物的湯匙送到我嘴邊。正常來說餵嬰兒應該是用奶瓶吧……算了。我張開嘴巴，吞下食物。

「──」

我想她大概是在示範給另一位女僕看。白髮女僕只餵我吃了兩口就把食物交給少女，離開房間。

少女帶著滿臉笑容走過來時，我發現有個地方明顯不太對勁。

為什麼這名少女長了對貓耳？

她是個把紅髮綁成馬尾的可愛女孩，我實在很在意她頭上的貓耳。前世確實有這種店員會戴貓耳的角色扮演咖啡廳，但無論我怎麼看，那對貓耳都像真的一樣動來動去。

在我愣愣看著貓耳時，少女把湯匙遞了過來。

儘管還有一堆為何不用奶瓶之類的疑惑未解，我現在肚子很餓，便決定先吃飯。

「──……！──」

不知道為什麼，少女每餵我吃一口都會扭動身軀，看起來很高興的樣子，吃完飯後也只是笑著一直看我。

莫非妳對可愛的東西沒抵抗力？不過這裡沒有鏡子，我也不知道我長得可不可愛。

話說回來……那貓耳是真的嗎？

我伸手表示想摸那對貓耳，少女卻只是喜孜孜地抓住我的手指。

重複好幾次同樣的動作後，少女似乎終於明白我的用意，將頭湊近讓我摸她的貓耳。

嗯……耳朵有人體的溫度，確實是從頭部長出來的。

除此之外，少女臀部還有一條貓尾巴，這孩子真的是人類嗎？

「——！——……」

在我為怎麼看都絲毫不假的貓耳和尾巴感到驚訝時，少女彷彿突然想到什麼，拍了下手閉起眼睛，然後豎起食指，開始喃喃自語。

「——！」

最後在她氣勢十足地吶喊的瞬間……少女指尖出現一顆火球。

等一下，她是從哪變出那顆火球的？

是魔術嗎……可是她兩手空空，再說火焰又不是能變成漂亮球體浮在空中的東西。

「——……——！」

少女沒有理會因這超出常理的現象目瞪口呆的我，動動手指，火球便開始在房間裡面飛來飛去，因此我確信這不是魔術。

這是所謂的……魔法嗎？

「——？」

在我如此心想的同時，白髮女僕回來了，她一看到在天上亂飛的火球，就拍拍少女的肩膀揚起嘴角。少女感應到這抹笑容底下的怒氣，冷汗直冒拚命道歉。不知不覺，火球也消失了。

真正的貓耳，以及憑空生出火焰的魔法。

運用科學技術分析全世界的我的前世，並不存在這些事物。

親眼目睹此情此景，我只得面對我一直下意識逃避的現實。

這裡絕對不是地球……

※　※　※　※　※

我承認自己的所在地不在地球上後，過了三個月。

我的頭部已經能自由活動，也可以用爬行的方式移動。

現在我每天都會趁女僕不在時爬出床外，專心收集周遭的情報。

然後加深對現狀的理解，再度確信此處不是地球。

這裡存在「魔法」這種非科學現象，所以應該稱它為異世界吧。

由於工作因素，我還以為我死後肯定會下地獄，想不到竟然會投胎到異世界。

我都已經死過一次了，還是摸不透人生。

若要用我前世的世界來譬喻這個世界的文明等級，應該最接近中世紀的歐洲。

電器產品當然不存在，光是點一盞燈都得用蠟燭，但是有魔法可以用，所以也沒那麼不方便。

今天我也打算偷偷爬出房間，想看看會不會有什麼新發現，不過吃飯時間快到了，我便乖乖回到床上。

「來，吃飯囉。我會把你餵得飽飽的。啊——」

最近我終於能理解本來聽不懂的語言。

雖然嬰兒成長速度很快也是原因之一，我想幫了最多忙的就是這個貓耳女僕。這女孩非常多話，會一直喋喋不休和我說話，因此我自然而然就學會這種語言。聽得懂人家在講什麼後，當然也會知道自己的名字。

天狼星……這就是我的新名字。

儘管真相未明，我就這樣獲得重生了。前世的名字已經想不起來，但我既然擁有自我意識，就想以「天狼星」的身分好好活下去。

「餵完了嗎？」

白髮女僕……更正，艾莉娜也過來看看情況。

我不曉得她的詳細年齡，只知道她有一定年紀，今天也完美無缺地展現專業女僕的風範。

「餵完了。是說天狼星少爺吃得好乾淨唷。餵嬰兒吃飯明明應該更累人的說。」

「天狼星少爺是特別的。他將來一定會成為大人物。」

她是很專業沒錯……卻有點像過度溺愛兒子的笨媽媽。

我一開始以為艾莉娜是我的母親，然而聽她們的對話，這兩人似乎把我當上位者對待，所以應該是我誤會了。因此，用笨媽媽來譬喻有點奇怪，但她看我時的眼神就像在看自己的兒子一樣，說她是笨媽媽我認為也沒錯。

「確實，他好像聽得懂我在說什麼。啊啊，天狼星少爺真的好可愛。」

陶醉地看著我的貓耳女僕叫諾艾兒，年齡我想差不多十三歲。

跟在艾莉娜身邊學習的她，身上還殘留著與年紀相符的稚氣。

「他什麼時候會開口叫我姊姊呢？不，叫『姊姊大人』也不錯……」

還有，她有點脫線。

「叫什麼都可以，之後麻煩妳打掃囉。」

「知道了！」

諾艾兒精力十足地回應，艾莉娜則溫柔把我抱起來，轉身離開房間。

她走到門前，帶重生後從來沒有出過家門的我來到戶外。不曉得這個世界有沒有四季變化，不過外面太陽又大又溫暖，感覺很適合睡午覺。

「今天很暖和呢。我們到外面散散步吧。」

艾莉娜抱著我，在宅邸附近慢慢走動。

順帶一提，這棟房子從外觀看來是很高級的兩層樓木造建築。

裡面有六個房間，我想比一般家庭大一點。她們都叫我「天狼星少爺」，所以我以為我應該是個上流貴族，住在更豪華的房子……難道是我誤會了？

這裡的庭院非常大，隨處可見的菜園和樹木被照顧得很好。

然而這棟房子四周都是森林，我完全沒看到其他住宅。只有一條路通往疑似正門的地方，使我覺得這裡是光用鄉下還不足以形容的邊境。

在我沉浸於思考中的時候，一隻頭上長角的紅色兔子從附近的草叢跳出來。

「天狼星少爺，那是角兔。牠性格膽小，不過是魔物的一種，不可以靠近唷。」

知道有魔法存在時我就已經預料到了，這個世界果然有魔物嗎？

搞不好還會有龍這種在前世的故事中常常出現的生物，看來為了活下去，我最好開始鍛鍊身體。

可是，突然表現得不像是個嬰兒也怪怪的。

所以先讓她們看看我一下就會學會爬行，實際感受我發育得有多快，之後她們對我異常的成長速度或許就比較不會起疑。

理想情況是近期用雙腳走路給她們看，一個月後就算我到處亂跑她們也會笑著守護。

「……艾莉娜小姐。」

「哎呀，枝葉都修剪好了？」

「是的。」

我回頭望向聲音來源，一名青年身穿有點髒掉的工作服，拿著園藝剪從樹叢間走出。

少年有一頭茶色短髮和目光銳利的雙眼，身高也很高，散發出有點難以親近的氛圍。如果是第一次見到他的人，應該會猶豫該不該和他說話吧。

「亞普結果了。晚餐我會端出來。」

「這樣呀。諾艾兒很喜歡吃亞普，想必她會高興得跳起來。」

「嗯。」

青年話講得少，態度冷淡，不曉得是不是不擅長與人交談。他從剛剛到現在表情都沒變過，若是在我的前世，一定會被診斷為社交障礙。

艾莉娜大概是知道我在觀察他，為我介紹面前這名青年。

「天狼星少爺，他叫迪馬斯，是家裡的廚師唷。」

「艾莉娜小姐，嬰兒恐怕聽不懂吧。」

「或許如此，但少爺可是我們的主人，不好好介紹怎麼行。來，你也自我介紹一下。」

「瞭解。天狼星少爺，請您喚我『迪』就行。」

「唔啊——」

「!?」

迪似乎沒想到我會回應，表情產生一點變化。

不知為何，雖然這沒什麼意義，我有種勝利的感覺。

「……少爺將來會大有可為。」

「嗯，我也這麼覺得。」

兩人視線都集中在我身上。我還沒定好明確目標，但要是問我對將來的打算……我應該會回答「我會鍛鍊身體，以免遇到危險」。

是說，為何我還沒看到與我的未來關係最為密切的人？

我有意識後從來沒看過他們，這世界也沒有照片這種東西，因此我連他們長什麼樣子都不知道。我身邊這些人並不會提到這話題，所以我都假裝沒發現，不過……我的父母到底在哪裡？

前世的我並不知道自己的雙親是誰。

因為我從懂事時開始就住在育幼院，爸媽的臉和名字都不知道，就這樣長大成人。

之後那家育幼院也被恐怖分子破壞，倖存下來的我被人撿了回去，那人卻是個不會對小孩灌注愛情，只會鍛鍊我的笨拙的人。

我自己也想變強，就一直接受我喚作「師父」的那個人的鍛鍊，從未嘗過愛情的滋味。

我之所以能在殘酷的特務世界中存活好幾十年，肯定是拜師父所賜。

哎……由於這些經歷，前世的我不曉得爸媽是什麼人。

轉世投胎後依然如此。

看來我註定與雙親無緣，但我已是精神年齡超過六十的老爺爺，現在的我也有養育我的艾莉娜她們在，所以並不寂寞。

※　※　※　※　※

在那之後過了半年。

今天我也趁女僕不注意時，做每天都要做的運動。

說是運動，其實比較接近把手腳抬高的暖身操。用嬰兒的身體亂搞會造成致命的傷害，因此我的訓練都會配合身體狀況。

這個訓練法在出生沒滿一年時我就已經想好，只要按照計畫訓練，應該能得到不輸給任何人的強壯身體與精神力。

這計畫非常亂來，但想出它的人可是我師父。

『我在成為戰士前，絕對會被師父你殺掉。』
『唔，這是所謂的……求生不得求死能。』
『那不就是只能去死了嗎？』

師父曾經高興地與我分享他取了「出生就開始實行的地獄訓練」這種沒品味名字的計畫。想不到那竟然會用在我身上。

訓練內容嚴格到不行，可是還在合理範圍內，我便依照自己的情況做了些修改。

儘管過程十分艱辛，嬰兒成長速度很快，每過一天都能感覺到自己有所成長，還挺愉快的。

前幾天我爬給大家看了。

諾艾兒看到我爬的瞬間，豎起耳朵和尾巴衝去找艾莉娜的模樣很有趣。我在所有人面前再爬一次後，艾莉娜高興得跳起來。

她平常不太會喝酒，那一天晚餐卻開了紅酒喝，開心地發起酒瘋。她的笨媽媽等級也日漸上升。

※　※　※　※　※

出生一年後。

我的身體順利成長。每日運動也變成伏地挺身和仰臥起坐等鍛鍊肌肉用的，差不多該跑步加強耐力了。走給大家看的日子不遠矣。

「來～天狼星少爺。今天也請您好好欣賞——」

諾艾兒還是一樣吊兒郎當。

艾莉娜明明會罵她用魔法很危險，她還是會用給我看，或許是覺得我的反應很有趣吧。總有一天我也想學習用魔法，所以我很感謝她就是了。

「吾在此祈願。解讀火之理，令火神使者在此現形……『火焰』。」

詠唱使用魔法必須朗誦的咒文後，火球便會憑空出現，不管看幾次都很不可思議。

「呵呵呵，這樣我這個姊姊的地位就穩固囉。雖然其他魔法我都不太會用。」

等等，這位小姐，妳不小心講出真心話囉。不過在精神年齡是個大叔的我眼中，她就像拚命踮腳的小孩子一樣可愛。

結果自不用說，艾莉娜發現諾艾兒偷用魔法，罵了她一頓。

隔天起床練完肌肉後，我決定挑戰用魔法。

關於魔法的情報，我只知道諾艾兒用給我看的那個，所以我試著和她詠唱同樣的咒文……毫無反應。

是集中力不夠嗎？還是其他要素？

我試了一陣子……什麼事都沒發生。

沒辦法，等我會講話後再問問諾艾兒吧。要是她告訴我「您沒有魔法才能」就慘了。

吃完午餐，艾莉娜和諾艾兒在織東西，我決定執行那個作戰計畫。

「艾莉娜小姐，天狼星少爺在看這邊耶？」

「對呀。是對織東西有興趣嗎？」

「艾一——」

「!?」

艾莉娜手中的棒針掉到地上。

「……天狼星少爺。再一次……請您再說一次。」

「艾一啊——」

「啊啊……啊啊……」

她感動得哭了！

諾艾兒在旁邊指著自己大叫：

「天狼星少爺！我也、我也要！諾艾兒諾艾兒！諾・艾・兒！」

妳是多希望我叫妳名字？

如果我叫的是迪應該會很有趣，但她感覺會發自內心難過，我就叫一下吧。

「握艾額——」

「呀——！天狼星少爺，這次請您叫我姊姊！」

妳在趁亂說些什麼啊。

再讓她稱心如意會很煩，無視她好了。

「迪——」

「……是。」

迪還是老樣子表情缺乏變化，不過他嘴角微微揚起，似乎挺高興的。

然而，我的作戰還沒結束。我雙腳使力站了起來，慢慢朝擦著眼淚的艾莉娜踏出一步。

「天、天狼星少爺!?莫非您……」

「少爺在走路！天狼星少爺在走路！」

我已經可以自由行走，可是一下就能好好走路也滿詭異的，所以我會不時假裝站不穩。儘管只有五步，我一走到展開雙臂等著我的艾莉娜身邊，艾莉娜和諾艾兒就從兩旁用力抱住我，差點把我壓扁。

「太棒了，天狼星少爺！我感到十分驕傲。」

「天才！天狼星少爺絕對是天才！」

我被欣喜若狂的兩人揉來揉去，有點痛。感覺會幫我阻止她們的迪也留下一句「今天要做一頓大餐慶祝」跑去準備晚餐了。雖然這樣或許有點做過頭，這也是我為未來布的局。現在就乖乖接受她們的擁抱吧。

當晚，大家費了好一番工夫安撫狂灌紅酒的艾莉娜。

隔天我也走了一下，結果跟昨天一樣被緊緊抱住，大肆讚揚。

我覺得，這些人會接受我異常的成長速度。

問題是魔法，我的前世並不存在魔法，因此我完全不知道該從何著手。雖然只有隻字片語，我已經可以在他們面前說話，所以我打算問諾艾兒看看。

「今天我來用其他魔法給您看。呃，我記得是……這個魔法就不危險了。」

今天諾艾兒也很有精神，手上拿著一本《初級魔法教學》。幹得好，諾艾兒，我就是想要那個。

我指著書用肢體語言叫她讓我看，諾艾兒很快就注意到了。

「咦？您對這本書有興趣嗎？嗯……等我一下唷。」

她走出房間，大概是去徵求艾莉娜的許可。

以前她都沒在管這些，而是直接秀給我看，是多少有些成長了嗎？

在我為諾艾兒的成長感動之時，她帶著笑容回來，看來是得到許可了。

為了讓我比較好看到書的內容，她抱我坐在她的大腿上，打開書本。

好不容易等到這個瞬間，我卻忘了自己看不懂字。諾艾兒會把書上的字念給我聽，所以勉強能瞭解內容，但我還是必須早點學會看字。

「呃──魔法是原初之理。儘管這是個尚未解明的現象，魔法是能夠造福所有人的萬能存在……書上是這樣寫的。搞不懂這在講什麼。」

雖然連字都看不懂的我沒資格這麼說，不要帶著滿面笑容講出這種話好嗎？妳好歹會用那個叫魔法的東西，給我做點努力理解它啦。

在我傻眼的期間，諾艾兒念出接下來的文字給我聽，然而這本書的作者寫法非常迂迴，再加上看不懂字，實在不好理解。

來整理一下我理解的資訊好了。

魔法是指運用充斥於全世界的魔力所引發的現象。

魔力雖然無法用肉眼看見，卻存在於各個角落，我們人類體內也存在魔力。

運用體內魔力像諾艾兒那樣製造出火球，就是一般人說的魔法。

除了自己使用，在地面或物體上畫出特殊的魔法陣注入魔力，好像也能發動魔法。

可是用魔法陣發動的魔法強度較低，主要是拿來用在日常用品上，例如畫在便於使用的紙或布上，晚上點燈或點燃爐火用。

上頭畫著魔法陣的道具叫「魔導具」。

其他還有向人們稱之為「精靈」的存在借力量發動的「精靈魔法」。

精靈魔法與一般的魔法不同，極為強力，但精靈平常看不見也摸不到。精靈似乎只會在他喜歡的人面前現身，可是沒人知道怎麼樣才能被精靈喜歡上，因此會用精靈魔法的人十分罕見。

還有，使用魔法時需要像諾艾兒一樣念咒，藉此提升體內魔力，然後再念出魔法名稱，魔法就會發動。

順帶一提，諾艾兒用的「火焰」是火屬性初級魔法，書上也有它的咒文。

想當然耳，使用魔法自己的魔力會跟著減少，逐漸感到疲勞，最後甚至可能昏倒送命。

每個人體內的魔力量出生時就看得出差距，即使想要提升魔力量，成長率也不怎麼高。

提升魔力量的方式是把魔力用到見底再等它回復，如此反覆，和鍛鍊肌肉一樣，但魔力可能得花上一整天才會回復，所以效率非常差。

根據書上記載的案例，花了半年才好不容易增加一次魔法使用次數，我看這部分的訓練等有空出來的時間再做或許會比較好。

我想，既然自己的魔力很少，依靠外界的魔力不就得了？

大氣中充滿魔力，只要使用它們就行。

但這本書說人類的魔力與大氣中的魔力有如白與黑，本質不同，不經過轉換就不能使用。

轉換也得耗費魔力，所以兩者會正負相抵，用出來的魔法威力不會大到哪去……的樣子。

與自身的魔力量同樣重要的是「屬性」。

這也是出生就決定好了，屬性一輩子都無法改變。

諾艾兒主要使用的魔法是「火焰」，可以得知她的屬性是火。

屬性是火比較會用火屬魔法，屬性是水比較會用水屬魔法，只要知道自己的屬性，魔法路線自然也會確立。

其他屬性的魔法好像也不是不能用，不過書上說威力會大幅下降。

念完屬性部分後，諾艾兒闔上書本。

看來已經過了一段時間，大概是因為我聽得很認真吧。

「呼……今天就先看到這吧。我也累了。」

「辛苦了，諾艾兒。我泡了茶，要不要休息一下？」

「艾莉娜小姐!?」

我回頭一看，面帶溫和笑容的艾莉娜端了紅茶過來。

雖說我沉浸在書中，竟然能不被我察覺到……好本事。

「妳去休息吧，少爺交給我來顧。」

「謝謝您。來，天狼星少爺，要換地方囉。」

艾莉娜接過我後把我放到腿上，摸著我的頭拿起書。

「天狼星少爺真用功。我想他一定很快就能學會魔法。」

「啊哈哈，怎麼可能。光是初級都不好學了，少爺可是連字都還看不懂唷？」

「也是。不過，我不禁覺得如果是天狼星少爺一定辦得到。」

「嗯——少爺確實非常聰明。就算這樣，還是得再等幾年吧。」

嗯……既然妳們都這麼說了，我也得回應期待。

首先要學會看字才行。

「對了，艾莉娜小姐。您覺得天狼星少爺的屬性是什麼？」

「這個嘛……來調查看看好了。可以幫我把那個魔導具拿過來嗎？」

「瞭解。我立刻去拿。」

諾艾兒應聲後拿來的魔導具，是個上面畫著複雜圖案的坐墊，中央放了顆像水晶的石頭。

這個圖案恐怕就是書上說的魔法陣。

「嗯——灌注魔力啟動它……準備好了。」

「那麼天狼星少爺，請您把手放在這裡。」

那本書有搭配插圖介紹這個魔導具，好像是等它啟動後把手放上去，水晶就會按照那個人的屬性發出四色光芒。

我有點緊張，把手放上去，水晶便開始散發感覺隨時都會消失的白光。

「艾莉娜小姐，這……」

「怎麼會……竟然是……」

諾艾兒把納悶的我晾在一旁，從旁伸手碰觸魔導具。

接著水晶就開始綻放紅光，諾艾兒確認那個光芒比我觸摸時還強烈後，肩膀瞬間垂下，嘆了口氣。

「看來它沒有壞。天狼星少爺……是無色。」

為什麼呢？這個詞和她們的反應，讓我有種不好的預感。

我疑惑地看著失望的兩人，這時艾莉娜突然眼眶泛淚，用力抱住我。

「我……我無論如何都會站在您這邊。」

「我也是！」

所以無色到底是怎樣？

我因為不能提問感到焦慮，她們倆則比平常還要關心我。

※ ※ ※ ※ ※

在得知我的屬性為「無色」的數個月後……

除了艾莉娜她們越來越疼我外，沒遇到什麼問題。

在那之後，我請艾莉娜和諾艾兒念各式各樣的書給我聽，學會這裡的文字，不用借助他人之力也能看書。

才出生一年沒多久就看得懂書，只能說很詭異，艾莉娜卻驕傲地說我是天才，不停拿新書給我看。

她的笨媽媽性格會解決一切，我便不客氣地一直看書，得知許多資訊。

如我所料，這個世界的文明在前世接近中世紀，然後再加上魔法的存在。

沒有所謂的科學，以鍊金術為主流，因此這個世界很接近常拿來當故事舞臺的「劍與魔法的世界」。

儘管每塊大陸情況不同，四季變化似乎是存在的，一年有三百六十天。

社會制度是由貴族和平民構成的階級社會，有像諾艾兒一樣的各種種族，是個存在凶暴魔獸的危險世界，所以比前世還要容易喪命。

為了在如此危險的世界生存下來，必須盡快鍛鍊身體和魔法。

然而……我在魔法這關遇到了瓶頸。

《初級魔法教學》中不只有介紹判斷屬性的魔導具，還有說明屬性顏色的差異。「火」是紅色，「水」是藍色，「風」是綠色，「土」是黃色。

以及我的無色……就是沒有顏色。

也就是說，我沒有屬性。

沒有屬性代表的不是「無色就是萬能」這麼好的事，而是對所有屬性都不擅長。

啟動魔導具與屬性無關，因此只是日常生活的話應該還可以應付……問題在其他方面。

「原來是這麼一回事……」

我拿著《亞伯特遊記》這本書，下意識喃喃自語。這是本記錄各地風俗習慣和各種現象的自傳體小說，作者是在全世界旅遊的冒險者。

書中充滿在我的前世不會有人相信的情報，例如一年四季都有龍捲風的地方、銀狼族的特殊儀式、擁有複數尾巴的特殊種族等等，作者把這些事寫得很有趣，同時也有真實描寫殘酷現實的部分，所以能學到不少東西。

裡面有提到在那殘酷的世界中生存的「無色」之人，我就節錄一段吧。

我成為冒險者後，轉眼間就過了好幾年。

與各式各樣的人、各式各樣的種族相遇，每天都過得快樂又充實。

可是……看到種族歧視和貴族與平民的階級社會，也會有心痛的時候。

我在某個小鎮遇見一名沒有屬性的人。

他被所有居民大罵無能，遭到殘酷的對待。

明明有很多一輩子都沒用過魔法的人，為什麼大家要這樣對他？

……我在世人眼中是個無能的存在，就跟沒有屬性的人會被罵無能一樣。艾莉娜她們會那麼難過的原因，八成就在於此。

再加上水晶散發的光芒也很微弱，看來我體內的魔力量非常低。

無論怎麼努力，無色似乎都只能用初級程度的魔法，因此我在魔法方面天生就比別人弱。

不過仔細想想……或許不是什麼大問題。

因為我擁有前世的知識與經驗，比任何魔法都還要有用。

我反而覺得讓對手知道我無能，還能害他大意輕敵。不管是什麼樣的生物，只要趁他大意時攻其弱點，用一把刀就能解決掉。

回歸正題——哪種魔法都好，我想自己用用看，所以我決定挑戰無色的我也能使用的無屬性魔法，而非「火焰」這種屬性魔法。

這些魔法雖然被叫作無屬性魔法，除了部分魔法外幾乎不會有人使用的樣子。

「光明」就是無屬性的入門魔法。

如它的名字，這是用魔力製造出發光的球照亮周圍的魔法。課本上寫著一長串咒文，如果是這個魔法，我說不定可以成功使出。

「天狼星少爺～您的姊姊諾艾兒來囉。覺得怎麼樣？想叫我姊姊了嗎？」

當我準備付諸實行，諾艾兒隨著天然呆發言出現了。

這孩子好像很希望我叫她姊姊，我會說話後她每天都會跑來叫我叫她。

但我有種叫了就輸了的感覺，絲毫沒有這麼叫她的意思。

既然人都來了，就拜託她用「光明」給我看吧。

「握艾額～魔法～」

「要、要我用魔法嗎？這有點……」

自從發現我是無色屬性，諾艾兒就不再在我面前使用魔法。

儘管知道她是在為我著想，我還是利用嬰兒的無知，指著「光明」那一頁勇敢進攻。

「魔法——！」

「不過這是無屬性的……嗯——我明白了。就用給您看吧！」

決定下很快，此乃諾艾兒的行事風格。我就是喜歡妳這點。

「可是我沒什麼在用無屬性魔法耶。畢竟需要亮光的話，我會用火屬性的。」

我不清楚「光明」有多亮，但從諾艾兒這番話和無屬性的存在感來看，最好不要抱太大期望。

諾艾兒記住課本上的咒文，閉上眼睛開始念咒。

「根源之魔啊。脈動之力啊。結合兩股力量釋放照亮暗夜之光，驅逐黑暗……『光明』。」

明明是初級魔法，咒文卻挺長的，不曉得是不是因為使用無屬性魔法的人很少，沒什麼人在研究它。

回歸正題。魔法成功發動，諾艾兒指尖出現一顆光球。

大小和棒球差不多的球體不斷散發光芒，挺漂亮的。

我試著用指尖去碰，光球卻不帶熱度，只有隱約感覺到一種難以言喻的東西……莫非這就是所謂的魔力？

我觀察了一陣子，看到諾艾兒開始流汗，收回手示意已經足夠，光球便憑空消失，不過諾艾兒看起來消耗了不少魔力。

「呼，維持無屬性魔法果然很累。火屬性我就不會累成這樣了。」

她的感想是用起來比火屬性還累，是因為無屬性魔法會消耗比較多魔力嗎？

我個人的見解是，使用符合自身屬性的魔法可能會有什麼好處，遲早得仔細調查一番。

「握艾額～好厲害～」

「可以再多誇我一點唷。因為我是最棒的姊姊！」

我一拍手她就喜孜孜的，結果高興過頭變得有點得意忘形。容易得意忘形也是諾艾兒的風格。

在那之後，我目送還有其他工作要做的諾艾兒離開。房內剩下我一個人後，我立刻決定挑戰魔法。

諾艾兒也示範給我看了，這次一定要成功。

「根源之魔啊。脈動之力啊。結合兩股力量釋放照亮暗夜之光，驅逐黑暗……」

我一面想像諾艾兒用給我看的光球，詠唱咒文，下一刻身體便竄過一股熱流，全身上下都開始活性化。

我在傳遍全身的熱流集中到指尖時，念出發動魔法的咒文。

「『光明』。」

一念出魔法名，手心就出現一顆發出淡淡光芒的球體。

體內熱度在同一時間消失，恐怕是魔力消耗掉了。

想不到我能使出在前世只是幻想中的產物的魔法。

雖然我仍然摸不透它的原理，實際用出來還滿感動的。

接下來我用意志叫光球飛向前方，想嘗試能不能像諾艾兒讓「火焰」飛來飛去一樣，它就如我所想飛了出去。

還以為操作起來會很難，想不到意外簡單。

在我準備讓它上升時……光球忽然消失。

「咦？我沒叫它消失啊……」

我不解地歪過頭，眼前景象隨之緩緩傾斜……不對，是因為我站不穩。

想控制雙腿站好，身體卻不聽使喚，我無法抵抗強烈的疲憊感，倒在床上。

「原來如此。這就是……魔力枯竭嗎……」

此乃書上說的魔力枯竭現象。

上面說要是有個萬一可能會丟掉性命，這並非誇飾，真的滿難受的。

只要忍耐也不是不能動，但沒必要用嬰兒的身體勉強，我又是倒在床上，所以不會驚動艾莉娜她們。

仔細想想，連諾艾兒用那個魔法都會流汗。

我還是個嬰兒，魔力又不多，會累成這樣大概也是理所當然。

我能維持光芒的時間差不多十秒吧？

而且亮度還與蠟燭無異，希望至少可以有手電筒般的亮度。

我為魔法之難用嘆了口氣，失去意識。

隔天，魔力枯竭導致的疲憊完全恢復，不如說身體狀況好像比以前還要好。

體內魔力也已經回復，因此我立刻準備繼續昨天的訓練。

昨天沒驗證什麼就結束了，今天我想調查自己的極限在哪。

要是因為魔力枯竭在敵人面前昏倒，肯定直接完蛋，可是只要知道自己的極限，就能在不支倒地前停手。

我再度發動「光明」，什麼事都不做集中在魔法上，感覺到體內有什麼東西在迅速流失。有點像抽血。

疲勞感逐漸襲來，所以我在腦內命令光球消失，它就消失不見。

這時候就會感到強烈的倦意與睡意，但還不到無法忍耐。

讓身體記住這股倦意就代表魔力即將枯竭，之後只要等魔力回復後再使用魔法，如此反覆即可。

就這樣，不只是身體，我連魔力都在毫不間斷地鍛鍊。

※　※　※　※　※

我反覆進行體力與魔法的訓練，迎接了四歲。

下半身也成長得很強壯，如今就算到處亂跑也不會有問題。

今天我也在庭院跑步訓練，跑完每天該跑的距離再慢慢減緩速度。

「呼，今天的份完成。」

先全速繞庭院一圈，下一圈換成慢跑，然後再用全速——這樣子的循環就叫「間歇跑訓練法」。

效果雖然高，相對地身體的負擔也會比較大，因此得注意不要搞壞身體，最後以收操作結。

「呼……呼……天、天狼星少爺……為什麼……您都……不會喘？」

「雖然跟妳耐力不足也有關係，主要是因為妳都沒有按照自己的步調跑。」

諾艾兒說她今天也要和我一起跑，卻在途中用盡力氣，把自己累得半死，現在氣喘吁吁倒在我旁邊。

「可、可是……我這個姊姊怎麼能輸……唔呃！」

她才跑完我訓練量的一半就不行了，有這麼累人嗎？

我一面想著諾艾兒還有許多地方該加強，做完收操後，艾莉娜馬上遞出毛巾和水給我。

「辛苦您了，天狼星少爺。」

「謝謝妳，艾莉娜。」

旁邊的諾艾兒則由迪照顧。

他們倆性格相反卻很合得來，年紀也差不到幾歲，所以關係不錯。

「別太勉強。」

「迪先生……謝謝你。」

兩人感情之好令我不禁揚起嘴角，艾莉娜也溫柔笑著注視他們。

之後的時間就留給年輕人，我來擦擦身體吧。

我站在打好的井水前，水面映著我新的面容。

頭髮是黑色，眼神給人一種柔和的印象，比起帥氣，這張臉更接近可愛，我自己是覺得還不壞。

只不過……眼神的魄力壓倒性不足。外觀會影響一個人的魄力，我外表看起來溫和斯文，氣勢自然不夠。今後該想想要如何改善。

我洗了把臉擦掉汗水，整理好儀容後，開始練習魔法。

練身體雖然也很重要，為了以防萬一，魔力也不能疏於訓練。

順帶一提，我在三歲時用了魔法給他們三個看，三個人全都瞪大眼睛，彷彿時間停止似的一動也不動，挺有趣的。

「天狼星少爺，我們要回去準備午餐，諾艾兒就麻煩您照顧了。」

「好。我做完今天該做的訓練就回去。」

「咦？為什麼我是被照顧的那個？天狼星少爺還答應了。等等，艾莉娜小姐——！」

那是因為妳平常的表現吧。我目送艾莉娜帶著迪離開，旁邊的諾艾兒則在地上畫圈圈，鬧起脾氣。

「反正……我就是需要比我小超過十歲的人照顧……」

「不要鬧彆扭，讓我看看妳的魔法嘛。這事可是只能拜託妳喔？」

「只能拜託我!?呵、呵呵呵……既然如此就沒辦法囉。」

只要稍微捧她一下就會樂成這樣。諾艾兒天然歸天然，在那三個人中卻是對魔法最瞭解的，我想我剛剛那樣講並沒有錯。

鍛鍊體力後把魔力用光也是我的每日功課，儘管每次都會嘗到不太好受的滋味，在我的努力下，魔力量增加了不少。

起初只能讓「光明」持續十秒，現在則可以維持一分鐘，用單純的算法就是魔力量多了六倍。諾艾兒發自內心感到驚訝，說我的成長力堪稱異常。

我能想到的理由包括我抓到訣竅了，以及從嬰兒時期就在鍛鍊等等，不過最重要的原因應該是次數吧。

和諾艾兒及課本上的例子比起來，我的魔力似乎恢復得很快，魔力枯竭次數比常人還多，所以成長速度也比較快。

還有，雖然只多了兩個，我會用的魔法增加了。

初級課本上記載的四屬魔法隨便數都有十個，無屬性卻只有包含「光明」的三種魔法。這就是無屬性知名度低的證據吧。

我新學會的魔法是「衝擊」和「魔力線」，兩者都是諾艾兒示範給我看後學會的。

首先是「衝擊」，簡單地說就是凝結魔力射出去，撞飛對手的魔法。要說它是魔法有點微妙，遺憾的是，威力也很微妙。

不知為何，魔力近似於無質量的能量，而這個魔法就是硬是凝結那種能量，令它擁有質量，因此威力跟被橡皮球打到差不多。

除此之外速度也很慢，一離開手邊魔力就會煙消雲散，所以射程也很短。說實話，扔石頭給予的衝擊力遠大於它，實在是個微妙的魔法。

另一個「魔力線」是用魔力製造線的魔法。

魔力線可以伸長，纏在物體上後把它拉過來，看起來很實用，但它不僅很難維持形狀，強度也頗弱。就算是諾艾兒做出來的線，也脆弱到我這個小孩子只要拉一下就扯得斷。

「光明」雖然可以拿來當光源，卻因為魔力消耗速度太快，很不好用，與其用它不如用「火焰」似乎是眾所皆知的常識。

如上所述……全是沒什麼用的無屬性魔法，可是我認為還是要看使用方式而定。再說我又用不好其他屬性的魔法，必須把無屬性練到能熟練運用。

話雖如此，我打算日後再認真研究這部分，現在每天都在加強體力和魔力。

好了，午餐前來把魔力用光吧。

離我有段距離的樹上吊著一個木製標靶，我將手對著它，開始詠唱「衝擊」的咒文。

「存在於世上之理啊。存在於吾身之魔啊。釋放魔力衝擊……『衝擊』。」

棒球大小的魔力彈從掌心射出，直接命中標靶，使它輕輕晃動。

這顆魔力彈也能調整大小，可是大小越大，魔力就消耗得越快，也更難維持。

無屬性魔法本來就會消耗許多魔力，即使是這個大小，應該馬上就會到極限。

因此我謹慎地射出一顆顆魔力彈，等到身體開始變重才停手。

上回我用了九次，這次則是十次，知道自己的魔力量確實有所成長，真令人高興。只不過無論經歷幾次，魔力枯竭時的倦怠感依然很不好受。

我做了個深呼吸讓身體放鬆，諾艾兒看著我，一副想說些什麼的模樣。

「諾艾兒，怎麼了嗎？」

「沒有，我只是在想……少爺您竟然能把『衝擊』用得如此純熟，好厲害唷。」

「這樣叫厲害嗎？完全沒威力耶。」

「就算這樣還是很厲害。說起來，以您這個年紀光是會用『衝擊』就很奇怪了。您真的四歲嗎？該不會其實是十歲吧？」

某種意義上來說，我確實隱瞞了自己的年紀，但諾艾兒可是親眼看我從嬰兒長大，我是要怎麼騙她？太沒道理了。

「都是多虧妳一直用魔法給我看。我看著看著就抓到訣竅囉。」

「是因為我嗎!?太好了。這樣被艾莉娜小姐罵也值得了！」

諾艾兒風格之「一被誇就會立刻得意忘形」。

然而，拜她所賜我才能走到這一步也是事實，我是真的很感謝她。

在那之後，我帶著明明累得半死還舉雙手歡呼的諾艾兒回到宅邸。

出生後過了四年。

在艾莉娜的守護下成長、和諾艾兒玩、享用迪做的料理，每天都過得幸福又無憂無慮。

雖然接觸不到外界，這裡對我來說有如人間仙境。

只不過……永恆的仙境並不存在。

崩壞的腳步聲正靜靜、確實地逼近。

過了幾天。

我在固定時間起床，換好衣服後來到食堂，和正在準備早餐的三人打招呼。

「大家早。」

「「「少爺早安。」」」

三人一同向我道早，這時我發現，熟悉的畫面今天有個地方不一樣。

諾艾兒和迪穿的不是平常的女僕裝和工作服，而是便於行動的外出服。

「咦？已經到採買日用品的日子啦？」

「剛剛生火用的魔導具故障了。儘管有些突然，我想請他們倆出門幫忙買。」

我們家還算可以自給自足，但家中也有魔導具等無法自己做的東西，因此一個月要去附近的城鎮採購一次。

我從來沒去過那裡，聽說用走的要走半天，然後會住一晚才回來，所以光是買東西就得花掉兩天時間。

我很疑惑為什麼要住在這麼偏僻的地方，他們三個卻從來沒提過，更重要的是我自己不會覺得有什麼不便，就決定不去多問。

艾莉娜說的生火用的魔導具，是指上面畫著火魔法陣的魔導具，釋放魔力就會生出火焰，點燃柴火。

因為它很好用，我能理解為什麼要去買，但不需要這麼急吧。

「有必要急著出門買嗎？可以靠諾艾兒用魔法點火啊。」

「其實，我之前忘記買一個東西，想請他們順便幫我買回來。」

做事一直滴水不漏的艾莉娜居然會出這種差錯，真難得。

可是我生活方面全仰賴艾莉娜他們，也沒資格多說什麼。

我在想諾艾兒出門的那兩天要怎麼生火，接著便想起廚房會隨時備有燧石。

燧石是用鐵鎚等器具敲擊後，會有短短一瞬間發出足以點燃火焰的高熱的神祕礦石。

缺點是大小不足成人的拳頭大就點不著火，不過只要有它在就不用煩惱了。

「知道了，路上小心。」

「是，天狼星少爺也是，不要因為我不在就哭唷？」

「……交給我吧。」

迪本來是冒險者，懂得很多旅行的知識，至今以來他們也出門採買過好幾次，所以沒必要那麼擔心。

吃過早餐的兩人準備完後，就立刻出發。

我目送他們離去，吃完早餐開始做每日訓練，今天卻結束得比平常早一些。由於空出一段不多不少的時間，擦乾淨身體後，我跑到庭院坐在椅子上看書，這時，工作完的艾莉娜走到我旁邊。

「天狼星少爺。今天天氣很好，要不要在這裡用餐？」

「嗯，就在這吃吧。」

今天午餐是艾莉娜做的三明治。

迪做的三明治雖然也很美味，艾莉娜做的又有種不同的風味。我特別喜歡裡面夾的肉和蔬菜，艾莉娜把兩者間的比例搭配得完美無缺。

我前世因為興趣的關係常常下廚，下次請她教我做吧。

「請用餐後茶。」

吃飽後，艾莉娜端來用果乾泡的紅茶。

我喝了一口散發淡淡香甜氣味的紅茶，沉浸在餐後的餘韻中時……發現不太對勁。

「……欸，艾莉娜，我想要吃甜點。有沒有亞普？」

亞普是長得像一顆小蘋果，味道接近草莓的水果。諾艾兒非常喜歡。

「知道了。立刻為您拿來。」

艾莉娜笑著回到屋內，等到完全看不到她的身影，我才把口中的紅茶吐出來，杯裡的也倒到地上。

因為我在把它送入口中的瞬間，感覺到一點點前世熟悉的味道。

或許是我多心，可是如果我的直覺沒錯，這杯茶加了安眠藥。

搞不懂……為什麼艾莉娜要下藥？

這時艾莉娜回來了，為了避免被懷疑，我乖乖吃下她拿過來的亞普。

然後看準時機伸個懶腰，假裝睡著。

「……天狼星少爺，您累了嗎？」

她搖搖我的身體。我想如果我喝了安眠藥，應該不會輕易醒來，便繼續裝睡，接著艾莉娜就抱著我開始移動。

「呵呵……都變這麼重了。這是您健康成長的證明。」

她溫柔說著，把我抱到房間，慢慢把我放到床上以免吵醒我，輕輕撫摸我的頭。

「請您原諒我做這種事。但是請放心，等您醒來就全都結束了。我……一定會保護您。」

看來犯人確定是艾莉娜，不過，我從她話中感覺到的強烈覺悟是什麼？

叫諾艾兒他們出去買東西也是，艾莉娜到底有何用意？

我認為，至少不會是想害我。

前世，我和骯髒的大人及表裡不一的雙面人交手過無數次，正因如此我才會知道，她的愛情真摯又純粹，無論發生什麼事都會以我為優先。

她並非我真正的母親，然而對我來說，她就跟母親一樣。

艾莉娜依依不捨地磨蹭我的臉頰，確認她離開後，我才睜開眼睛。

「『等您醒來就全都結束了』嗎……」

也就是說，等等即將發生什麼事，艾莉娜還有可能遇到危險。

若是這樣，視情況而定我打算介入其中，因此我在房內待機，悄悄尋找艾莉娜的氣息。這時，我聽見窗外傳來陌生的聲音。

車輪滾動聲和馬嗚聲，以及不是迪的男性聲音。

我出生後這裡從沒來過客人，莫非這就是她把大家支開的原因？

我偷偷從窗外看出去，一輛有個大車篷的馬車停在門前，負責駕駛的老爺爺下車打開車門。

從馬車走出來的男人身穿看起來很高級的服裝，還留著頗有威嚴的鬍子，是個全身上下散發出貴族氣息的大叔。

體態有點圓潤，毫無魄力，感覺非常沒用。

一股不好的預感閃過腦海，男人邁步踏進玄關。

我把耳朵貼在地上感應他們的位置，兩人份的腳步聲來到艾莉娜的房間。

我心想這或許是個好機會，可以搞清楚我一直弄不明白的部分，便壓低腳步聲移動，躲在艾莉娜房前。

房門不厚，因此只要豎起耳朵，裡面的聲音就能聽得一清二楚。

『今日感謝您特地前來。』

『哼，真的是。這地方還是老樣子鳥不生蛋。』

他們剛好開始交談，艾莉娜的語氣卻讓我有些在意。

她的聲音中完全不帶感情。

男人的態度則不出所料，態度傲慢到宛如我在前世常看見的、腦中只想著自己的支配者。

我大概想像得到會是什麼事，不過現在先集中在他們倆的對話上吧。

——艾莉娜——

這一天……又來了。

其實我根本不想再見到他，但對我們來說此乃必要之事，這也是無可奈何。

「今日感謝您特地前來。」

「哼，真的是。這地方還是一樣鳥不生蛋。」

你忘記了嗎？把我們趕到這裡的就是你呢。

「喂，那個沒禮貌的男人和亞人死哪去了？我都來了卻連聲招呼都不打，什麼意思？」

「他們外出採購，明天才會回來。」

「那就好。光看到亞人就會讓人不爽。」

不想看到還叫人家出來打招呼，他沒注意到自己講的話相互矛盾嗎？

而且還用「亞人」這種蔑稱稱呼諾艾兒這名獸人……這男人心胸還是一樣狹窄。

在城內收集情報的迪告訴我，這人和以前絲毫沒變，順從自身欲望娶妻納妾，還流傳他的手法最近變拙劣了，每況愈下。

「那東西在幹麼？父親來了為什麼不露個臉？」

「天狼星少爺有點發燒，我讓他待在其他房間。」

「生病嗎？我可不需要體弱多病的。替代品怎麼能這麼沒用。」

什麼叫替代品……！天狼星少爺不是你的道具。

這男人不只為了滿足自身欲望侵犯大小姐，還侮辱大小姐生下的天狼星少爺，真想賞他一巴掌。

可是……握有養育天狼星少爺的金錢與權力的，也是這個男人。

只要我忍下來……就能保障天狼星少爺的安全。

「不過，我已經不需要替代品了。」

「……您的意思是？」

「我的正妻生下次男了。這樣就能省下多餘的花費。」

「!?恭、恭喜您。」

天狼星少爺雖然是庶子，卻是家中的次男，因此這男人為了在長男有個萬一時有個替代品能用，一直提供資金供我們偷偷扶養少爺。

現在他卻說有了嫡生的次男，所以少爺沒用了？

天狼星少爺是……不存在的小孩？

雖然不太想和這種男人的繼承人及繼承權牽扯上，只要天狼星少爺能平安長大就好。這是我唯一的心願。

天狼星少爺還只有四歲，我必須保護他。

「自從長男出生，我就再也沒抱過兒子。女兒當然也可以，不過繼承人果然還是男的好。對了，我的長男五歲就會寫字了喔？真期待他未來的成就，哈哈哈！」

確實很快，但天狼星少爺兩歲就會寫字了唷。

沒錯……其他人或許會覺得少爺的成長速度異常，可是對我來說，少爺就是個可愛的孩子，是我重要的人。

眼見他越來越大，就是我最大的喜悅。

我想一直看著有無限可能性的天狼星少爺成長。

總而言之，天狼星少爺與其他小孩不同，等到少爺十四歲……不，十二歲的時候，想必就會堅強到有能力在外生存。

在那一刻來臨前，只要是我做得到的，我什麼都願意做。

「我看過各式各樣的小孩，令郎似乎十分優秀。」

「嗯，我們家的未來有保障了。」

「不過二少爺的身體狀況怎麼樣呢？迪前幾天去過城內，聽說最近有流行病。」

「唔？這個嘛，長男是很健康沒錯，次男才出生沒多久啊。」

「天狼星少爺發燒不是因為疾病，是念書導致的過度疲勞。可是，嬰兒對流行病應該沒什麼抵抗力……」

「哼，妳是想叫我不要停止出資援助那東西對吧。」

「……如您所說。」

這男人的次男不一定能健健康康長大。

考慮到最壞的情況，可以再叫他多提供幾年援助。

只要天狼星少爺能平安長大，無論要採取什麼手段，我都不會猶豫。

「儘管不如老爺您的長男，就我看來天狼星少爺也是很優秀的孩子。即使不讓他繼承家業，將來肯定會派上用場。」

「那種女人的兒子嗎？那女人可是除了臉以外一無可取的蠢貨啊。」

你又懂大小姐什麼了！

我努力不讓情緒表現在臉上，在桌子底下緊緊握起雙拳，抑制住無從發洩的怒氣。

「我會把他教成絕對不會反抗您的個性。所以，在天狼星少爺十二歲前……請您多多關照。」

「哪有那麼多錢花在他身上！等我的次男平安——我想想，可以再養他六年。當然，等次男平安長大，那東西就沒用了。到時你們也得和那東西一起滾出去。」

男人站起身，表示該說的都說完了，我反射性站到他面前攔住他。

「六年後少爺還只是個孩子啊！至少等到他十二歲……」

「擋什麼路！」

然而，男人用力將我撞飛，害我撞到身後的桌子，藥品和器材紛紛倒下。有幾瓶調好的藥翻倒了，我卻沒時間顧及那些。

「求求您。雖然是庶子，他仍然是您的兒子啊！」

「鬼才把那女人生的小孩當兒子看！我還願意給你們六年準備已經是大發慈悲

了！不爽就給我立刻滾出這裡！」

「……我明白了。」

啊啊……我是多麼無力啊。對不起，大小姐。

「還有，這是這次的錢。不管妳怎麼哭怎麼鬧，我都不會再拿更多出來。」

儘管我不甘心到想要大哭一場，還是拿起扔到地上的錢袋打開來確認。

金額明顯比上次少，看來又得讓那兩個孩子吃點苦了。

「哼，馬上就看有多少錢嗎？下賤。」

隨你怎麼說。

我才不管其他人怎麼看，這是天狼星少爺需要的東西，羞恥心我早已捨棄。

「我差不多該走了。給我好好教育那東西。」

「……是。」

我目送男人到門口，看到馬車開走才終於吁出一口氣。

還好沒讓那男人見到天狼星少爺。

要是少爺知道那種人是自己的父親，八成會很受傷。

好了，別在這邊休息，來泡紅茶給天狼星少爺醒來喝吧。

不曉得是不是因為太累，身體莫名沉重，不過只要看到少爺的臉，疲勞應該也會一口氣消散。

然而，我沒能得到想要的成果，沒臉見天狼星少爺。

少爺醒來後想必會對我展露笑容，不知道我對他下藥，也不知道親生父親來過。一想到少爺，我就覺得自己被治癒了，同時也覺得無比哀傷。

這座仙境的壽命只剩六年。

少爺還太小，不能把事實告訴他。而且，日漸衰弱的我也不知道撐不撐得下去……

啊啊……大小姐，我該如何是好……

——天狼星——

兩人結束談話後，我趁自己還沒被發現，回房躺到床上。

那個人渣就是我爸嗎……真不想承認。

我能理解艾莉娜為何不惜下安眠藥也不想讓我見他。

從他們的對話內容推測，我對那個人渣來說一點都不重要。

我也不會想見他，就忘記這回事吧。比起這個，我很高興可以更瞭解艾莉娜一點。那個人真的都是為我好。

問題是我所處的立場。

我似乎是因為那個人渣到處亂搞才出生的，從他的態度來看，最好不要把他當成一名貴族。

這座生活無虞的仙境也只能再維持六年。

六年應該夠我培養實力，但過於年輕的外表，八成會在外面遇到許多問題。

而且他們三個被趕出這棟房子後該怎麼辦？

……不行，光在這邊臆測也沒完沒了，還是想簡單一點吧。

該做的事有兩件。

第一件……專心鍛鍊自己。

打造生存所需的身體。

只要把身體鍛鍊成可以重現我前世的動作，即使是在這個世界，我也有自信活下來。

第二件……和他們三個共享情報。

諾艾兒和迪肯定是我的夥伴，艾莉娜當然也包含在內。

明年該告訴他們一些我的祕密，所有人一起討論之後要怎麼做。

所以幫我加個擁有上輩子知識的設定好了。突然說「我有異世界的記憶……」想必只會啟人疑竇。

我躺在床上，不斷思考比較不可疑的理由。

「……嗯，就決定是這個了。」

腦中浮現一個多少有點扯，但還可以拿來用的設定。

接著我下床做起伸展運動，做著做著發現，艾莉娜一直沒有過來。

或許是因為結果不理想，她因此感到自責，我便決定主動去找她。

雖然不知道她下的安眠藥有多強，現在這個時間起床應該也不奇怪，如果她正在難過就安慰她一下，幫她按按肩膀吧。

我一邊想著，走到她房間，發現房門沒關。

往裡面一看……倒在地上的艾莉娜映入眼簾。

「艾莉娜！」

我下意識大喊一聲，衝過去碰她，她的體溫高得異常。

大量冷汗冒出，呼吸紊亂，怎麼叫都沒反應，大概是昏過去了。

我不清楚這是什麼問題，所以不太想移動她，但讓她躺在地上也不太好。

我鑽到艾莉娜腋下拖著她，好不容易把她抬到床上。

上輩子我算對醫學有涉獵，然而這裡是異世界，症狀類似也不代表是同樣的疾病，不能擅自行動。總之，先做點應急處置。

艾莉娜應該是泡紅茶泡到一半昏倒的，廚房莫名髒亂，可是現在得先幫艾莉娜補充水分，否則這樣下去她會脫水。

我把用來泡紅茶的水倒進杯子，拿刀將亞普切成碎塊。

然後用手擠出亞普的汁液加入水中，做了可以補充水分和維他命的果汁，抱著裝滿水的桶子和毛巾回到艾莉娜身旁。

我回到房間時艾莉娜已經醒了，但她臉色蒼白，似乎連坐起來的力氣都沒有，只有把臉朝向我。

「天狼星少爺……非常抱——」

「別說了！來，把這個喝下去。」

艾莉娜看起來可以喝東西，所以我慎重地餵她喝果汁，以免她嗆到。

餵了一半左右，我把杯子拿開，用桶裡的水弄溼毛巾後擰乾為艾莉娜擦汗，然後再洗一次毛巾，放到她額頭上。

「啊啊……輕鬆多了。謝謝您。」

「小事而已。比起這個，到底是怎麼一回事？」

「恐怕是……魔水病。」

聽到這個詞，我想起《亞伯特遊記》的內容。

我記得書中好像提過，某個村莊有很多人因魔水病喪命。

肯定是很棘手的疾病，但那不是醫學書，所以我也不是很清楚。

「沒有藥可以治嗎？」

「有是有，家裡也隨時都會備有庫存，可是剛剛發生一些問題……」

艾莉娜看向桌子，桌面上的器材亂成一團，液體從容器中溢出。

她跟人渣說話時的那個聲音，是撞到那張桌子發出的……意思是，桌上翻倒的液體就是魔水病的藥？

「不過請您放心。明天等迪他們回來就沒事了。」

艾莉娜緩緩握住我的手，想讓不安的我冷靜下來。

「我聽說這個疾病最近正流行，拜託他們幫我買多的藥來。只要忍到明天就沒事了，少爺無須擔憂。」

「……這樣啊。治得好就好。」

「是的。這個疾病只有屬性是水的人會發病，但無屬性的您不知道是否會感染。所以在他們倆回來前，請您不要靠近我。」

「我拒絕。妳這個狀態，我怎麼可能放妳一個人不管。無論如何我都要照顧妳。」

「真拿您……沒辦法。那就……麻煩您了……」

艾莉娜說完後就失去意識，她這樣真的撐得到明天嗎？

總而言之，現在我知道這病叫什麼名字，查一下書或許會有收穫。

這個世界的疾病和傷口，用魔法治療才是常識，因此醫學不怎麼進步。我打開專門介紹疾病卻只有薄薄一本的書，視線迅速掃過去尋找目標。

幸好一下就找到了。

魔水病。

魔力會自然從體內放出的怪病。

感染力雖強，只有魔力低的水屬性的人會感染此疾病。

關於治療法，服下用「水魔草」調製而成的藥物即可痊癒。

假如不在半天內治療，患者會因魔力枯竭及高燒導致死亡。

雖然可以完全治好，其致命速度之快使全世界的人都知道這個可怕的疾病。

……什麼叫「少爺無須擔憂」啊。

艾莉娜是不想讓我操心吧，開什麼玩笑。

我忍不住想大罵她一頓，但現在得切換心情，盡全力拯救艾莉娜。

艾莉娜罹患魔水病是中午過後的事，期限應該是到今晚深夜。

迪和諾艾兒明天下午才會回來，到時絕對來不及。必須盡快行動。

我先熟讀剛才那本書，調查魔水病的藥該如何調製。上面有記載調製方法，需要「水魔草」這種藥草。

我一面讓焦躁的心冷靜下來，尋找藥草相關的書，不停翻頁搜索水魔草的部分，好不容易才找到它的資料。

水魔草。

一種吸收水中的魔力成長，形狀特殊的藥草。

常被用來調製各式各樣的藥物，可以提升藥效。

生長在清澈的湖中，較容易採集。

書上還有手繪的水魔草插圖，我便將它特殊的形狀烙印在腦海。

接下來要準備外出採藥，既然如此，應該需要帶個武器。

家裡的人只有迪有武器，但他去城內買東西了，就把廚房的菜刀帶在身上吧。

雖然沒什麼威力，有總比沒有好。

這次出門只是要採集目標物帶回來，不必帶會妨礙行動的防具。

我背著一個小包包，把水放在艾莉娜拿得到的地方後就奔出屋外。

在我查資料的期間天色已暗，時間到了晚上。

所幸今天是滿月，外面滿亮的，看得見一點腳下的路。

目的地是宅邸後方的茂密森林中。

我以前聽迪說過這個方向有一條河。

水魔草長在湖裡，只能先徹底搜查有水的地方。

一個小孩子晚上在有魔物的世界跑進森林，根本不是正常人會做的事，但我要是對艾莉娜見死不救，八成會後悔一輩子。

我做好覺悟，繃緊神經踏進森林。

森林內充滿樹木和雜草，路面崎嶇不平，光是行走消耗的體力都超出預料。

我上輩子在很少人會踏進的深山長大，知道該怎麼在森林裡走路，可是這副身軀只有四歲，所以我慎重前進，保留體力。

過沒多久，眼前出現一條小河，我卻找不到目標物水魔草。

書上說它不是長在河裡而是湖裡，果然該去湖邊找吧。

我將一塊碎木片插在地上做記號，沿河川持續往上游邁進。

走了二十分鐘左右，狹窄的河川忽然開闊起來，一座大湖映入眼簾。

那座湖分出好幾條河，我剛才走的似乎就是其中一條。

準備走近湖邊時，我感覺到一股異樣感，停下腳步。

我躲到樹後面，望向不躲不藏的明顯氣息。頭上有一根角、全身綠色的人型魔物——哥布林坐在那裡。

身高約一公尺，腰間繫了塊破布，近乎全裸。根據書上的情報，哥布林力量與成年男性同等，動作不怎麼快，智商也低。

取而代之的是擁有異常的繁殖力，由於牠們習慣群體行動，常常被討伐隊一舉殲滅。

哥布林是雜食性，也會吃人，遇到人類女性會侵犯她們試圖讓她們懷孕，故別名女性之敵。

有能力獨自打倒哥布林，似乎就足以冠上新手冒險者之名，然而那絕對不是四歲兒童可以挑戰的對象，外加還有三隻……

只不過，我決定挺身應戰。

三隻哥布林坐在地上，沒有要移動的跡象。時間寶貴，牠們又會妨礙我採藥，還是請牠們消失吧。

雖說我一直都有在鍛鍊，一個小孩不可能靠力氣贏過哥布林，因此必然得採取奇襲。我確認自己處於下風處後，將意識切換到戰鬥模式，握緊菜刀。

首先撿起腳邊的石頭扔出去，石頭在空中劃出一道拋物線，掉到哥布林身後。

我確認牠們被聲音吸引，轉身背對我後，靜靜走近哥布林。

我很擅長躡手躡腳接近人，位於下風處所以味道也不會被聞到，趁牠們回頭前迅速接近。

在離我最近的哥布林回頭的瞬間……我壓低姿勢，迅速殺向哥布林胸前。

哥布林這時才發現我的存在……但是，太遲了。

因為我手中的刀子已經刺進牠的喉嚨。

從哥布林喉間噴出的鮮血噴到我身上，剩下兩隻感覺到不對勁轉過頭，可惜我已拔出刀子，將其刺進另一隻哥布林的喉嚨。

然而菜刀禁不住我這麼使用，刺到一半就斷掉了，我立刻用另一隻手把刀刃壓進去。

感覺到攻擊奏效的我先跟敵人拉開距離，觀察情況，最後那隻哥布林因為轉眼間就只剩下自己一隻，無法理解現狀，只是呆呆看著死去的同伴。

對手只剩一隻，但我沒有武器可用，手掌因為剛剛硬是把刀刃壓進去，也痛到不行。接著，哥布林終於理解我是敵人，大聲咆哮。我在思考該怎麼解決牠的時候，發現哥布林手上拿著一把生鏽的劍。

大概是路上撿到的吧。我決定把它搶來用，閃躲衝過來的哥布林的攻擊，開始詠唱「衝擊」咒文。

目的不在於攻擊，而是要擊中哥布林的眼睛，趁牠哀號時搶走牠的劍。我一邊躲過哥布林毫無章法的攻擊一邊念咒，覺得這麼長一串咒文很麻煩。

如果能像上輩子的槍一樣，扣一下扳機就能使出魔法就好了。

而且既然這魔法叫「衝擊」，威力和破壞力起碼要像我前世常用的榴彈槍吧。

在我不耐煩地這麼想的瞬間……體內竄過一股熱流，有如即將使出魔法時的激昂感。

我反射性將手心對著哥布林的臉。

「接招！」

熱度從體內消失，一顆魔力彈在同一時刻射出，把哥布林的頭炸得粉碎。脖子以上被整個轟飛的哥布林緩緩倒在地上。

「衝擊」明明只有讓木製標靶搖晃的威力，剛才那擊卻跟真的榴彈槍一樣。到底是……

「……不，之後再想吧。現在要先找水魔草。」

儘管我上輩子非常習慣這種事，重生後的第一場戰鬥似乎比我想像中還消耗體力，不知不覺已經喘了起來。我平息紊亂的呼吸後，開始尋找水魔草。

我望向湖面，一下就找到水魔草。

它長在站在地面就搆得到的地方，我一面警戒周圍，採了幾株後檢查一下，從形狀看來應該沒錯。

達到目的後，我順便用湖水洗淨沾到血的臉，迅速離開湖邊。

我循著一路做的記號在森林中奔跑，直線回到宅邸，立刻查看艾莉娜的狀況。

呼吸不順，意識模糊，不過看起來還來得及。

我打開記載調藥方式的書，走到放器材的桌子前開始調藥，可是中間的步驟寫著需要熱水，只得暫時中斷。

我馬上衝到廚房，把柴火扔進爐子，然後才想到魔導具壞了。

本來想改用燧石點火，一看旁邊卻發現箱子不知為何倒下來了，裡面的燧石統統碎掉。

艾莉娜昏倒前在泡紅茶，或許是那個時候撞倒的。還好我們家是石頭地板，沒有釀成火災。

然而這樣就沒辦法燒熱水，看來只能自己點火。

我用廚房的備用菜刀削尖木柴，把尖端抵在木片上不停旋轉，靠摩擦生熱這個原始的方法生火。

這招多少需要些技術，但我擁有上輩子的經驗，數分鐘後就成功點燃火焰。

我邊燒水邊搧風增強火勢，燒好水再回去調藥，終於大功告成。

和書上寫的一樣，藥會散發淡淡光芒，所以我想是成功了。

等藥涼到方便入口，我立刻回到艾莉娜身旁。

「艾莉娜，藥來了。把它喝下去。」

「唔……亞、亞里……大小姐，非常抱……」

艾莉娜已經連我都認不得，低喃著不知道是誰的名字痛苦呻吟。

因此我想用灌的餵她吃藥，艾莉娜卻只是不停道歉，把藥拿到她嘴邊也一口都不喝。

「非常……非常……抱歉……我……我……」

雖然我不知道原因為何，艾莉娜根本無須道歉。

而且我還沒報答她的恩情。所以……

「好了給我喝下去！不喝的話我絕不允許！」

我的怒吼聲讓艾莉娜用力顫了一下，直盯著我。我見狀迅速把藥送到她嘴邊，艾莉娜才總算開始喝藥。

「喝完好好睡一覺。」

聽到我的命令，艾莉娜哭著闔上眼，一下就沉沉睡去。

確認她睡著後，我把空杯子放到地上，有種終於完成任務的感覺。

之後也只能等待，我便靠在床上注意她的情況，然而，四歲小孩的身體已經到了極限。

我像開關被人關上般……墜入夢鄉。

我感覺到從頭部傳來的溫柔觸感，恢復意識。

會如此慈祥、溫柔地撫摸我的人，除了艾莉娜外……艾莉娜？

「艾莉娜!?」

我瞬間清醒，整個人彈起來望向床上……

「是，我在。」

艾莉娜帶著一如往常的微笑，撫摸我的頭。

頭髮和衣服雖然亂七八糟，臉色並不差，從太陽高度來看，時間大概接近中午。她撐過去了。

「……太好了。」

看到艾莉娜的臉，我才冷靜下來。

魔水病好像也治好了，之後應該只要等體力恢復就行。

不曉得是不是因為睡姿太奇怪，我起身想弄點食物來，雙腿卻使不出力，倒在艾莉娜身上。

正當我心想「我在對大病初癒的人做什麼啊」，艾莉娜忽然將我擁入懷中，緊緊抱住我。

「我在睡夢中隱約聽見天狼星少爺的聲音。然後……我也記得是少爺救了我。真的……十分感謝。」

被艾莉娜抱著感覺雖然不壞，希望她稍待片刻。

仔細一想，我回家後連衣服都還沒換。

「那個，妳抱這麼緊會弄髒……」

「不會的。救了我的人怎麼會髒呢。」

「呃……可是血沾上去不太好……」

「血⁉您受傷了嗎！」

艾莉娜急忙放開我，看到我身上的襯衫被哥布林的血染成一片鮮紅，差點慘叫出聲。

「冷靜點，艾莉娜。這不是我的血。」

「那、那這血到底是？」

「這個嘛……」

……算了，老實和她說吧。反正只是把一年後的計畫提前。

「這是哥布林的血。採水魔草時哥布林在旁邊礙事，我就把牠們打倒了。」

「打倒……哥布林？」

「嗯。用廚房的菜刀。」

不出所料，她當場愣住，可是看到我神情認真，艾莉娜稍微鎮定了一點。

「……天狼星少爺，您究竟是何許人物？」

「我想我們都有很多事想說。我也是，妳也是，對吧？」

「……是。」

「先不要急。等到整理好儀容再說也不遲。」
「說得……也是。讓您見笑了。」
之後要講的事很難讓人相信，應該先冷靜一下再說。
我把乾淨衣服交給艾莉娜，離開房間，在更衣途中看到被血弄髒的衣服，反省起自己真是打了場亂七八糟的戰鬥。
用外面的井水擦拭身體後，由於肚子在叫，我打算做點輕食吃。
把麵包切成適當大小，泡在混合蛋液、牛奶和砂糖的液體中，再煎得微焦，異世界版的法式吐司就完成了。
我用的不是吐司而是麵包，所以說是法式「吐司」也有點奇怪，但這點小事不值得在意。
味道沒有問題，我便把法式吐司和紅茶一起端到艾莉娜房間，一進門就看到她坐在床上等我。
雖然想立刻和她說明情況，先讓她吃完飯再說吧。
「艾莉娜，我做了輕食，妳有胃口嗎？」
「有是有，不過您什麼時候學會做菜了？」
「這個我之後也會向妳解釋。這東西叫法式吐司，軟軟的很好入口，我想對現在的妳來說正適合。」

「『法式吐司』……我從沒看過這種料理。」

其實我本來想煮粥，可惜家裡沒米。

艾莉娜吃了口法式吐司，瞇起眼睛高興地笑了。

「很美味。感覺得到天狼星少爺的溫柔。」

「哪那麼誇張。來，再多吃點，得趕快讓體力恢復。」

「是。可以讓您這樣照顧，我感到非常幸福。」

看著艾莉娜幸福的模樣，我再度深深覺得，能救回她的命真的太好了。

吃完輕食後，我們喝茶放鬆了一下，才進入正題。

「艾莉娜，差不多了吧？」

「瞭解。那麼，方便由我先說嗎？是關於您的母親。」

我知道父親是個卑鄙小人，對母親卻一無所知。

也不一定要讓我先說，有點緊張的我便點頭同意。

「不好意思，抽屜裡有個東西，可以請您幫我拿過來嗎？」

她指向放著調藥器具的桌子。我走過去拉開抽屜。

裡面有張畫著一名女性的畫。

「那位女性名叫米莉亞里亞·艾爾多蘭德。是少爺您的……母親。」

不可思議的是，看著畫中黑髮如瀑、目光慈祥的女性，我的心情逐漸平靜下來。

我不知道原因，但我本能地理解，這人無疑是我的母親。

「亞里亞大小姐生下您後……就去世了。」

「……是嗎？」

「真的……非常抱歉。」

艾莉娜告訴我母親已不在人世，低下頭，沒有擦拭滑落臉頰的淚水。

她哭的原因是因為一直瞞著我的罪惡感，還是因為感到自身的無力，我無從得知，不過我這個當事人沒有任何感覺。

因為我多少有想過，我的母親是不是去世了。

而且，前世的經驗並不允許我哭泣。

我上輩子殺了一堆人，也看過許多朋友在眼前喪命，即使覺得難過，也流不出眼淚。

「艾莉娜，把頭抬起來。妳不需要道歉。」

「可是！我一直瞞著您……這麼重要的事……」

「妳是為我著想才不對我說的。我感謝妳都來不及了，怎麼會恨妳呢？」

「就算這樣……我……」

雖然問這種問題對沉浸在悲傷中的艾莉娜不太好意思，我腦中浮現一個疑惑，便開口提問。

「媽媽葬在哪裡？」

「亞里亞大小姐……沒有墳墓。大小姐說想讓自己的骨灰回歸自然……」

聽艾莉娜說，母親的遺骨燒成骨灰後，於風光明媚的山丘上隨風而逝。

恐怕是不想讓我發現她去世了吧。母親生前是什麼樣的人呢？

「這樣啊。對了，艾莉娜，希望妳跟我講講媽媽的事。」

「大小姐的事嗎……？」

「嗯。例如她是怎樣的人、喜歡什麼東西，任何事都可以。」

「……好的，我把我知道的都告訴您。米莉亞里亞……亞里亞大小姐是個非常天真爛漫的人。」

艾莉娜神情緩和了些，大概是在回想母親生前的模樣。

不過天真爛漫？看那張畫明明是清純成熟吧？

「亞里亞大小姐是貴族艾爾多蘭德家的獨生女，溫柔有氣質，在我陷入絕望時拯救了我。她常常會做不符合貴族身分的事，卻擁有不可思議的魅力，將人深深吸引。然而，艾爾多蘭德家在與其他貴族爭權奪利的戰爭中輸掉，全家的貴族資格都被剝奪。」

看來無論哪個世界都會有這種事。

事到如今也沒辦法改變什麼，因此我靜靜傾聽艾莉娜繼續述說。

「艾爾多蘭德家遲早會流落街頭，但這時突然出現一名愚蠢貴族，向大小姐提議。他說只要大小姐嫁給他，就會保護大小姐的父母——這條件根本不容人拒絕。亞里亞大小姐沒有選擇的餘地。」

意思是叫人家為家族賣身嗎？她嫁過去時，做了多大的覺悟呢。

「之後等待大小姐的就是地獄。愚蠢貴族確實保護了大小姐的雙親，但他一下就把他們送到外地。除此之外，他只和大小姐發生過一次關係就對她失去興趣，沒有給她任何地位，把她關在這棟宅邸之中。我們三個平民差點失去依靠，是亞里亞大小姐幫忙說話，我們才能住在這裡。」

艾莉娜表情扭曲得嚇人，握緊拳頭抑制怒火。

「過了一段時日，我們發現亞里亞大小姐懷上了您。那名貴族知道這件事，只拿了一點錢給亞里亞小姐，叫她把少爺您養大當備用繼承人。」

想必她十分不甘。那個愚蠢貴族明明是我的父親，艾莉娜提起他來嘴巴卻毫不留情。

這是她一直……累積了好幾年的怨氣。全部吐出來吧。

「日後，我們得知那場權力戰爭也是那名貴族因為想要亞里亞大小姐而煽動的。大小姐的父母雖然勉強倖存下來，卻被那名貴族搞到音訊不明。天知道我有多恨他。」

知道真相後，要是見到那個垃圾，我說不定會好好伺候他一頓。

在我腦中浮現黑暗想法時，蹙起眉頭的艾莉娜忽然露出苦笑。

「但是……亞里亞大小姐不一樣。她摸著越來越大的肚子，笑得很開心。我被怒火沖昏頭，不小心講出『明明是那種人的孩子』這種失禮的話，亞里亞大小姐卻這麼說——」

『那種男人的孩子又怎麼了？這孩子沒有錯，所以我要把他養得健健康康。而且父親和母親應該還活著，艾莉娜、迪和諾艾兒也都在這裡。這個環境可以讓我放心養大這孩子，我還有什麼好奢望的？』

「……我無話可說。只要少爺和我們平安無事，大小姐就滿足了。大小姐還說少爺是我們所有人的兒子，要大家一起好好養育您。真的是器量很大的人。」

真是位堅強的女性。就算她不是我母親，我也想見她一面。

「然後，在接近預產期時，亞里亞大小姐身體突然出現異狀。她本來就體弱多病，所以這或許也沒什麼好意外的。用這麼虛弱的身體生小孩與自殺無異，即使如此，大小姐仍然要把孩子生下來，結果……」

生下我後，母親就去世了……

『你的名字叫天狼星。我愛你……我的天狼星。要做個不受任何事物束縛的人，相信自己，坦蕩蕩地活下去。這就是媽媽的願望。艾莉娜……之後就麻煩妳了。連我的份一起疼愛他吧。』

「這就是亞里亞大小姐……臨終所說的話。當時的我雖然完全不知道該怎麼辦，一將您抱起來，我就想起亞里亞小姐的話。就算是可恨之男的孩子，這個嬰兒並沒有錯。於是，我繼承亞里亞大小姐的遺志，發誓要保護您。我明明……這麼發過誓……」

「……那男人卻說只能再養我六年？」

「!?您為什麼……會知道？」

「其實，我昨天不小心聽見你們的對話。我知道那個到我們家來的男人是我的父親，他對我沒有期待，也不需要我。」

「怎、怎麼會……」

不想讓我得知的事被我聽見，艾莉娜臉上瞬間染上絕望，但我雙手握住她的手，為了讓她放下心來，笑著說道：

「可是，知道妳一直在保護我，我很高興。謝謝妳，艾莉娜。正因為有妳的守護，我才能長到這麼大。」
「您這番話我擔待不起。不過，我明明對您下了安眠藥……」
「安眠藥？經妳這麼一說，其實妳泡的紅茶打翻了，我沒喝到。所以等妳恢復後，希望妳再為我泡杯紅茶。」
「天狼星少爺……嗚、嗚嗚……」
艾莉娜終於忍不住，抱著我淚流不止。

過了一會兒，艾莉娜冷靜下來放開我，笑得有點難為情。
「謝謝您。我已經……沒事了。」
「這樣我是不是報答一些妳的恩情了？」
「不，豈止如此，我一直從您身上獲得許多東西。因為對我來說，看著您日漸成長，就是我活下去的意義。」
「我不覺得我有這麼了不起。」
「不為救回自己一命、又給予自己生存價值的主人奉獻一切，哪稱得上隨從？從今以後，我也會以一名隨從的身分扶持您到最後。」
我從她恭敬行禮的姿態，看見堅定的決心。

本來怎麼想都覺得艾莉娜對我抱持的是對孩子的愛情，她卻只想以隨從身分待在我身邊。

雖然我認為她可以再順從自己的心意一點，現在就尊重她的意願吧。

「嗯，未來也麻煩妳囉，艾莉娜。」

「是，我這條命都會拿來為您奉獻。」

這樣講有點沉重，不過算了。

好，看來艾莉娜講完了，接著輪到我。

我是想了個設定沒錯，可是她也不一定會接受。

大概是我思考的模樣看起來像在迷惘吧，艾莉娜笑著用雙手包住我的手。

「雖然不知道您為何猶豫，請您說給我聽。無論是什麼事，我都會站在您這邊。」

這句值得信賴的話語推了我一把，我開口坦承自己的祕密。

「艾莉娜，我……不對，我（註1）每天晚上都會作夢。」

「『我』!?不，比起這個……作夢嗎？」

用「我擁有上輩子的自己在異世界活到六十歲的記憶……」這種方式說明也只

---

註1　天狼星本來的自稱是較斯文、乖巧的「僕（boku）」，改口後用的則是較有男子氣概的「俺（ore）」。

會越講越亂。

既然如此，只要把我的前世統統用「夢」來解釋即可。

「夢的內容是另一個男人的人生。我在夢中經歷各式各樣的事，學到各種知識，簡直像我變成了那個男人。我每天都會作這樣子的夢。」

「另一個男人的人生……」

「不僅如此。我不只會完全記得夢的內容，還會和那男人一同成長的樣子。所以我很快就學會看字，也能看書調製魔水病的藥。」

「儘管有些難以置信，一想到您成功調出了藥，就覺得這原因滿合理的。」

「我能打倒哥布林，就是因為夢中的男人會參加戰爭，我從他身上學到了戰鬥方式。雖然不知道為什麼會作夢，我倒認為這樣很好。因為都是託那個夢的福，我才把妳救了回來。」

來吧，艾莉娜會作何反應？

假如她說我噁心或罵我怪物，我有自信會非常消沉。

或許是察覺到我的不安吧，艾莉娜像在叫我不要擔心似的露出微笑，把手放在胸前緩緩低下頭。

我聽說這是對對方表示忠誠的姿勢。

「鮮少哭泣，僅僅花了一年就學會看字、理解魔法。我一直覺得您是個不可思議的人，原來是因為這樣。」

「妳相信這種無憑無據的事？」

「若非如此，無法解釋您為何會成長得如此迅速。而且我是您的隨從。不管發生什麼事，我都會相信您、侍奉您。」

艾莉娜說我的母親器量大，她也不遑多讓啊。

無論如何她都會站在我這邊，就算我犯了什麼罪，她也會包庇我到最後吧。

「艾莉娜，謝謝妳願意相信我。」

「我才該謝謝您願意跟我說。」

之後應該能做更激烈的訓練了，得感謝艾莉娜寬廣的胸襟。

「雖然有點急，是不是該討論一下我們的未來？」

「請等一下。要不要對諾艾兒和迪也稍微說明，大家一起商量？」

「說得也是。我也不想排擠他們。」

「是的。他們和我一樣被亞里亞大小姐撿回來，是與我同甘共苦的夥伴，絕對值得信賴。」

「那就等他們倆回來再說。不過諾艾兒知道這個狀況與真相，不曉得會有什麼反應。」

「八成會大吃一驚吧。諾艾兒自不用說，我很期待那個面無表情的迪會露出什麼樣的表情。」

我和艾莉娜一同笑著想像兩名隨從的反應。

沒問題……我們都能自然對彼此展露笑容。

為了守護這令人安心的氣氛，我要變得更強。

在那之後，我一邊照顧艾莉娜，一邊整理亂掉的房間和廚房，幫忙做家事。

艾莉娜似乎不能接受讓我這個主人自己做家事，但我希望她生病就給我乖乖休息。

整理完廚房後，太陽已經開始下山。我泡了紅茶在艾莉娜的房間休息時，聽見玄關傳來精力十足的聲音。

「我們回來了……呃，咦？沒人在家嗎？」

「……莫非是那男人！」

「怎麼會!?天狼星少爺——！艾莉娜小姐——！」

接著是一陣巨大的腳步聲，頭髮亂七八糟的諾艾兒門都沒敲，就打開門衝進我們所在的房間。

「艾莉娜小姐！這到底是……」

「別慌，諾艾兒。應該先和天狼星少爺報告妳回來了。」

「是、是！天狼星少爺，我回來了！比起這個，艾莉娜小姐，究竟發生了什麼事!?那男人該不會對您做了什麼……」

「唉……看來妳還需要多多修行。」

艾莉娜嘆了口氣，安撫混亂至極的諾艾兒。

諾艾兒聽到艾莉娜罹患魔水病，臉色瞬間發青，得知我打倒哥布林則興奮不已，我一告訴她我擁有與大人同等的知識，她就瞪大眼睛，僵直不動。真是個有趣的孩子。

聽完我的說明，諾艾兒皺起眉頭，不過端起我泡的紅茶喝了第二口後，她就滿足地點點頭。

「這事聽起來滿難相信的，可是確實有可以說服人的地方。例如這杯紅茶，我明明不記得教過您，您竟然能把紅茶泡得這麼好喝，這怎麼可能。不如說比我泡的還要好喝耶！好不甘心！」

前一秒她還在滿足點頭，下一刻就突然惱羞成怒。

這個小女孩有時雖然會展現敏銳的觀察力，果然還是有脫線之處。

如諾艾兒所說，他們三個都沒教過我怎麼泡紅茶。

我之所以會泡紅茶，只是因為上輩子師父喜歡喝，我被他逼著學會罷了。我自己是沒有很在乎紅茶口感，但要是師父喝到這世界的紅茶，應該會訓兩小時的話。

總而言之，諾艾兒因為我泡的紅茶接受這個說法。

「確實……我也沒教過天狼星少爺。」

「泡紅茶是我們的工作。除非主人提出要求，否則沒有教他的必要。」

「對吧？唔……好好喝，真令人不服氣。迪先生不這麼覺得嗎？」

「並不會。天狼星少爺，下次可以教我怎麼泡嗎？」

「讓主人教自己泡茶，我這個姊姊的地位會……管他的，我也要學！」

妳這個姊姊真沒尊嚴。算了，反正我也會喝，之後教教他們三個吧。

所有人都接受我的說詞，準備商量之後該怎麼辦時，諾艾兒肚子叫了。

她驚慌失措，滿臉通紅，不過晚餐時間將近，這也不能怪她。

而且艾莉娜也才剛痊癒，我們便決定明天再討論。

「看來比起更換魔導具，得先準備晚餐呢。」

「那我來點火。」

「啊，等等。我用過的火應該還沒熄。」

「喔喔！您還知道燧石的用法呀。可信度越來越高囉！」

「沒有啦，我是知道怎麼用沒錯，可是昨天的事件導致燧石全碎了，所以我費了好大一番工夫才把火點著。」

「「……咦!?」」

三位隨從聽見這句話，愣在原地。我說了什麼奇怪的話嗎？

「……迪，家裡有備用的魔導具嗎？」

「沒有。」

「天狼星少爺，我想請教一下，不用燧石您是怎麼點火的？」

「怎麼點火的……就靠摩擦生熱啊？」

「「『摩擦生熱』？」」

為了向一頭霧水的隨從們解釋，我用跟昨天一樣的方式生火給他們看，三人都瞪大眼睛，大為震驚。

「用這種方法……生火？」

「這樣不需要用魔法也不需要魔導具耶！」

「多麼創新！」

說這麼原始的方法創新？真搞不懂這世界的常識……等一下？

「欸，你們真的不知道剛剛那個方法？這不是常識嗎？」

「不，天狼星少爺。我是第一次看人這樣生火。」

「我也是。」

「我也是唷。這實在稱不上常識。」

光是摩擦手都會生出熱度，為什麼沒人發現？

「不好意思，可以把你們知道的點火方式統統告訴我嗎？」

「瞭解。我們主要都是用魔法和魔導具點火。」

「燧石。」

「剩下就是魔物噴的火或自然現象吧？我想應該沒了。」

……看來我太習慣這個世界了。

應該多多比較上輩子和這輩子的常識才對。

我在這個世界學到的知識，幾乎都是「○○是○○」這種決定性的觀念，我都當成常識聽過去，然而就擁有前世知識的我聽來，有許多令人費解的部分。

也就是說，就像這個世界的點火方式只有他們三個剛才說的，魔法是不是也有那種先入為主的觀念？

因為有魔法這麼便利的東西，可以理解他們為何沒發現摩擦生熱。

舉個顯而易懂的例子，例如我昨天對哥布林用的「衝擊」。

無屬性魔法「衝擊」的威力明明只能讓標靶晃動，我使出的「衝擊」卻強到足以把哥布林的頭轟飛。

那時候我因為久違的戰鬥燃燒起來，嫌念咒麻煩，極度想要上輩子的榴彈槍。

接著我身上便出現魔法發動的前兆，我順著這股感覺使用「衝擊」，就使出威力如同榴彈槍的一擊。

魔法重要的或許不是詠唱咒文，而是「意念」。

由於我用的魔法全都只是模仿諾艾兒用給我看的，不小心被「『衝擊』就是不怎麼強的魔法」這種先入為主的觀念束縛住。

如今發現這點，我的魔法應該會大幅成長。

倘若這個假設沒錯，榴彈槍外的武器應該也能使用，但時間已經到了傍晚，天色開始變暗，昨天晚上我因為用怪姿勢睡覺，疲勞也還沒消除，剩下明天再說吧。

「啊，對了對了。我們有幫少爺買土產回來唷！」

我看著諾艾兒拿出的土產，揚起嘴角。

隔天吃完早餐，我到中庭準備做實驗。

我叫艾莉娜今天乖乖在床上休息，諾艾兒和迪則忙著做家事，所以四周沒有任何人，對我來說正好。

因為等等要做的實驗，萬一被打中會很危險。

開始實驗前，我打開昨天諾艾兒買給我的《中級魔法教學》。

首先要詠唱咒文。初級課本上只有提到「有辦法縮短詠唱時間」，中級課本則多補充了「詠唱的最終境界是無詠唱」。

只念出最後的魔法名就可以發動魔法，即為無詠唱，想到達這個境界，似乎需要持續的努力與天賦。

然而，我沒有做任何努力，前天就無詠唱發動了「衝擊」。

恐怕是「沒念咒文魔法就不會發動」這無意識烙印在腦海的觀念導致的吧。

為了確認我的推測是真是假，我立刻開始實驗。

我將手心朝向標靶，回想之前對哥布林使出的「衝擊」。

強烈地……專心想像手中握著那把熟悉的槍。

「…………來了！」

然後抓準熱流在體內流竄的時機，使用「衝擊」……不對，這已經是別的魔法了，名字應該也換一下。

「『射擊』。」

我低聲念道，與此同時，魔力彈自掌中射出，發出巨大聲響把標靶轟爛。

不僅如此，連附近的樹都被颳倒，魔力彈直接射中的地方化為一片慘狀，彷彿被炸彈炸過。

……這結果雖然超出我的預料，卻證明了我的假設是正確的。

話雖如此，果然還是跟真槍不一樣。

簡單地說，榴彈槍是一種可以射出小型炸彈的槍，本來應該是靠火焰和衝擊引發的爆炸將對手炸飛。然而用魔法模擬的似乎只有衝擊而無火焰，不曉得是不是因為它是無屬性。不過威力無話可說，我也沒什麼好抱怨的。

我站在四散的石頭與木屑中，忽然聽見艾莉娜的尖叫聲響徹中庭。

「天狼星少爺!?迪！諾艾兒！快到中庭來！」

我回過頭，艾莉娜從窗戶跳出來，跑向我這邊。

看到平常穿著一絲不苟的艾莉娜赤腳跑步，我才意識到自己闖禍了。

「您有沒有受傷!?這麼可怕的攻擊，到底是從哪裡來的！」

「噢……嗯，我沒受傷。放心，剛才那是我用的魔法。」

「咦!?那是……魔法？」

在我安撫目瞪口呆的艾莉娜時，諾艾兒和迪馬上就來了，我便說明狀況，結果他們都聽得傻眼。

「這是天狼星少爺做的？」

「唔咿……這種威力是中級魔法吧。您究竟用了什麼？」

「算是我改良『衝擊』自己發明的魔法……吧？雖然還在實驗途中，威力比我想像中還大，害我嚇了一跳。」

「把初級魔法變成中級魔法等級!?到底是怎麼回事——！」

我無視抱頭吶喊的諾艾兒，拜託迪把艾莉娜送回房間。

她為我操心我當然高興，但她一直光腳站在室外，我會很傷腦筋。

「好了，艾莉娜。我沒事，所以妳回房休息啦。」

「……瞭解。我會在窗邊看，請您千萬不要勉強。」

迪背著艾莉娜離開後，諾艾兒終於恢復正常。

「那個……這真的是您自創的魔法嗎？其實是中級火魔法『火焰槍』吧？」

「怎麼可能？我連初級火魔法都用不了。我是很想再表演一次給妳看，可是魔力消耗了不少，艾莉娜又會擔心……」

「射擊」的威力如剛才所見，強歸強，卻會消耗與威力相等的魔力，現在的我大概只能用兩次。

「那個……您不介意的話，可以讓我在旁邊看您練習嗎？」

「可以啊。不過絕對不要站在我前面喔，很危險。」

我在諾艾兒的陪伴下，接著想像自動手槍。

方便用於近距離和中距離的射擊系武器，我第一個想到的就是單手可持、較好瞄準的手槍。

如果是我愛用的槍，連細部構造我都記得清清楚楚，所以很好想像。

重點在於彈頭要尖，以及槍管內的膛線。子彈會沿膛線旋轉，直直射出去。

我盯著附近被我拿來當目標物的樹，豎起食指和大拇指，做出手槍的形狀。

集中魔力……製造子彈……裝彈……上膛……扣下扳機！

「『麥格農』。」

一陣悶聲響起，目標物左右搖晃，樹木中心開出一個拇指大小的洞。

我朝其他樹開了幾槍測試，射程、威力都很優秀，彈道比真槍還要穩。

再加上幾乎沒有聲音和後座力，好用得令人傻眼。

剛才那幾槍把魔力用完了，因此我坐下來休息，旁邊的諾艾兒則杵在原地，感覺有點坐立不安。

「天狼星少爺，難道那也是您自創的魔法？」

「對啊，我試著模仿在夢中看到的武器，威力比正牌貨還厲害喔。」

「有這種武器呀!?我嚇到不知道該怎麼表達驚訝了。」

「與其驚訝，我有件事想請妳教教我。就是這一頁上的……」

我打開中級課本，翻到「冥想」那頁給諾艾兒看，上面詳細說明了關於體內魔力的知識。

魔力之所以會隨時間經過而恢復，是因為人類會在無意識間吸收大氣中的魔力，將其轉換成與自己同質的魔力，而冥想就是刻意吸收魔力，加快自然恢復力。

書上說做法是放鬆身體，用全身吸收魔力，但「吸收魔力」這個部分我看得不是很懂。

「上面只有寫『吸收』，沒有講具體方式。」

「嗯……這是要自己去感覺的，不太好解釋。我也做不到的說。」
「妳也做不到啊。所以這東西才會被歸類在中級。」
「教我魔法的人是說要去感覺跟體內魔力類似的某種東西，用無形的手把它拽過來。」
發動魔法前竄過全身的熱流是自身的魔力，也就是說，是要從大氣中感受與那相似的東西？
我閉上眼睛，緩緩吐氣，摸索魔力的氣息，接著便感應到體內的魔力。
因為我現在魔力枯竭，容量接近全空，只要拿大氣中的魔力填滿這個空隙就行了吧。
我就這樣將意識伸向外界，感覺到空氣中確實有某種目不可視之物。
彷彿身在「魔力」這陣霧裡，隨時在接觸它，卻又無法實際碰觸。不過，我發現一件事。
空氣中的魔力……是不是和我體內的魔力類似？
感覺像一片紅色中有一點紅，森林中有一棵樹。不要把魔力吸進體內，試著與其同調如何？
在我集中精神，想要融入四周環境時，肩膀突然被搖了一下，我只得中斷冥想。
「天狼星少爺，您沒事吧？該不會睡著了？」

「……諾艾兒，瞧妳幹了什麼好事，我就快要掌握什麼了耶。」

「咦……我闖禍了嗎？」

我慢慢點頭，諾艾兒顯然很害怕。

其實我沒有生氣，但為了感謝她打擾我，再多嚇她一下吧。

我笑著逼近，瞪著不知所措的諾艾兒。

這時我發現，魔力枯竭帶來的疲憊感完全消失了。

「對、對對對不起！請您千萬不要告訴艾莉娜小姐！」

很遺憾，艾莉娜站在窗邊看著這裡，我想她不會沒看見。

我無視在旁邊拚命哀求的諾艾兒，對附近的樹使用「麥格農」，成功發動和剛才一樣的魔法。

看來我消耗掉的魔力，在這麼短的時間內幾乎完全恢復。

「天、天狼星少爺，您怎麼了？您真的生氣啦？」

「沒有啦。我問妳，冥想可以讓魔力一下恢復嗎？」

「不能。我聽說它只能加快恢復速度，頂多把恢復時間從一整天縮短到半天……咦，您剛才用了魔法耶，難道說？」

「嗯，我的魔力恢復了。不知為何，我冥想時好像可以讓魔力立刻恢復。」

我的魔力大概與空氣中的魔力近乎同質。

其他人得花時間轉換魔力，我只要與大氣中的魔力同調就能立刻恢復。也就是說，在大氣中的魔力枯竭，或是我的身體撐不住魔力消耗前，我都可以盡情使用魔法。

在我為此感到驚訝時，諾艾兒忽然一臉嚴肅，把手放在我肩上看著我的雙眼。

「天狼星少爺。那個能力非常厲害，肯定足以洗去『無色』的汙名。不過……千萬不可以讓其他人知道。」

「那當然。要是被人知道我有這種能力，不曉得他們會對我做什麼事。除了家人以外，我不會告訴別人。」

「嗯。天狼星少爺真的很聰明呢。是說，我也算在『家人』內嗎？」

「對啊。妳和艾莉娜與迪都是我的家人，不是嗎？」

「嗚嗚……好感動。既然是家人，您可以叫我姊姊盡情向我撒嬌唷。」

「這就免了吧。」

「為什麼!?」

在那之後，我不斷讓魔力恢復，做了好幾次實驗。

不只是我愛用的槍，我還試了各式各樣的槍械，卻有一半射不出子彈，什麼事都沒發生。

射不出子彈的都是我比較少用、印象薄弱的槍，我因此得知想像時需要把實品的細部零件也想像出來。

諾艾兒拿出飲料和毛巾，遞給不曉得用光幾次魔力，喘得上氣不接下氣的我。

「還好嗎？今天就練習到這吧？」

我一邊用毛巾擦汗，望向宅邸，看到艾莉娜動都不動，一直盯著這邊。繼續練習感覺會害她擔心，差不多該告一段落了。

「嗯，那就休息吧，午餐時間也快到了。謝謝妳陪我練習。」

「不會不會，看到您練習的模樣，我發現自己努力得還不夠。要是我以前也像您一樣努力，說不定就能去上學囉。」

「上學？有教人魔法的學校嗎？」

「有呀。可是上學需要很多錢。我住的村莊很窮，老家也是，我就放棄了。所以我只有向故鄉曾經當過老師的人學點基礎，然後就離開故鄉出來工作。」

諾艾兒瞇起眼睛望向遠方，恐怕是想起故鄉了吧。

「對不起。我神經太大條。」

「您別在意，我只是稍微有點懷念而已。而且我現在過得非常幸福唷。有亞里亞大小姐、艾莉娜小姐、迪先生和天狼星少爺陪伴，能遇到大家真的太好了。」

符合她這個年紀的誠摯笑容，讓我感到有點滿足。

我發自內心希望她得到幸福，畢竟這孩子幫了我許多忙。

「話說回來，天狼星少爺想擔心姊姊我還早一百年呢。就算你知道很多東西，終究是個小孩。」

確實如此，但由平常做事就少根筋的妳來說，絲毫沒有說服力。在我眼中，妳就跟要人照顧的妹妹一樣。

諾艾兒看我準備回到屋內，伸手牽住我，我也回握她的手。

這種小地方倒是個像樣的姊姊。

「呵呵……是說，天狼星少爺將來想做什麼呢？」

「將來？」

「天狼星少爺發明了這麼厲害的魔法，我覺得非常驕傲。我很好奇您長大後想做些什麼。」

「那妳呢？妳將來有想做什麼嗎？」

「我嗎？當然是新娘子──呃，請您不要扯開話題！比起我，天狼星少爺比較重要啦，真是！」

諾艾兒慌張得面紅耳赤。妳這句話要是講給迪聽，說不定夢想就會成真囉。

因為我知道你們兩情相悅。

「抱歉抱歉，我有點在意。這個嘛，我的將來啊。」

「啊哈哈，再怎麼說，現在考慮這個也太早了。請您忘了我剛才問的。」

想做什麼嗎……

重生後過了四年，我思考過好幾次自己該在這個世界做些什麼。

前世的人生雖然充滿血腥味，我直到最後都貫徹自我，所以我自認死得毫無遺憾。

我幾乎沒有留戀，但聽到諾艾兒提到學校，我想起一件事。

上輩子我有好幾名徒弟。

名字已經想不起來，是我撿回來親手養大的少年少女們。

我沒有結婚也沒有家人，對我來說，徒弟們就如同家人。

身為他們的師父，身為他們的撫養者，沒能守護徒弟到最後一刻，或許是我唯一的遺憾。

看來我找到目標了。

吃完午餐，所有人都聚在客廳，我在討論將來的事前率先開口。

「我想去學校看看。」

我這句話令三位隨從陷入困惑，四目相交。

尤其是諾艾兒，她面色蒼白，彷彿在表示自己闖禍了。

「難道是因為我之前提過!?我說的話決定了天狼星少爺的未來嗎！」

「不是。是我自己決定的。」

「冷靜點，諾艾兒。所以，天狼星少爺為什麼想上學？」

「我以後想當老師，不過在學校可以平安成長也是其中一個原因啦。」

這個世界人命不值錢。

沒系統的國家很多，種族、宗教不同的人都混在一起，經常發生對立。戰爭也很頻繁，到處都是魔物，鮮少安全地帶——不過，這都只是書上記載的知識。

因此我想去世界各地親眼見識各式各樣的東西，以一名教師的身分，教導弟子或學生該如何生存。

整個流程就是去學校吸收知識、踏上旅途探索世界，然後成為老師。

「夢中那名男性教了弟子很多東西。辛苦歸辛苦，我覺得很有價值，所以我也想成為他那樣的人。為了達成目的，我想說是不是該先去上學。」

「是呀，學校會提供住的地方，我們也可以放心。不過，少爺您的屬性……」

問題在於我是無屬性。

不用想都知道，一旦被人發現就會背上無能之名，大家都會用鄙視的眼神看你。

隨從們因這殘酷的現實蹙起眉頭，唯有諾艾兒認真點頭答應。

「……我認為沒問題。」

「諾艾兒，妳怎麼會說這種話？妳應該很明白被排擠的煩惱呀。」

被排擠……是指種族歧視嗎？

我聽說諾艾兒現在雖然開朗活潑，以前卻受過很不人道的對待。

「其實，我剛才見識到一些天狼星少爺的魔法。少爺的技術我望塵莫及，絕對模仿不來。」

我的魔法是因為知道前世的槍械才用得出來，想要模仿應該也不太可能。

「中級魔法天狼星少爺也已經理解一半，我完全無法想像少爺六年後會成長到什麼程度。如果是天狼星少爺，無論是什麼樣的人找他碴，感覺都會反過來被少爺打倒。少爺那麼厲害，未來一定會成為名人。所以我也想盡我所能幫少爺的忙。」

聽到諾艾兒認真的發言，艾莉娜點點頭，把手放在她肩上。

「……妳說得對，我們只要為主人奉獻即可。而且，這是天狼星少爺第一次提出要求，我也想為他實現願望。」

「對呀！大家一起加油吧。」

「嗯。」

他們三個為我奉獻這麼多，我一定要回應他們的信賴。

「謝謝你們。不過還有六年，不要太勉強。」

「謝謝您的體貼。想上學首先需要學費。把我調的藥拿去賣貼補一些吧。」

「賣藥就由我負責。」

「我去調查學校的情報。天狼星少爺的才能只侷限在這種地方太可惜了。」

諾艾兒激動地舉起手，我卻覺得這麼有精神的模樣有點像裝出來的。

她會如此有幹勁，或許是因為在我身上看到過去的自己。她應該覺得自己沒能去上學很遺憾吧。

「之後要忙起來囉。在那之前，迪，把那東西交給天狼星少爺。」

「瞭解。」

迪走出客廳，不久後拿了一把劍回來。

他將那把劍遞給我，用眼神叫我拔劍出鞘，我便把劍拔出來。

「這是？」

「是我當冒險者時撿到的劍。即使對手是哥布林，這把劍也不會輕易斷掉。」

這是把短劍，約五十公分長的劍身上刻著淡淡花紋，刀柄沒有任何紋路或裝飾。

雖然對四歲的我來說稍嫌大了點，我很滿意這種重實用性的外觀。

然而它的劍身……明明堅固卻比想像中還輕，讓我明白這不是隨便找一家店就買得到的商品。

「這武器感覺不錯，我真的可以收下嗎？」

「那是備用的。我在某座遺跡中找到這把劍，可是以劍來說它太輕，沒有人想要，就由我拿走了。我想對現在的少爺來說，拿它防身正好適合。」

我第一次看迪這麼多話。

如他所說，以重視外觀震懾力的護身用武器來說，這把劍剛剛好，我就心懷感激收下吧。

「這是配劍用的皮帶。我把尺寸調成適合少爺您的。」

「謝謝你。我會好好珍惜。」

我一向他道謝，迪就微微揚起嘴角，看起來很高興。

我把劍收回劍鞘後，艾莉娜握住我的手，看著我的臉說：

「天狼星少爺。雖然你現在擁有武器，請您千萬不要勉強。」

「我知道。昨天是因為情勢所逼，但我總有一天會和哥布林戰鬥。」

「我希望您盡量避免戰鬥，可是為了變強……這是必要的對吧。到時請您務必帶迪一起過去。」

儘管擔心到不行，艾莉娜仍然點頭同意。

真的是個跟在我身邊太浪費的好隨從。

事實上，區區哥布林用我的槍魔法就能瞬間解決，但我想直接和牠們戰鬥，找回上輩子的技術。像昨天那種被血濺到的狼狽模樣，我再也不想經歷。

若是前世的我對上哥布林，應該能哼著歌打倒牠才對，更遑論被血濺到。

魔法雖然方便，凡事都依賴魔法自己就不會成長，尤其是我的槍魔法實在太強。

只要我有那個意思，還可以從遠距離狙擊，不過萬一被人知道，可能會被全世界的人當成危險分子，因此除非有必要，我想盡量隱藏實力。

就這樣，多虧我有一群包容力高的隨從，我再也不需要配合年紀行事。

為了找回上輩子的技術與體力。

以及為了熟悉新的力量——魔法，我真正的訓練就此開始。

和隨從們說明我的情況，正式開始訓練後……過了三年。

我在艾莉娜的守護下，和諾艾兒一起研究魔法，讓迪教我冒險者的基礎，迎接七歲。

在那之後，我也不斷鍛鍊身體，發明書上沒記載的新魔法，每天都過得很忙碌，順利成長著。

我和迪打過好幾次模擬戰，練習如何與人交手。

迪還滿強的，不愧是前冒險者，可是他的戰鬥方式全是自學而來，漏洞百出，最後被我超越，反而換成我來教他。

迪對戰鬥的敏銳度不差，我本來想收他為徒弟栽培看看，迪卻說他想當廚師，我便乾脆放棄。

人類逐夢的模樣最為耀眼，身為他的家人，我不想破壞迪的夢想。

迪想當廚師，所以我把上輩子的食譜告訴他，結果他高興得不得了。面無表情的迪竭盡全力露出的笑容，令我印象深刻。

上學需要的事前準備也在一步步進行。

為了賺學費，迪幫忙把用藥草調成的藥和在山上找到的珍貴素材拿去賣，慢慢存錢。

時間雖然只剩三年，照這樣看來應該沒問題吧。

某一天，迪說我出師了。

這代表我獨自到屋外探索也沒問題。

因此我跑到山裡訓練，行動範圍越來越廣。

今天，我以新世界為目標……於空中奔馳。

要解釋這個狀況，得先說明兩個魔法。

一個是「增幅」。

把魔力注入體內可以強化身體能力，刻意這麼做就是這個魔法。

儘管有極限，把越多魔力注入體內就會變得越強，想要一拳打碎石頭也很容易。

魔力還會保護身體，所以只要不要控制失敗，就不會受傷。

施術者的才能會明顯體現於這個魔法上，消耗量也大，因此很少人會去使用。

屬於無屬性魔法……

以上就是書上對「增幅」所做的說明。

經過實驗，我明白這個魔法就只是把魔力注入體內。

然而因為我擁有上輩子的醫學知識，熟悉人體構造，可以從血液流向、肌肉收縮、骨骼動作得知該用魔力保護的部位，有效讓魔力滲透體內，提高效率。

結果……我獲得長時間維持魔力的能力，以及幾分鐘就能從宅邸抵達採擷水魔草的湖泊的腳力，還有一拳打倒哥布林的腕力。有種自己已經不是人類的感覺。

另一個是我自創的魔法「空中踏臺」。

魔力集中後會帶有質量。

把它集中到足以讓腳踩在上面，於空中做出踏臺，即為這個魔法。

簡單地說就是可以讓人在天上飛的魔法，但製造一個踏臺會用掉大量魔力，非常耗燃料。

外加魔力一下就會消失，踏臺連兩秒都撐不到。

不過，只要有我的魔力恢復特性和經過「增幅」加強後的身體，兩秒便足矣。

我還想過用「衝擊」的衝擊波打在身上飛行，可是這方法不但不好控制速度，身體還很痛，只得乖乖放棄。

也就是說，只要使用這兩個魔法，在體力耗盡前我都可以半永久地在天上飛。

我橫跨海洋飛向的地方，是對面的大陸。

我家位在「梅里菲斯特」這塊大陸的邊緣，所以越過兩座山就是一望無際的海洋。

我在練習飛行時順便往海上探索，看到水平線另一端有陸地。

回家後，我問了一下隨從，得知那是名為「阿德羅德」的大陸。

部分地區似乎有當地特有的文化，不過大致上與梅里菲斯特相差無幾。

港口會頻繁進行交易，坐船去的話可能會花上一整天，如果是從我找到的這個地方啟程，一小時應該就到得了。

然而，這裡卻是船會被驚濤駭浪捲走的魔性海域。

即使幸運抵達阿德羅德大陸，眼前也是綿延不斷的懸崖，沒地方可以登陸。

正常來說，想到阿德羅德只能去港口搭乘在平穩海域航行的船。

但這跟能在天上飛的我無關。

因此，我在好奇心的驅使下，奔向新的大陸。

飛行期間我也沒有疏於戒備，可是沒遇到什麼問題就抵達對面大陸了。

阿德羅德大陸被一片廣大森林覆蓋，我在空中跑了一段時間，卻完全沒看到疑似村落的地方。這裡說不定是人類無法涉足的場所。

我隨便在空中晃了一下，從某個方向偵測到奇怪的反應。

好像有什麼微弱的氣息……總之，有種難以言喻的感覺。

我將意識集中在那個方向，使用「探查」魔法。

這個魔法類似所謂的聲納。

聲納是發射超音波，藉由反射波偵測對象的裝置，這個魔法則是發射魔力。它也是無屬性魔法。

缺點在於假如對方感覺得到魔力，施術者的存在就會被發現。

但我的魔力和空氣中的幾乎同質，據諾艾兒所說，頂多就是刻意去注意可以隱約察覺到什麼的程度。探查敵情很重要，所以這對我來說非常有利。

我一發動魔法，釋放出的魔力就反射回來，在腦內顯示周遭地圖，然而也許是森林的關係吧，偵測到的盡是魔物反應。在那之中，雖然只有一點點，我感覺到六個人型魔力。

儘管還不知道這股異樣感為何，我以那個反應為目標，在空中跑了起來。

好了，等會兒我將第一次見到隨從以外的人，突然出現應該不太好吧。

我還是個七歲小孩，萬一對方並非善類，事情絕對會變得很難處理。

理應先觀察對象，等確定對方人格沒有問題再現身。

根據「探查」的反應，只有一個人在不同地方，我便前往該處。

萬一真的要戰鬥，對手只有一人的話，只要跑到空中就能逃脫。

我在離反應地點有一小段距離的地方降落，壓低腳步聲和氣息接近，避免被對方察覺。

現在這個情況……令我想起上輩子潛入敵陣的時候。

因為我的工作就是躲過門衛的監視，不讓任何人發現就解決目標。

我沉浸在回憶中，換成匍匐前進，好不容易從樹木縫隙間捕捉到目標。

站在那裡的……是與森林共同生活的居民——人稱「妖精」的種族。

妖精外表和像我這樣的人族差異不大，特徵在於長達數百年的壽命及一對橫向長耳。

除此之外還有自尊心高，聽說俊男美女也很多。

眼前這名妖精是女性，及腰長髮閃耀翡翠色的光澤，顏色與頭髮相同的眼眸極具魅力，彷彿會將人吸進去。

身材該說是模特兒體型嗎，凹凸有致的身體散發性感氣息，帶了點神祕感，美得像從畫中走出來似的。

只要是男人，想必都會希望能接近這名女性。

然而……她的狀態並不正常。

喘得異常厲害，汗如雨下，背靠著樹幹拚命撐住不要倒下來。

身上的斗篷破破爛爛，底下的衣服一覽無遺。

看起來很輕的皮革製胸甲，搭配露出肚臍的嫩綠色開衩裙，是重視行動方便的裝備。

我個人覺得這樣穿有點輕便過頭，可是還滿適合她的，所以就算了。

我繼續觀察情況，妖精女性脫掉礙事的斗篷，我發現她的右手臂有一道很深的刀傷。

而且傷口明明血流不止，她卻不去止血，而是瞪著前方大叫：

「我知道你們在那裡。給我出來！」

這句話不是針對我，而是在對正在接近這裡的五個反應說的。

我才剛心想事情有鬼，她瞪著的方向就飛來某種發光物。

我看出射向妖精女性的東西是把刀子，差點忍不住跳出來，但她從腰間拔出一把刀，將飛刀擊落。

我在內心佩服她的好本領，那把刀則掉到了我面前。

趁她看著其他地方，我偷偷撿回刀子，如我所料，刀刃上塗著疑似毒液的東西。

從她右手臂的傷來判斷，這肯定就是造成她身體狀況不好的原因。

我用布裹住刀子，避免碰到毒液，這時，五名男子撥開樹叢出現在她眼前。五人全是人類，看他們身上帶著武器，我想是冒險者。

男人們看著獵物露出噁心笑容，其中一人向前踏出一步，用令人不快的眼神掃過她的身體。

「中了那個毒竟然還有力氣把刀子彈開。以妖精來說妳還挺行的嘛。」

「呼……呼……這還用說嗎？你的攻擊在我眼中跟停止不動差不多。」

「哈！少逞強了。怎麼看妳都一副快要倒下來的樣子。」

「對啊對啊。瞧妳抖成那樣，冷的話要不要我們用身體溫暖妳啊？哈哈哈！」

「她會不會其實有那個意思啊？她還特地等我們耶？」

……真是顯而易見的人渣。

我在確信和這群男人合不來時，發現她嘴角揚起一抹淺笑。

「隨你們怎麼說。我之所以會等你們來……」

她閉上眼睛，準備使用魔……不對，有點奇怪。

她沒有念咒，魔力量也與一般的魔法明顯不同。

我剛才感覺到的異樣感……原因莫非就是她？

「是為了把你們一起吹走！風啊，為我除去這群人！」

她揮了下手，一陣暴風便以男人為中心襲來。

這裡明明是森林裡面，卻突然颳起一陣暴風，然而不知為何，它在吹飛男人前就驟然停止。

她試圖重新發動魔法，這次連一點風都沒吹起來。

「嗚……魔力不夠……」

「嚇、嚇死我了。不錯嘛，中了毒還能用這麼厲害的魔法，正常人可是連魔法都發動不了。真是超出預料的高級貨。」

「要賣是可以，難得抓到妖精耶，當然要試一下味道對吧？」

「這還用問？我先來喔。」

男人們帶著醜陋笑容逐漸接近。妖精女性把腰際的刀抵在喉嚨上，神情堅定。

「與其被你們這種垃圾玷汙，不如死了好。要是你們敢再靠近我一步，我就立刻自殺。」

「要死是可以啦，可妳不是說過要讓家人看到妳健健康康的模樣？」

「這……」

疑似頭目的男人這句話令她心生動搖，別開視線，這一瞬間……男人雙手一揮，六把飛刀直線射出。

真卑鄙，但這人可以同時射出六把刀，看來確實有兩把刷子。

妖精女性雖然慌了，還是用手中的刀彈開兩把飛刀，剩下的則側身閃過。

可是其中一把刀擦過她的側腹，她因為太過勉強，不支倒地。

如男人所說，毒性擴散開來，她已經站都站不起來了。男人們得意洋洋地笑著，俯視即使如此，依然試圖起身的妖精女性。

「雖然發作得有點慢，這毒很有效吧？側腹那道傷的毒也會慢慢擴散喔。」

「你這個……卑鄙……小人……」

「喂，老大，萬一她死了怎麼辦？」

「這毒強效歸強效，毒不死人的。所以價格也不低。」

「那我們得從她身上撈回本才行。」

「沒錯。喂，安分點啊，馬上就讓妳爽翻天。」

「說不定會爽到上天國喔，哈哈哈！」

「很遺憾，你們口中的天國並不存在。」

「是誰——呃啊!?」

在我扔出去的刀刺中男人的瞬間，我飛奔而出，擋在男人前面保護她。

「老大!?混帳東西，你打哪來的……嗯？」

「……搞什麼，不就是個小鬼嗎？這小鬼從哪跑來的？」

他們因為我的出現慌了一下，一看到我只是個小孩就瞧不起我。

小看我是可以，但要是他們無視我，目標轉移到妖精女性身上就糟了，還是講幾句話挑釁他們吧。

「你們問我從哪跑來的，就從那邊啊。啊，順帶一提，是我把那把刀扔出去的。我看它掉在地上，想把它還給你們。」

「嘖……死小鬼踐屁啊。喂，你們幾個，幹掉他！」

「不行！你快逃！」

我才講幾句話就氣成這樣。這群人比我想像中還易怒。

我回過頭，妖精女性看著我的眼神出於純粹的擔心，和剛才怒視男人們的銳利目光不一樣，我想她至少不是壞人。

要幫誰一目了然。

我先對男人後方用力揮手，大叫道：

「爸爸，這邊這邊！」

正常情況下，像我這種小孩不會一個人踏進森林，大部分的人應該會覺得家人就在附近。

隻身一人的小孩朝自己身後大叫，通常都會回頭戒備。

這群男人也不例外，各個轉身背對我，漏洞百出。

我在這個瞬間發動「增幅」，揮了兩下手，每個人腳上就都多了一把飛刀。

那當然是男人扔出來的刀子，我事前就把妖精女性擊落的刀和沒射中的部分撿回來了。

「喂喂喂，怎麼可以在戰鬥中背對敵人呢？會讓人有機可乘喔。」

「臭、臭小鬼！」

「好弱的殺氣。是說那刀子是你扔出來的喔？」

「什麼!?老、老大！沒有解毒劑嗎？」

「吵死了，我先用啦……啊啊！」

男人從懷裡拿出的皮袋忽然飛出去，落在我手中。

我只不過是偷偷用「魔力線」勾住它把它拉過來，男人卻著急過頭導致反應變慢，輕輕鬆鬆就搶到手了。

順帶一提，我的「魔力線」是想像前世的強化金屬線製造出來的，堅固到用不到一公分粗的線就能撐起汽車。區區一個皮袋不算什麼。

我不顧目瞪口呆的男人們，打開袋子確認內容物，裡面有兩個手掌大小的容器。其中一瓶顏色看起來就有毒，另一瓶則裝著透明液體。

恐怕這個透明的就是解毒劑，但怎麼看都只有一人份。

「欸，這就是解毒劑——」

「你現在把它還我，我還可以留你半條命，快點交出那瓶解毒劑！」

「真正的解毒劑只有一瓶，代表你根本不在乎同伴的性命。」

「什麼!?老、老大，這是怎麼回事！」

「你在胡說什麼！」

「原來如此，用這個還能獨占報酬對吧？只要在飲料裡下毒，之後就隨你怎麼處置他們了。」

「喂，你該不會就是這麼打算……」

「等一下！全都是那個小鬼胡謅的。」

「那為什麼解毒劑只有一瓶！」

我本來只是想問出解毒劑是真是假，順便扇風點火，結果就是這樣。平時累積的不滿會在這種時候爆發。

我無視那群專心互罵的男人，走到倒在地上的妖精女性身旁。

「還好嗎？」

「嗯、嗯。你到底是什麼人？」

「之後再說。我先看看妳的傷。」

她因突然出現的我感到困惑，卻還是乖乖讓我看她的傷口，不曉得是不是身體沒辦法動。

側腹的傷看起來並無大礙，但是手臂的傷比想像中還深，我便先拿身上的毛巾綁在傷口上，為她止血。

「你們夠了喔！給我去教訓那個小鬼！」

「可惡，先宰了那個小鬼再說！」

「察覺得真慢。」

我有點傻眼，把搶來的皮袋塞進背上的袋子後，妖精女性伸出顫抖著的手，貼上我的臉頰。

「待在這裡很危險。你快逃，不用擔心我。」

「……知道了，立刻就逃。」

「乖孩子。」

這麼一個大美女對自己露出柔弱笑容，大部分的男人都會被迷住吧，可惜現在的我是個小孩，並沒有動搖到那個地步。

我嘴上同意這句話，雙手卻伸到她身下將她抱起來。

即所謂的公主抱。

「那我們一起逃吧。」

「咦？什麼!?」

小孩子的身體要抱起一名成年女性確實不簡單，可是我用「增幅」強化身體，硬是把她抱起來向前衝。她比我想像中還輕，用跑的也完全沒問題。

然而我一開始跑，妖精女性就大聲抗議。

「等一下！抱著我會被抓住的！」

「放心，妳很輕。」

從嬰兒時期就在鍛鍊的身體經過「增幅」的強化，每一步都踏得穩穩的。只要好好鍛鍊身體軸心，這並不困難。

我一邊享受女性獨具魅力的柔軟觸感，不斷向前衝，男人們當然追了過來。

「給我站住！」

「他終究是個小鬼，在毒性發揮前把他抓住！」

老實說，他們跑得很慢。雖然也是因為我有用「增幅」強化身體。只要使出真本事，應該能輕易甩掉他們，我卻故意和他們保持不遠不近的距離。

原因是我想收拾掉這群卑鄙小人。

儘管可以用「麥格農」這種看不見的魔彈兩三下解決，現在妖精女性也在場，我想盡量低調點。

要向她說明也很麻煩，所以這次我不打算弄髒自己的手。

逃了一段時間，確認男人們腳步開始不穩後，我停下腳步，用「探查」偵測他們的位置，觀察情況。

「呼……呼……小鬼終於沒力啦。」

「呼……我……我們也沒時間了，趕快做掉他。」

「怎麼看沒力氣的都是你們吧。」

真是群沒用的傢伙。

中毒或許也有影響，不過這幾個男人沒用到我想叫他們多練一下耐力。

可是……向沒有未來的人建議也沒意義。

「你逃這麼久是為了等毒性擴散對吧？挺厲害的嘛。」

「算答對一半……吧？對了，等等會飛上天，小心別咬到舌頭。」

「……飛？什麼意思？」

「來了。」

我發動「空中踏臺」躍向空中，與此同時，一隻巨大魔物從背後的樹叢間衝出來。

是隻比我高兩倍的大熊，但牠鼻子特別大，還有四隻手，說牠是熊或許不太正確。

我剛才用「探查」偵測到這隻魔物潛伏在附近，便將男人們引到這裡。

「啊！是、是吉格熊！」

「這邊也有！」

「該死，動不了……」

熊型魔物似乎是群體狩獵，中了毒動彈不得的男人們被徹底包圍。
我在空中持續奔馳，當作沒聽見背後傳來的淒厲慘叫聲。
真可憐……才怪。竟敢襲擊無法抵抗的女性，這是應得的報應。

擺脫那群男人後，我抱著她在空中尋找有水的地方。
因為我想把她受傷又被泥土弄髒的身體擦乾淨。
尤其是傷口，不好好處理的話會留疤，要是她白皙無瑕的肌膚上多了道傷疤，實在太可惜。

我在這邊煩惱，妖精女性則乖乖被我抱著，莫名安分。
是因為一下被小孩子救，一下又跳到天上飛，她啞口無言了嗎？
「……欸……我們在飛對不對？」
「對啊。如果妳會怕，要不要先降落？」
「不會，正好相反！原來在天上飛這麼舒服！」
看來她心靈挺堅強的。明明剛剛才遇到那種事，現在卻沉浸在飛行的快感中，興奮得跟小孩子一樣。
「呵呵……別擔心。我覺得這孩子值得信賴。」
接著，她忽然對沒有人的方向說話。

簡直像在和透明人交談……等等？

她的行為讓我有些在意，這時她回過神來，害羞地把臉轉向我。

「對不起，我有點太興奮。話說回來，我們要去哪裡？」

「我在找有水的地方。如果附近有河就好了。」

「河？那邊應該有。」

我照她所指的方向前進，發現一條橫貫森林的河川。

我用「探查」調查周圍，並未發現疑似敵人的反應，因此我從空中降落，讓她坐在附近的岩石上。

這地方視野很好，萬一魔物或敵人來襲，應該馬上就會發現。

我先拿出解毒劑檢查，這藥是用喝的。

「有解毒劑，妳自己有辦法喝嗎？」

「有點難。不好意思……方便餵我嗎？」

事到如今，她似乎也願意信任我了，張嘴等我餵她藥。

我也像這樣照顧過生病的艾莉娜，換成這名妖精女性卻莫名性感，讓我有種在做壞事的感覺。雖然因為年齡的關係，我並沒有產生性慾。

「嗯……呼……身體熱起來了。」

「這代表感覺恢復了。在麻痺感完全消退前，把傷口也處理一下吧。」

我確認她的傷勢，血已經止住，不過傷口還沒癒合。

我用河水洗乾淨幫她止血的毛巾，擦掉傷口附近快要乾掉的血液。正常來說應該會痛，但妖精女性好像沒有感覺，或許是因為身體還會痲。

「唉……傷口這麼深，應該會留疤吧。」

「別擔心。我要把手貼在傷口上一段時間，妳忍耐一下。」

「哎呀，你還會用治療魔法呀。」

「有點不一樣，我想應該是差在治療方法上吧？」

水屬性魔法裡存在治療魔法。

是製造出有治療效果的水令傷口痊癒的魔法，我也試圖學過，然而……果然是因為我的屬性是無屬性吧，連一點擦傷都治不好，我就放棄了。

只不過，我後來想到其他治傷的方法。

把手貼在傷口上，集中精神，將魔力注入她體內——僅此而已。

在我集中魔力為她處理傷口時，她尷尬地看著我。

「呃……都過這麼久了，別說自我介紹，我連一個謝字都還沒對你說呢。」

「對喔。不過這是我自願做的，妳別放在心上。」

「那怎麼行。你是我的恩人，我當然要向你道謝。在那之前，可以告訴我你的名字嗎？」

「我叫天狼星。通常不是問的那方先自我介紹嗎？」

「對不起唷，這就像妖精族代代相傳的習俗。我叫莎米菲亞・阿拉密斯。託你的福得救了，真的很感謝你。」

莎米菲亞對我露出發自內心的笑容。

我雖然不是因為有什麼企圖才救她，美人向自己道謝還是挺令人高興的。

「不客氣。能平安救到莎米菲亞真的太好了。」

「啊，叫我菲亞就好。我也會直接叫你天狼星。然後，自我介紹完我想問個問題，你是什麼人？」

這位妖精好奇心真旺盛。

她問這問題似乎純粹是出於好奇，所以我不會不舒服，但該怎麼回答呢。

「什麼人？妳看不出來嗎？」

「我知道你是人族的小孩，可是你把大人們耍得團團轉，還會用我沒看過的魔法。我去過很多地方旅行，從來沒遇過像你這樣的人族。」

菲亞說得沒錯，我在他人眼中應該是個異類吧。畢竟外表只是個七歲兒童。

然而，即使她問我是什麼人，我也只能回答我是人族小孩。

這力量全是訓練的成果，魔法也只不過是我自己發明的。

我轉世投胎時只有把上輩子的記憶帶過來，身體和一般兒童並無二異。

「就算妳這麼說，我就是普通的人族啊。是個才七歲的小孩子喔？」

「你怎麼看都不是普通小孩。因為你明明是小孩子，我卻有種在跟大人相處的感覺。」

「那是因為我看了很多書。」

「好吧，雖然我不太能接受。我還有個問題想問……為什麼要救我？」

菲亞似乎接受我是個異類了，她認真凝視著我。

「我不會再把那群男人死了依然神情鎮定的你當小孩看。我不是在責備你，只是不明白如此冷靜的你為何要救我。」

「救人需要理由嗎？」

「因為，你應該知道我這種妖精的價值吧？我現在這樣，你明明可以把我抓去賣……為什麼不惜把那些人除掉也要救我？」

如她所說，妖精不但鮮少離開森林，還全是俊男美女，聽說拿去當奴隸賣可以賺不少錢。

想必她常被剛才那樣的男人盯上，所以不明白如同大人的我不求回報幫助她的理由。

要說的話，理由不只一個。例如因為菲亞是個美人、我不能接受她落到明顯是個人渣的垃圾們手中等等，不過若要說最重要的理由……

「因為我想認識像妳這樣的妖精美女。」

重生後到現在，我的朋友仍然只有艾莉娜他們，而且與其說是朋友，不如說是我的隨從。因此我無論如何都想認識這名妖精，順便交個新朋友。

我回答得很認真，菲亞卻一臉錯愕，接著忽然放聲大笑。

「哈……啊哈哈哈哈！想認識我呀……那假如我不是美女，你就不會救我囉？」

「不管怎樣都會救啦。只不過我年紀小歸小，畢竟是男性。既然都要救，對方是個美女不是會比較開心嗎？」

「呵呵，我第一次遇到可以把自己的企圖講得這麼好聽的人。雖然自己這麼說有點那個，幸好我長得好看。還有，幸好我遇見了你。」

「妳的意思是？」

「沒錯，我願意當你的朋友。不，是我要請你和我當朋友才對。」

菲亞抬起因麻藥行動遲緩的手，我也握住她的手。

投胎到這個世界七年後……我終於認識艾莉娜他們之外的人。

「嗯……身體大致恢復了。是說你說要幫我治傷，要怎麼治？你只是把手貼在我身上，什麼都沒做耶？」

「這個嘛，差不多可以了吧？」

我拿開覆在傷口上的手，不久前還皮開肉綻的傷口徹底癒合。

菲亞佩服地用麻痺消退的手撫摸那部位。

「好厲害，完全看不出傷痕。我從來沒看過可以讓傷口癒合得這麼漂亮的治療魔法。」

「這不是魔法，只是提高妳自己的回復力。」

我只不過是注入魔力，讓傷口附近的細胞活性化，提高那個人自身的再生能力。這是我為了治療自己想出的辦法，只要好好調整，也可以用在其他人身上。我稱它為「再生能力活性化」。

「這麼厲害卻不是魔法呀。那我也能用嗎？」

「不好意思，我想這招大概只有我可以用。」

這方法需要把魔力控制在輕微刺激細胞的程度，除此之外，魔力太強可能會反過來破壞細胞，所以光是把魔力注入是不行的。

我上輩子對醫學有涉獵，熟知人體構造，才做得到這種事。

「那教我那個風魔法。就是那個可以在天上飛的。」

比起治療魔法，菲亞似乎更想學這個，她兩眼發光，握住我的手。

要我教她是可以，但她對此有些誤解，我必須加以更正。

「妳說的是『空中踏臺』吧，那不是風魔法喔？」

「可是它是飛行魔法耶？不利用風怎麼飛得起來。」

「那只是用魔力製造可以踩的地方，和飛行有點不一樣。再說我的屬性是無屬性，不太會用風魔法。」

「不是風魔法……還有，你說你是無屬性是開玩笑的吧？」

看來在妖精的認知中，無屬性也一樣在金字塔最底層。

手邊沒有測定屬性的魔導具，我就算想證明也沒辦法。

「有必要這麼驚訝嗎？」

「能在天上飛還能把傷口治得不留痕跡的人是無屬性，沒人會相信的。不過……仔細一想，飛行時我確實沒感覺到風。」

「妳果然對風很敏銳。是因為看得見精靈嗎？」

「……你為什麼知道我看得見精靈？」

我這句話讓菲亞瞬間變得面無表情，但我覺得和她說實話會比較好，就別管那麼多吧。

「起初是因為妳對那群男人用的風魔法，才消耗那麼點魔力威力卻很強。再來就是妳周身有股異樣感。」

雖然菲亞召來攻擊男人的暴風最後沒有成功，就我的感覺，她只用了一些魔力。若不是因為中毒導致魔力不足，那群男人應該會如她所說，被暴風吹到天邊去吧。

碰到菲亞後我得以確信，我不時會察覺到的異樣感不是來自她本身，而是以她為中心環繞著。恐怕我感覺到的是精靈，從菲亞使用的魔法看來，大概是風精靈。

聽完我的解釋，菲亞面色凝重，下一刻就無奈地嘆了口氣。

「唉……天狼星看得見精靈嗎？」

「看不見，但好像感覺得到。不過我也沒有確切證據。」

「你第一次看到精靈魔法？」

「嗯，雖然沒用成功，威力還真了不得。」

如果用盡全力使出精靈魔法，恐怕可以引發天災等級的龍捲風。

「對吧？因此有很多人想要這個力量，拚了命試圖把我抓起來，我才會隱藏實力。」

確實如此，看那個威力被當成兵器都不奇怪。光是身為妖精就容易被盯上，假如其他人知道她會使用精靈魔法，不曉得會有什麼下場。

「精靈魔法只要把魔力交給精靈，拜託精靈就能發動，可是太情緒化的話精靈會做過頭，所以挺費神的呢。」

擁有這麼強大的力量，想必她一路走來吃了不少苦。

儘管她笑著向我說明，我卻覺得這抹笑容像硬裝出來的。

這就是擁有強大力量之人才知道的煩惱吧。

「真是……這是我自己的問題，你幹麼露出那種表情。」
「不，關於精靈我確實不瞭解，但我明白不得不隱藏力量的苦衷。」
嗯……這也是某種緣分吧。
讓我告訴獨自煩惱的她，妳不是一個人。
菲亞納悶地歪過頭。當我準備讓她見識一下我的魔法時，我察覺到有個巨大物體正在接近。
「……有東西要過來了。」
「咦……啊！嗯，精靈確實有些躁動。呃，那是!?」
我望向上空，看見一個巨大物體飛向我們。
那是隻蜥蜴身體上長了對翅膀的生物，根據書本記載，是屬於龍族亞種的魔物。
「是飛龍啊……看起來只有一隻，是和同伴走散了嗎？」
「你不要在那邊冷靜觀察，快躲起來。萬一被牠盯上就麻煩了。」
「有點太遲囉。牠好像已經發現我們了。」
飛龍尖聲咆哮，直直朝我們逼近。
牠的體積恐怕有我的三倍大，根據書上的知識，似乎還有更大隻的個體。
「是比較年輕的龍嗎？就算這樣還是挺大的。」
「都叫你不要觀察了！沒辦法，現在的話應該勉強可以……」

菲亞坐在地上試圖使用魔法，卻因為毒素尚未完全排出體外，無法順利集中。

我把手放在菲亞肩上想讓她安心，像要保護她似的站到前方。

「天狼星，到後面來。雖然沒辦法打倒那隻龍，趕走牠的力氣我還是有的。」

「放心。交給我。」

飛龍已經飛到我們面前。

我用食指指向迅速下降、想要襲擊我們的飛龍。

「菲亞，聽好囉？威力強的不只精靈魔法。我來證明給妳看。」

「咦？什麼意思——」

「『麥格農』。」

我從指尖射出這幾年間不斷發射，準確度有所提升的魔彈。

腦中想像的是在命中目標的同時釋放「衝擊」的子彈，因此子彈瞬間貫穿飛龍的眼睛，在腦內產生衝擊波，炸開牠的頭部。

頭部被整個轟飛不可能還活得下來，飛龍墜落在我們面前，一動也不動，菲亞則目瞪口呆看著眼前景象。

「剛才那是……什麼？你到底做了什麼？」

「這是我自己發明的魔法之一，威力如妳所見。妳有什麼感想？」

「我一句話都講不出來。竟然不念咒文就能使出這麼厲害的魔法……」

「連妳都覺得厲害啊。那剛剛的魔法千萬別對其他人提到喔？」

「我、我本來就沒打算跟人說，不過為什麼？你既然會用這種魔法，貴族和王族的邀約應該多到……啊⁉」

「很麻煩吧？八成會有很多人看我是個小孩就想利用我。喏，就和妳一樣。隱藏強大力量的人不是只有菲亞。」

「這樣呀……嗯。那我們就是同伴囉。」

菲亞理解我的用意，這次對我露出自然笑容。

在等待菲亞恢復的期間，我跑去調查飛龍屍體。鮮血從破裂的頭部溢出，因此必須在其他魔物聚集過來前處理掉屍體。

我坐在牠身上挑選有哪些部位可以賣，終於可以行走的菲亞抬頭看著飛龍屍體，低聲沉吟。

「真的好厲害喔……用手指一指就把飛龍打倒。」

「不是隨便攻擊都可以，我瞄準的是牠脆弱的部位。眼睛總不可能有鱗片保護吧。」

「光是能瞄準這麼小的地方就很了不起了。是說，你在做什麼？」

這隻龍雖然不算大，終究是隻龍族。我想從牠身上取下一些素材，卻連翅膀上的翼膜都割不下，龍鱗就更不用說了。

「我想要牠的翼膜，可是用這把刀割不下來。翼膜堅固又有柔軟性，我很想要的說。」

「噢，那把刀應該不夠利。來，這借你。」

菲亞扔給我一把整把都在閃耀綠色光芒的刀。上輩子我看過各式各樣的刀，可是這麼漂亮感覺又實用的刀，倒是第一次見到。

它看起來跟藝術品一樣，我有點捨不得用，但菲亞面帶笑容，彷彿在叫我儘管使用，我就不客氣地借用了。

「喔喔……好厲害。」

「這把刀是用祕銀做的，又輕又堅固，魔力傳導性佳。」

只是輕輕滑過表面，就割下一片一點痕跡都沒留下的翼膜，毫不費力。我一邊在內心讚嘆它的銳利度，一邊繼續割翼膜，割完所需的量後滿足地離開飛龍。

「哎呀，謝謝妳借我這麼棒的刀。拜它所賜，一下就割完了。」

「小事而已。這樣就夠了嗎？不是還有龍鱗和其他可以拿的部位？」

「光是翼膜就塞滿我的行李。要是太貪心，會影響我在空中移動的速度。」

這麼柔軟又堅固的翼膜，應該能用在很多地方上。

菲亞看著我把翼膜折起來背在背上，露出一臉不可思議的表情。

「你這人真是無欲無求。如果是我至今遇過的冒險者，肯定會把可以賣的部位全部拿走，連骨頭都不留。尤其飛龍又是龍族，可以賣很多錢耶。」

是這樣沒錯，但交給迪去賣，萬一有人懷疑這些東西的來源就麻煩了。

因此我只拿了幾片可以用「在路上撿到的」來搪塞過去的龍鱗。

「我這邊因為有些麻煩的原因，賣素材時也得小心點。妳才是，不拿點東西去嗎？」

「因為我要回故鄉了嘛。帶回去也不會拿去賣，所以我不需要。」

「那就不管牠了。比起這個，身體狀況如何？」

菲亞動動手、跳了跳，然後笑著撫摸我的頭。嗯……被美女摸感覺還不壞。

「還有點麻，不過單純行動看來是沒問題。都是託你的福。」

「那差不多該走了，飛龍的屍體可能會引來其他魔物。我順便送妳回故鄉。」

「可以嗎？那就麻煩你囉。」

菲亞笑著將雙手伸向我。

我本來就打算這樣，但是真沒想到她會主動催促我。

「拿妳沒辦法。那我要把妳抱起來囉。」

「呵呵，謝謝。啊，你不要誤會喔，因為對象是你我才讓人抱的。不是每個男人我都可以喔。」

「能得到您的信任，在下深感光榮。那麼公主殿下，我們走吧。」

「嗯，出發！」

我再次用公主抱抱法把菲亞抱起來，一邊和心情愉悅的菲亞聊天，在空中奔跑。

「我們妖精的村落有個老規矩，等到一定年齡要去外面的世界旅行。我也一樣在數年前離開村落，直到今天都在世界各地旅行唷。」

「哦，不錯啊。辛苦歸辛苦，旅行真的很有趣。」

我聽說妖精是頗封閉的種族，鮮少踏出森林，菲亞卻完全不會讓人這麼覺得，發自內心地笑著。

「這說法或許有點失禮，菲亞與我在書上看到的妖精好像不太一樣。」

「對呀。雖然自己這麼說有點奇怪，我在妖精中是個異類唷。一般的妖精都會關在森林裡不肯出去，自尊心高，我卻恰恰相反。我想認識外面的世界，一到規定年齡，我立刻就衝出去了。」

「哈哈哈，很好啊。我不討厭這種個性。」

「呵呵，那就好。我很享受我的旅行，可是村裡規定十年過後就得回到故鄉，我只好心不甘情不願地回去，結果在途中遭到襲擊。」

「妳那麼厲害，應該有辦法搞定他們不是？」

「嗯，只要用上精靈魔法，一下就能解決，但我太大意了。」

菲亞在回程用完旅費，接受團體行動的工作賺錢時，那群男人就在其中。成員中還有個新手冒險者，身為前輩的菲亞教了他很多知識，那群男人卻騙他對菲亞下麻藥。

「他們好像趁我不注意的時候對那孩子說了什麼，那孩子什麼都不知道，聽了他們的話就說要請我喝酒報答我。喝下那杯酒後，我才發現他們偷偷在裡面下毒，趁毒性擴散到全身前逃了出來，不過……」

「妳被他們追上，然後遇見了我。」

「就是這樣。哎，那群男人也受到應得的報應了，我現在說不定還有點感謝他們。因為，他們讓我遇見了你嘛。」

「妳順口講出一句好肉麻的話耶。雖然我也是啦。」

「我這人不會隱藏對他人的好感。如果你也這麼想就太好了。」

明明只是救了她，沒想到她會對我抱持如此誠摯的好感。

我感受著這令人心曠神怡的好感，在空中前進，接著，一片草原出現在眼前，彷彿森林被切了一塊下來。

草原並不大，是個看不見半隻魔物的不可思議之處。

「前面的森林是妖精的領域，有隔絕人類和魔物的結界。這片草原就是分界點。」

直接從空中過去，可能會被視為敵人遭受攻擊，因此我聽從菲亞的建議，在森林前降落。

「到這裡就好。這座森林就跟我家後院一樣。」

「哦，不愧是森林的居民。是說如果我踏進這座森林會怎麼樣？」

「結界應該會立刻感應到有妖精以外的人入侵，賞你一陣箭雨吧。即使有辦法躲過箭雨，方向感也會被擾亂，找不到我們的村落。」

「戒備森嚴的意思。有這麼多層警戒網，想必很少受到外敵侵略。」

「確實如此，但就是因為仍然會有，妖精才都關在森林裡不出來。我有點擔心我們的未來。」

菲亞沒有進入森林，而是面帶苦笑坐到附近的岩石上，拍拍身旁叫我坐下。現在中午都還沒到，時間充裕，我也想多跟菲亞聊聊，便坐到她旁邊。菲亞笑著對我說：

「話說回來，在空中飛真的好好玩唷。本來得花一、兩天才能到的距離轉眼間就到了，重點是很舒服。」

「速度太快的話風壓會影響移動，不過真的很舒服。」

「欸，天狼星。剛才話講到一半被打斷，你可以教我怎麼飛嗎？」

「是可以，但那會消耗很多魔力，我個人並不推薦。」

「沒關係。我之前試飛過好幾次，卻一直掉下來，一點都不開心。」

菲亞哀傷地說，她曾經乘在精靈魔法的風上飛，可是那與其說是飛行，更接近「被吹走」，只會摔下來，沒辦法飄在空中。
「我會在摔到地上的前一刻召喚風，不至於受傷，但試了好幾次都不成功。就算這樣，我還是不想放棄……所以求你教教我！」
她雙手合十對著我，好像是認真的。
「如果是我辦得到的事，我什麼都願意做。等你長大後要我當你戀人也可以唷。」
「先別管什麼交往的，勸妳放棄用我的方式飛行。」
「……果然不行嗎？」
「我不是這個意思。妳會用風屬精靈魔法，多練習幾次就會飛了。」
「練習？我剛剛不是說過用風只會被吹走嗎？」
「不，一切都要視妳使用風的方式而定。聽好囉，有個現象叫『升力』……」
存在於上輩子的飛機之所以能在天上飛，就是利用升力這個現象。
然而和菲亞解釋這些，我想她也聽不懂，我便用木頭做了架飛機模型，用繩子綁在空中讓它迎著風，拿實物對她說明。
「風朝這個方向吹，後面就會升起來。重點在於風向。」
「……好厲害，我覺得我好像飛得起來了。不過感覺好難控制，要是失敗應該會受很重的傷。」

「不是有我在嗎？萬一有事我會去救妳，不要害怕，儘管練習吧。」

「不要害怕嗎……說得對。凡事都要練習！」

菲亞打起幹勁，立刻開始練習。

站著受風似乎有些困難，因此菲亞趴到地上。

「雖然這姿勢不太雅觀，先學會飛要緊。是說……你為什麼要換位置？」

我站在菲亞旁邊，移動到比較接近她上半身的地方。

「有點難以啟齒，妳這樣裙子底下都被我看光囉？」

「如果看的人是你，我不在意呀？」

「…………好了，快點練習。」

「我認真的說。那……風啊，來吧！」

菲亞低聲念道，與此同時，前方吹來一陣強風。我本來擔心她用臉承受風壓沒問題嗎，菲亞卻操作風的流向，讓風避開眼睛和嘴巴。

在我讚嘆她的控制能力時，風力逐漸加強，菲亞終於成功從地上飄起來。

「成、成功了！我總算會飛——啊!?」

不曉得是不是太開心了，菲亞鬆懈了一瞬間，強風頓時化為暴風，一下就把她高高吹到天上。

「嘿，我接。」

我在她落地前飛上去救她。

我一接住她，菲亞就興奮摟住我的脖子。

「我終於會飛了！謝謝你天狼星！」

「太好了。」

「快點快點！下次要飛得更高。啊，如果我掉下來就麻煩你囉。」

我把菲亞放到地上，她馬上又開始練習。

隨著練習次數增加，菲亞飛得越來越高，越來越自在，相對地失敗次數也不少。每次都是由我接住她，失敗次數也輕鬆突破二位數，儘管如此，菲亞依舊沒有放棄，不斷挑戰。

我心想「摔這麼多次會不會造成心靈創傷啊」，不過……

「噢，失敗了失敗了。謝謝你，我的王子。」

「妳真是不屈不撓耶。」

菲亞反而笑得很高興，似乎是覺得在空中被人接住很像童話故事裡的公主。

練得開心自然進步得快，過了中午，菲亞已經能完美維持高度。

中途休息時我打算吃個午餐，但菲亞因為急著從那群男人手下逃離，身上沒有食物，所以我把迪做的便當分給她吃。她非常喜歡我在這個世界做的美乃滋。

休息完後仍然是練習。菲亞墜落的次數減少，甚至學會在空中翻身，或許是抓到竅門了。她的裙底風光一覽無遺，本人卻如她所說，毫不在意的樣子。

等她練到我不在也能安全降落時，太陽已經開始西沉。

「嗯，滿分合格。」

「太好了！都是託你的福。」

菲亞最後樂得和我擊了個掌，然而我一望向高度低了不少的夕陽，菲亞也跟著注意到時間不早，露出有點悲傷的表情。

「差不多……該道別了吧？」

「是啊。不過我記得這個地方，會再來見妳的。」

「……對不起。我的故鄉規定旅途歸來後，十年內都不能離開這座森林。所以……應該有段時間不能見面了。」

「這什麼怪規定？那由我進去找妳……也不行吧。」

「嗯。妖精以外的人絕對會被趕出去，假如你跑進來，就算是我也很難為你說話。」

「所謂的種族問題嗎？無聊的問題真是隨處可見。」

「真是的。我跟你感情明明這麼好，什麼叫種族問題呀！什麼叫去除穢物的儀式呀。他們說要趕走外界的汙穢，有必要等到十年嗎……」

菲亞踢著腳邊的石頭碎碎念。

她鬧了一陣子脾氣，然後突然想起什麼，蹲下來配合我的視線高度。

「雖然我講了很多次，真的很謝謝你，天狼星。我想向你表達謝意，你有沒有想要的東西？」

「不用啦。認識妳很高興，妳還借我刀子用。」

「這樣我無法接受。除了那個外我又沒——啊，那這個給你。」

她遞出那把祕銀刀。

說實話，我還滿想要的，可是隨便給人這麼高級的東西好嗎？

而且仔細一看，刀柄上還刻著疑似紋章的記號。

「這東西是不是代代相傳的寶物之類的？不能送別人吧。」

「沒關係啦。人家給我這把刀時叫我比起它要更珍惜自己，假如沒有你，我就無法平安回鄉。別客氣，收下它吧。」

「……既然妳都這麼說了，我就心懷感激收下囉。」

「我還有個東西想給你，你願意收下嗎？」

「這把刀就夠了，不過如果這樣可以讓妳滿足，我願意。」

「那你把眼睛閉起來一下。」

我不覺得事到如今她會對我做什麼，便乖乖閉上眼睛。

過了幾秒……嘴脣感覺到柔軟的觸感，所以我忍不住睜開眼，看到菲亞的臉近在眼前。在我心想「她果然是個美人」時，菲亞睜開眼睛，臉頰微微泛紅，離開我靦腆一笑。

「討厭……我不是叫你把眼睛閉起來嗎？」

「……通常不是親臉頰或額頭？」

「你一點都不驚訝。那可是我的初吻……不公平。」

「我很驚訝啊。竟然一下就親嘴巴，妖精表達親愛之情的方式真激烈。」

再說我們今天才認識喔？我是幫了她不少忙沒錯，但我不覺得菲亞會喜歡上小孩子。

種族不同的話，風俗習慣也會有差異，我想這應該像在對好友表達感謝……

「不，我是認真的。我自己也覺得很不可思議，但我好像真的愛上你了。所以我要預約。上午我不是說過嗎？『如果是我辦得到的事，我什麼都願意做』。」

「我還以為妳是開玩笑的。還有……預約是指什麼？」

「都過了十年，到時你也是個出色的大人了吧。等到那時候也沒關係，我要預約你來把我帶走。啊，可是十年這麼長，以你的條件感覺會有兩、三個未婚妻耶。這樣的話我當你的情婦也可以。」

「……妳這樣就滿足了啊？」

「那當然。我現在兩百五十二歲，就算你變成老爺爺，我還是一樣正值青春年華，很划算的唷。不過這都是我單方面的說詞，要是你不想，我會乖乖放棄……」

菲亞臉上笑著，講到放棄一詞時看起來卻有點哀傷。

她對我抱持的好感如此純粹，我也得好好回應。

「妳跟我說妖精的年齡，我也不知道算不算年輕……知道了。十年後我們再見，假如妳的心意沒變，我就把妳帶走。」

「真的!?」

菲亞長得漂亮，個性也不壞。更重要的是，雖然只有一天，和她相處十分愉快。我肯定被她吸引住了。

聽見我的答覆，菲亞帶著滿面笑容抱住我，又親了我一下。

「那天狼星，等你長大之後……我們再見吧。」

「嗯，到時再來這裡碰面。」

「我等你。」

我們最後握了一次手，然後菲亞就用力揮著手，消失在森林中。

確認完全看不見她的背影，我才經由天空踏上歸途。

與妖精女性——菲亞的邂逅就這樣畫下句點，下次見面在十年後。

雖然不知道未來會發生什麼事，我期待與她重逢。

※ ※ ※ ※ ※

與菲亞相遇後過了幾天，我再度來到阿德羅德。

這次我朝另一個方向前進，還是一樣只看得見鬱鬱蒼蒼的森林。

在我決定多探索一下，沒東西就往其他方向移動時……某種類似敲擊聲的聲音傳入耳中。

我循著間隔規律的聲音越過一座山，看到一棟屋子佇立於開墾過的土地上。有煙從煙囪冒出來，應該有人住沒錯。

竟然在魔物群集的森林中定居，裡頭究竟住了何等怪人？

我降落在稍遠處，避免引起對方的戒心，徒步走近那棟屋子。

我隱藏氣息觀察了一下，那裡有位身形魁梧的老爺爺單手拿著斧頭，正在砍柴。我剛才聽見的聲音似乎是砍柴聲。

這個老爺爺……不是一般人。

身上穿的雖然是白襯衫和黑長褲這種普通衣服，隔著衣服都看得出他有一身強壯的肌肉，以及一頭全白的短髮。左眼因一道大傷痕完全睜不開。

從外表看來應該快要邁入老年，老者周身的氛圍和銳利目光卻有如一名現役戰士。比起在這種森林裡砍柴，我認為這位老爺爺更適合在戰場最前線舞刀弄槍。

「……什麼人？出來，少在那邊躲躲藏藏！」

被發現了？我雖然沒有認真隱藏氣息，竟然能注意到我……他是何許人物？

儘管吃了一驚，我也沒有躲起來的理由，便現出身形。一看到我，老爺爺就像在警戒般狠狠瞪過來。

「……小孩子？小子，你打哪來的？」

「初次見面，我叫天狼星。我在附近散步時發現這棟屋子，便來叨擾一下。」

「哼，來路不明的小鬼找老夫有何用意？若你想與老夫為敵，老夫可不會手下留情。」

他將斧頭對著我，散發出隨時都會殺過來的殺氣，目光如炬。

就算我很可疑，他也太急性子了吧。我只講了一句話耶。

「不，我是一般的人類。絲毫不打算與您為敵。」

我舉起雙手表示沒有敵意，老爺爺卻揮下斧頭繼續砍柴。被無視得這麼徹底，反而讓人感到神清氣爽。

可是乖乖被他無視，就失去我到這裡的意義了。

「那個，我想請教一下。您為什麼住在這種地方？」

「老夫不曉得你是從哪得到消息的，不過老夫不會告知你任何事！」

老爺爺毫不客氣地拒絕回答，他是不是誤會了什麼？

得先釐清雙方之間的誤會。

「您是否對我有什麼誤解？我只是偶然經過。」

「那你是怎麼來到這裡的？這裡可不是一介孩童有辦法抵達的地方喔？」

「我會使用特殊的魔法，所以不需要經過森林。找到您也是巧合，我們是第一次見面。」

「……你真的不認識老夫？」

「不認識。不過，我推測您並非常人。」

這名老爺爺氣勢驚人，前幾天遇到的冒險者們和他比起來不過是一粒灰塵。

我的回應對老爺爺來說似乎是正確答案，他興味盎然地看著我。

「哦……你才是，看來你不是一般的小鬼。」

「還不及您呢。」

「哈哈哈！說得好。嗯，雖然老夫還有不解之處，你可是客人。既然如此，進來喝杯茶吧。」

老爺爺招待我到他家，大概是喜歡我泰然自若的態度吧。

老爺爺住的是他自己蓋的木屋。

裡面只有一間房間，每根木頭都切得漂漂亮亮，是棟很棒的房子。正中央放著木桌和木椅，還有用魔物毛皮製成的地毯及棉被。

看這樣子，老爺爺過的生活完全是自給自足，但這附近那麼多魔物，肯定比我家還偏僻，住在這種地方的老爺爺究竟是什麼人？

老爺爺為坐在椅子上的我泡了杯茶，坐到我對面喝茶。

等一下。從哪個角度看那杯茶都正在冒煙，他卻毫不在意，一口氣把熱茶喝光。這個老爺爺的喉嚨是什麼構造？

「呼……好喝。好了，小子，你來找老夫有什麼事？」

「我剛才也說過了，我是碰巧路過這裡。是說，方便請教您的大名嗎？」

老爺爺是壞人的可能性也不是沒有，但從他整個人的氛圍看來，可能性並不高。

他沉思片刻，搔著頭無奈地說：

「老夫名為萊奧爾。你應該對這名字有印象吧？」

「萊奧爾？我好像在哪聽過……嗯？」

萊奧爾……我記得《亞伯特遊記》裡面提過這個人。

那名劍士號稱人類最強，手中的大劍沒有砍不斷的東西。

只要他揮一下劍，就能使出巨岩應聲而碎、連龍族都會被一刀兩斷的破壞劍閃。

人人都是這麼稱呼他的。其名為……

「莫非您就是『剛劍的萊奧爾』？」

「都過去的事了。老夫現在不過是個隱居的老頭子。」

我是覺得這人看起來很強，沒想到是最強級別的。

但他這麼強，卻讓人感覺不到一絲霸氣。面對可疑人士明明會釋放殺氣，一知道我沒有惡意，就退化成一名平凡的隱居老者。

「我怎麼看都不覺得您像會隱居的人，不介意的話，可以告訴我原因嗎？」

「哼，小鬼臉皮真厚。也罷，反正閒著也是閒著，就陪你聊聊吧。」

老爺爺將見底的木杯重新倒滿，慢慢講起他的過去。

「老夫喜歡自我鍛鍊。鍛鍊自己，打倒強者就是老夫生存的意義，不知不覺，世人便幫老夫取了最強啦剛劍啦這種無謂的稱號。然則，待老夫多了這稱號後，就再也沒人願意與老夫切磋，實在無趣。」

這個老爺爺對名聲毫不在乎，只想享受戰鬥，肯定足以冠上戰鬥狂之名。

只不過，連這麼喜歡戰鬥的他，如今都只是個隱居老人。

「某一天，老夫突然靈機一動，只要親手栽培能與自己對等戰鬥的人就得了。老夫請國家幫忙宣布老夫在收弟子，結果來了一堆人。」

最強之男要收徒弟。

不用親眼目睹，我也想像得到當時肯定引起轟動。

「但聞訊而來的全是想要沾老夫光的貴族。即使如此，只要對方渴望力量，老夫依然願意傾囊相授……那些人卻沒一個爭氣的。老夫稍微嚴格一點就夾著尾巴逃走，老夫手下留情則抱怨這樣不會變強。老夫向國王反應過無數次，情況卻毫無改善。老夫迫於無奈，決定親自尋找看得上眼的徒弟。」

聽見貴族一詞，我只會想到我那下賤的父親。如果來拜師的全是那種人，真的會讓人很不愉快。

其中或許也有認真的人，不過很可能被其他貴族陰掉了。

所以，我能理解他想自己找徒弟的心情。

「老夫雖然有找到幾個人，那群蠢貴族見狀就開始大鬧，叫老夫搞清楚自己什麼身分，叫老夫不要降低自己的格調。若他們只是在旁邊鬧倒還好，那些墮落的貴族竟然趁老夫不在，集體襲擊老夫的徒弟。弟子們全被殺掉，氣到發狂的老夫揪出是哪個貴族搞的鬼，在國王和貴族的集會上把那些被老夫砍斷手的蠢貨扔到他們面前。在那之後，老夫覺得做什麼都顯得可笑，就跑到這兒隱居。」

結束漫長的說明，老爺爺用茶潤潤喉嚨。

我清楚明白他會失去霸氣的原因了。

要說誰有錯的話……就是所有人吧。

老爺爺再三反應，卻沒有阻止那些貴族的國王和大臣，以及搞出這件事的貴族。

還有……

「……還不夠。」

「什麼？」

「我在說你對貴族做的復仇還不夠！幹這種蠢事的貴族有百害而無一利。大可直接剝奪他們的貴族頭銜。」

「……唔。」

「你事前不是和國王反應過很多次嗎？結果卻是那樣。不讓他們徹底瞭解為這種無聊原因動手的風險，他們會一直得意忘形。」

「……老夫曾經被人批評做得太過頭，被說做得還不夠倒是第一次。」

「老爺爺你問題最大！教師的職責不只是教人，還要為學生打造適合學習的環境吧。」

這是我個人的意見，我認為弟子不能比教師還要早逝，為弟子準備適合他的環境是教師的工作。

聽老爺爺剛才說的故事，罪魁禍首雖然是那個貴族，小看事情的嚴重性而沒有處理他的老爺爺也有錯。

教師應該在弟子還是隻雛鳥時保護他，不是只要負責教人就好。

「囉嗦，你這小鬼懂什麼？」

「身為一個有地位的人，要懂得承認自己的失敗。我確實只是個小孩，但我未來想當老師，自然會想對爺爺你抱怨幾句。」

「老師？這志向是不錯，不過你可別以為憑半吊子的本事就當得上。」

「那……要試試看嗎？」

我釋放出一點威壓，挑釁老爺爺。

我自己都覺得這明顯是在挑釁，不過老爺爺瞇細雙眼，揚起嘴角。

「……行。看老夫怎麼教訓你這一無所知的小毛頭。」

這個時候，他給人的感覺仍然是名隱居老者，眼中卻顯露與最強之名相稱的霸氣。

好了，讓我見識見識……最強之人的實力吧。

我們走到室外，在前面的廣場拿木劍對峙。

這把適合我用的兒童用木劍，好像是他已故的弟子留下來的。

劍身上看得出使用痕跡，但保養得還不錯，想必原主人很珍惜它。

雖然用來認真互擊可能一下就會斷，這把木劍相當堅固，做為練習用劍再適合不過。老爺爺信心十足地說，除非是和力量相當的對手較勁，否則不用擔心它壞掉。

即將與我交手的老爺爺，在我眼前喜孜孜地揮著木劍。這一帶只有魔物，所以他似乎很高興可以跟人戰鬥。

其實他很渴望與人切磋嘛……這種個性不適合隱居喔。

「只要打中老夫一擊就算你贏。放心，老夫會手下留情。」

「謝謝你啊。這麼從容不迫，會害你輸得很難看喔。」

「小鬼，你說什麼蠢話。與其動口，不如動手。」

嗯，事到如今要是表現得太難看就好笑了。

老爺爺擺好架勢後沒有主動進攻的跡象，表示他看不起我。

首先……先請老爺爺切換成認真模式吧。

我像在散步一樣緩緩走過去，在離他數步之遠的地方彎下腰來，雙腳使力……加速。

由靜至動，我的瞬間加速令老爺爺吃了一驚，但他仍然做出反應，揮劍砍向我。不愧是最強之男，然而，還沒進入狀況就在情急之下使出攻擊，輕易就能看穿。我用右手的木劍彈開老爺爺的斜劈，摸了下他的側腹衝過他旁邊。

我和他拉開一段距離，輕輕揮了揮碰到他的左手。

「假如這隻手換成刀子……會怎麼樣呢？」

「……在戰場上早已致命。老夫知道自己身體變鈍，沒想到這麼嚴重……」

他終於發現自己的失態，搖搖頭苦笑著說。

老爺爺因此徹底覺醒，露出猙獰笑容，體內的力量高漲。

「老夫要向你道歉……還要感謝你！老夫差點連精神都墮落了！」

他的咆哮聲震動空氣，周圍的樹木用力搖晃。

我感覺到他光站在原地就會散發出的氣勢，把附近的魔物嚇得落荒而逃。

再怎麼說這差別也太大了吧！老爺爺隱居前到底有多強？

可是這種緊張感……令我想起和師父訓練時的事。每次想到那地獄般的特訓都會讓人想哭……不過現在就別想那些了。

一切都準備就緒。老爺爺好像也認真起來，真正的戰鬥即將開始。

老爺爺把劍高舉在上方靜止不動，姿勢很像我上輩子的示現流。

把一切賭在第一刀上，這個架勢與霸氣實在很有他的風格。

「……老夫從未看過這種架勢。你哪個流派的？」

「沒有流派，我是自學的。」

另一方面，我則是側身朝著對手反手持劍，不讓對方看見全身，是個獨特的架勢。

鍛鍊我的師父沒有流派。

他只是不斷讓我累積經驗，配合情況做出正確的動作。

這個架勢可以看狀況變換自如，是我用得最順手的架勢。

「是嗎？那就由老夫先上了！」

老爺爺向我衝過來，腳力大到地面差點陷進去……我把「增幅」開到最大，與「剛劍」正面交鋒。

然後……將大腦切換成戰鬥模式。

——萊奧爾——

……無趣。

鍛鍊及戰鬥就是生存意義的老夫，回過神來已成了最強之身……內心卻一片空虛。

為了從老夫身上奪走最強名號的挑戰者源源不絕，但老夫一擊或兩擊就能打倒他們。

……太弱了。

熊熊燃燒的戰鬥衝動不再從心頭湧上後，不曉得已過多少時日。

由於實在太無聊……老夫決定創造勁敵。

老夫意識到，只要培育弟子成長茁壯，要他們與老夫切磋就行。

然而，聚集而來的全是被欲望沖昏頭，連劍都拿不好的貴族小鬼。

即使出現多少有點骨氣的人，也會被其他貴族用權力排除。還有試圖用錢購買弟子稱號的垃圾，那種人我就賞他們一擊讓他們閉嘴。

老夫發現徒弟不是用等的，而是要用找的，便自己去尋找人才。最理想的是渴望力量，真心想要打倒老夫，為此願意不斷揮劍的人。

然後，老夫終於找到這樣的徒弟，栽培他的日子每天都很愉快。看著一天比一天強，想要打倒老夫的徒弟，老夫第一次感受到戰鬥之外的喜悅。

而這一切……都被那個貴族毀了。

老夫把罪魁禍首的手砍了，卻一點都不暢快，已經連看到貴族都會心生不悅。

老夫心灰意冷，離開國家，來到遠離人群的這個地方隱居。

自己蓋棟房子，與魔物戰鬥，每天都過得悠閒又平靜。

可是，內心空出來的洞從來沒填滿過。一旦精神衰退，身體也會跟著衰退。老夫衰弱到即使愛劍拿起來越來越重，也不會因此產生危機意識。

空虛的日子不曉得持續了多久，某一天……老夫遇到一個小鬼頭。是個怪小孩。因為他穿著像要上街買東西的輕便服裝，踏進這塊連上級冒險者都鮮少涉足的地方。

老夫本以為是貴族帶著護衛來找老夫，不料小鬼竟是一人前來。

而且他聽見老夫的名字也沒什麼反應，老夫便對他產生了點興趣。

明明是個小孩，身上卻散發出與老夫相同的氣息，再加上老夫久未與人交談，就不小心多講了些事。

但那小鬼竟敢對老夫說教。

除此之外他還挑釁老夫，老夫想教訓教訓這狂妄的小鬼，便順了他的意。

在那之後，老夫與小鬼拿著木劍到外面對峙。

老夫心想「閃過他的攻擊，輕輕往腦袋敲一下，這小鬼應該就會反省了吧」，等待小鬼攻來，不知為何，他卻悠哉走向老夫。老夫第一次看到有人戰鬥時這麼做。

小鬼自然地走過來，在進到老夫攻擊範圍的前一刻採取行動。

他突然把身體壓得快要貼到地面，逼近老夫，轉眼間就來到老夫身前。若是以前的老夫，再大意都不會允許敵人如此接近。

老夫為自己的退化程度感到吃驚，勉強驅使身體行動，然而那廝輕易化解老夫反射性使出的攻擊，伸手摸了老夫的側腹一下。

「假如這隻手換成刀子……會怎麼樣呢？」

這句話令老夫怒上心頭。不是在氣小鬼，是在氣老夫自己。

老夫……到底在做什麼？

方才那一擊並沒有實際傷到老夫，卻讓老夫醒悟過來。老夫明白了這名小鬼不是一般的小孩，是有資格與老夫交手的強者。

心裡熄滅已久的火焰再度燃起，身體開始竄過熱流。這個感覺……真令人懷念。

老夫向小鬼致歉及道謝，重新與他對峙。

小鬼……不，那傢伙似乎也要使出真本事了，擺出老夫從未看過的架勢，不過，無妨。

既然知道對方值得用老夫的「剛破一刀流」全力一戰，那點小事根本不算什麼。

剛破一刀流……「剛天」。

將高高舉起的劍全力揮下的基本型。

雖然這招只不過是單純的劈砍，一旦達到巔峰之境，鐵塊也能輕易斬斷。

劍路單純，但灌注全力的一擊釋放出的壓力，再加上迅如閃電的劍閃，想躲開並不容易。單純故無法閃避的一劍……事實上，大多數的人都會因此敗退。

老夫彷彿要把地面踩裂般用力一踏，使出「剛天」……卻被躲開了，而且那傢伙只是側了下身子。

不過，這證明他徹底看穿老夫的劍路，閃躲時從容不迫。他優秀的反射神經及目光之銳利，使老夫自然揚起嘴角。

下一瞬間，老夫將劍路由下劈轉為上砍，使出「剛翔」，結果這招也被他側身閃過。那傢伙趁迴避時揮劍砍向老夫，老夫便收劍防禦。

第一次看到老夫的攻擊就閃得掉，還能加以反擊……出乎意料的強敵令老夫熱血沸騰。

那傢伙似乎是用「增幅」補足身體能力的差距，老夫從未見過完成度這麼高的「增幅」。

老夫使用一口氣用八道斬擊攻擊對手的「散破」……一半被劍彈開，另一半則全部都被躲過。

接著，老夫祭出將魔力注入劍中釋放廣範圍衝擊波的「衝破」，那傢伙趁老夫舉劍的瞬間衝過老夫身旁，移動到超出攻擊範圍的老夫身後，舉起劍砍過來。

老夫在揮劍時順勢躍向前方，閃過他的攻擊。

喔喔……不管用，老夫的招式一招都不管用啊！

太棒了！多麼愉快的時間。愉快得難以言喻。

憑藉自身之力與技互相較勁，拚盡全力的極限之戰，讓老夫退化的身體逐漸找回力量。變鈍的劍慢慢磨利的感覺，令人心神舒暢。

終於……老夫一心渴望的強者終於出現。

這算哪門子的「剛劍」。哪門子的「最強」。超越老夫的強者就近在眼前啊。

真想用老夫的大劍戰鬥，而不是這種木劍。

真想把規則改成直到雙方站不起來為止，而不是一擊定勝負。

真想裝備防具，賭上性命和他來場死鬥。

真想……永遠與這人戰鬥下去。

復活的心靈不斷產生欲望，年邁的身軀卻在告訴老夫極限已到。

證據就是老夫喘得上氣不接下氣，一直處於守勢。雖然這副身軀遠遠不及老夫的全盛期，要不是因為老夫疏於鍛鍊，戰況應該不至於如此艱困。

倘若早點與這傢伙相遇……不，事到如今講這些也沒用。

老夫用力彈開瞄準頭部的攻擊，那傢伙使勁一跳，遠離老夫。

不對勁，若是那傢伙，理應有辦法在老夫防禦的瞬間迎擊。

老夫感到疑惑，一邊調整呼吸，那傢伙也長吁了口氣，豎起一根手指。

「我跟你都到極限了。就用下一擊畫下句點吧。」

「……行。」

是嗎……那傢伙也撐不住了。

表面上看起來沒有變化，不過微微顫抖的手臂與紊亂的呼吸，表示那傢伙也不行了。掩飾疲憊的技術也很高明。

繼續打下去的話，老夫會先精疲力竭，那傢伙會變成以耐力取勝，然而他卻與老夫拉開距離，特地宣言要以下一擊作結。真的很感謝他。既然如此，老夫也得回應他的誠意。

待呼吸平息下來，老夫重新握起劍，擺好架勢。

來吧，儘管上。讓你看看老夫最完美的一劍。

那傢伙一口氣加速，沒有用任何小伎倆，直接從正面進攻。

論力量老夫雖然占上風，那傢伙的行動卻難以捉摸。他加速後由下往上揮劍，老夫則只是把劍直直往下砍。

「啪！」一聲，令人難以想像是由木頭發出的碎裂聲響徹四周，雙方的木劍都四分五裂。

一想到幸福的時間就此結束，老夫忍不住嘆了口氣。

然而……老夫太愚蠢了。

看到那傢伙抬腿瞄準老夫的下巴，老夫才發現戰鬥尚未結束。

哈哈……也是。武器毀損不代表不能繼續打。

在那傢伙踢中老夫的瞬間……老夫失去了意識。

——天狼星——

「呼……這個老爺爺未免太誇張了。」

他比我想像中還要強好幾倍。

那個同時放出八道斬擊的招式是怎樣？真想吐槽「你當這是漫畫裡的世界喔」。

閃開那招的我雖然沒資格這麼說，要是不能熟練使用「增幅」，我應該那個時候就輸了。

而且老爺爺還上了年紀，外加疏於鍛鍊，能力降低了不少。如果我是跟全盛時期的他交手，肯定會輸掉。

我之所以能打贏這個怪物，是因為雙方的武器都是木劍。

那把劍再堅固，終究是木頭做的，只要一直瞄準同一個地方攻擊，等它變得夠脆弱後全力使出最後一擊，就能將其破壞。

前世為了閃子彈鍛鍊出來的視力再加上「增幅」，才能做到這種事。反正要是失敗，只要投降或全力逃跑即可。

老爺爺會在戰鬥中大笑，是個打從心底享受戰鬥的戰鬥狂。這類型的人只要激動起來，就很好掌握他的行動，所以我破壞武器後趁他露出破綻，賞了他的下巴一腳。

踹下巴會讓腦部受到劇烈衝擊，短時間內他應該起不來吧。

不過，不愧是擁有最強稱號之人。

雖說雙方都不在全盛時期，除了師父，還沒人可以讓我這麼認真。

好久沒有使出全力，儘管不及躺在地上的老爺爺，我也挺滿足的。

可以的話，還想再請他陪我切磋。

「唔……唔。呵……哈哈……哈哈哈！」

等我調整好呼吸，走過去想要照顧老爺爺時，老爺爺躺在地上，放聲大笑。

「爽！如此爽快的戰鬥真是久違了。老夫有種重生於世的感覺。」

老爺爺坐起身，彷彿什麼事都沒有，臉上帶著燦爛笑容。

我明明攻擊了他的頭部……好異常的恢復力。

「是你贏了！抱歉，再說一次你的名字。」

「我還想說您怎麼都不叫我名字，原來是忘記了。我叫天狼星。」

「無須對老夫使用敬語！因為你贏了老夫！」

老爺爺扠著腰，用響徹森林的巨大音量不停大笑。

他不再叫我小鬼，應該是認同我了吧。

「但那是因為我偷襲你喔？若是用正攻法，絕對是我輸。」

「老夫輸的原因，除了大意再無別的。為了這點小事抱怨，老夫會羞愧致死！」

「知道了。那就算我贏囉。」

「嗯，是你贏了。哎呀，實在愉悅。老夫的招式竟然統統不管用。」

「不好意思，在你興奮的時候打岔，先把身體擦乾淨吧，我們都弄得一身土。」

老爺爺自不用說，沒有被直接擊中的我也滿身是汗，衣服被他的劍擦破好幾個地方，看起來十分狼狽。

「說得也是。那就先進裡面休息……唔喔！」

大概是剛剛受的傷害腳站不穩吧，老爺爺在門前摔倒，不小心把門弄壞。

我放心了，本來以為他是個怪物，結果還是有像人類的地方嘛。

回到屋內洗去身上的髒汗後，我和老爺爺面對面坐著喝茶。

「呼……好喝。」

我的內心與老爺爺年紀相當。運動過後來杯茶，講出同樣的話也不奇怪。要說差異之處的話，就是老爺爺的喉嚨可以一口喝光剛泡好的茶吧。

「呼……真是令人舒暢的疲憊感。好了，天狼星啊，老夫要先向你致謝。」

老爺爺吁出一口氣，低下頭。

我明白他道謝的原因，就乖乖接受他的謝意吧。

「是可以，不過把頭抬起來啦，老爺爺。我也打得很滿足啊。」

「就算這樣，該謝的還是要謝。老夫一直在等待像你這樣的強者。假如你沒來到此地，老夫只會不斷墮落，靜靜消失在這個世上。因此老夫要向你道謝。謝謝你！」

剛遇見他時的陰沉表情轉變為爽朗笑容，看起來彷彿年輕了十歲。

我也很想和老爺爺打一場，雙方的願望都實現了，算是皆大歡喜吧。

老爺爺又倒了杯茶，認真看著我。

「其實，老夫有一事相求。你願意之後再與老夫交手嗎？」

「你的意思是改天再戰？」

「正是如此。老夫想全力與你一戰，而不是用現在這遲鈍的身軀。」

「你打算重新鍛鍊身體？以年齡來說會很辛苦吧。」

「無須擔憂！若是為了這股充實感，要老夫練回全盛時期一點都不辛苦。而且，你不也希望如此？」

「……你看得出來？」

「那當然。你的戰鬥方式奇特，大多採取奇襲或鑽對手空子。然而你卻正面與老夫交鋒，證明你想鍛鍊自己不是？」

他明明是遵循本能戰鬥，看得卻挺清楚的。

如他所說，我的戰鬥方式適合奇襲或大亂鬥。

因為上輩子的工作內容大多是隻身潛入敵陣暗殺，或是從內部大鬧一場引起騷動。

如果什麼手段都能用，我也可以在近距離使用「麥格農」，或者用「魔力線」讓對手失去平衡……但以後說不定會遇到無法偷襲，甚至連魔法都用不了的狀況，因此我想鍛鍊直接與對手交戰的技術。

而且我也跟老爺爺一樣，明白自我訓練有多麼愉快。

「你是為了鍛鍊自己，老夫是為了與你戰鬥。瞧，雙方都不會吃虧吧？」

「不用說這麼白我也知道。我才要拜託你呢。」

「很好！之後也多指教啦。」

我們用力握住彼此的手。

不過，我因為會成長所以沒問題，老爺爺的體力卻會隨著年紀增長越來越衰退。再加上他還要把以前的體力練回來，想必會是一段難以想像的艱苦修行。

「哈哈哈！想不到到這年紀，老夫還能嘗到落居人後的滋味。無論怎麼追都追不上的這種感覺，實在令人期待！」

……這人說不定會出人意料，輕輕鬆鬆就達成目標。搞不好會變得比全盛期還強。這類型的戰鬥狂一旦有了目標，就會發揮不得了的能力，所以我也不能太過輕忽。

就這樣，我交到繼菲亞之後的新朋友，同時多了名能與我對等戰鬥的勁敵。

在那之後，我與萊奧爾天南地北閒聊，直到他體力恢復。

說明我身處的狀況、聽萊奧爾說他過去的故事，是段有意義的時間。

我讓他看看我的魔法，連走遍世界各地的老爺爺都大吃一驚。

「唔……這魔法真有趣。總有一天，老夫想與能隨心所欲使用魔法的你戰鬥。光是思考該如何應戰，老夫就熱血沸騰。」

「你病得不輕喔。」

「這病一輩子都好不了。哈哈哈！」

等萊奧爾體力終於恢復，我站在屋前與他告別。

「再見，老爺爺。十天內我還會再來。」

「嗯。老夫會在你下次來前，讓實力恢復到可以使用搭檔的程度。」

「你都一把年紀了，不要勉強。」

「胡說！老夫還年輕咧！」

萊奧爾說的搭檔是指他的大劍——和他一樣高的巨大鐵塊。剛才我請他讓我看看那把劍，隨便估計我想都有一百公斤。宣言要把體力練到可以自由揮動它的萊奧爾，令我不寒而慄，然後我便與他告別，踏上歸途。

我一回到家，站在大門前，艾莉娜就開門出來迎接我。

「歡迎回來，天狼星少爺。」

「我回來了，艾莉娜。」

我出過好幾次門，每次回家艾莉娜都會負責迎接我。

一站到門前，大門就會打開，彷彿艾莉娜看到我回來了。艾莉娜說，這也是一名隨從該有的技術。

艾莉娜因我的歸來鬆了口氣，不過下一瞬間，她的臉色就瞬間刷白。

「這到底是!?我馬上為您處理傷口！」

糟糕……我忘記因為跟萊奧爾打了一場，衣服變得破破爛爛。

「沒、沒事。我沒受傷，只是衣服破掉而已。」

「請您立刻脫下衣服。我要確認一下！」

「在這種地方啊！」

艾莉娜試圖脫下我的衣服看我有沒有受傷，我實在不想在大門口全裸，可是艾莉娜純粹是出於關心，我也不好拒絕她。

我叫她之後再說，踏進屋內，這時拿著掃除用具的諾艾兒走了過來。

「啊，天狼星少爺，歡迎回家～艾莉娜小姐好擔心……呃，您的衣服怎麼破成那樣!?」

「我回來了。發生一點小事。放心吧，雖然衣服破了一堆地方，我並沒有受傷。」

「好吧，既然您都這麼說了。是說迪有事想向您報告。」

「知道了。換完衣服我就會去客廳，幫我叫他來。」

艾莉娜似乎要親眼確認才能放心，用眼神催促我到房間去。順帶一提，諾艾兒沒什麼反應，是因為習慣我的奇特行為了吧。

儘管艾莉娜對我來說如同母親，在她的注視下換衣服還是挺尷尬的。

艾莉娜則與我相反，滿足地頻頻點頭。

「天狼星少爺……您長大了呢。」

「妳是指肌肉對吧？」

我換完衣服走到客廳，諾艾兒和迪捧著一個木製容器等我。

「歡迎回來，天狼星少爺。」

「我回來了，迪。聽說你有事找我？」

「是的，請您看看這個。」

「噢，終於做好了嗎。」

迪遞給我看的容器內裝滿水，裡面有個四方形的白色物體。我嘗了下味道，看來沒有問題。

「……如何？」

「嗯，沒問題。這就是我想像中的東西。」

我叫迪做的是豆腐。這個世界有與黃豆類似的豆子，我調查過後，發現它和上輩子的黃豆幾乎一模一樣。

那種豆類好像有個很長的名字，但自從我說那是黃豆後，大家也都開始這樣叫，於是我們就都稱它為黃豆。

我想用黃豆多嘗試些料理，和迪一起試做了好幾次。

其中一道就是這個豆腐，現在終於完成了。

雖然知識和材料是我準備的，製作方面幾乎都是由迪負責，我覺得不太好意思。因為做豆腐要把黃豆泡水一段時間，豆漿沸騰後還要在旁邊照顧，很多麻煩的步驟。

「抱歉，每次都讓你做這種麻煩事。」

「不會。可以從中學習，而且我也做得很開心。」

「迪先生還是老樣子，超喜歡做菜的。話說回來，這就是『豆腐』嗎？這麼軟形狀卻不會跑掉……好不可思議的料理。」

諾艾兒似乎無法想像本來很硬的豆子會變成這種食物。

順便說一下，我之所以會做菜和熟知豆腐的做法，是因為上輩子我的興趣是烹飪。

或許是因為我到過世界各地的戰亂地區，經歷了好幾次饑荒吧，只要沒有毒，再難吃的食物我都吞得下去。

只不過，平常我還是會想吃好吃的東西，所以我自己發掘餐廳、動手做菜，結果培養出這個興趣。儘管都是自學，我對料理還算挺有自信的。

「迪先生有試吃過對吧？味道怎麼樣？」

「滿好吃的，但好像少了些什麼。」

「直接吃也是可以，不過把這東西拿來和其他食材搭配會更美味喔。」

諾艾兒戳了好幾下豆腐，大概是覺得觸感很有趣。是說這豆腐做好的時機真準。今天我打算做的料理會更接近完成品。

「什麼!?搭配？難道……」

「要做新菜色……對吧。」

「沒錯。我從海裡採了這東西回來。」

一聽見新菜色，諾艾兒和迪就高興地牽起手。

我每次發明這個世界沒有的料理，都會讓隨從們試吃。雖然每個人喜好多少有點不同，我做的料理他們大部分都很喜歡，不知不覺，我已經牢牢抓住這兩人的胃袋。

順帶一提，諾艾兒喜歡美乃滋和布丁，迪喜歡炸雞塊。艾莉娜喜歡法式吐司，她說無法忘記我救了她的那一天嘗到的味道。

然而，看到我拿出的東西，他們剛才開心的模樣就不知道跑哪去了。

應該是因為本來以為會是食物，我拿出的卻是乾掉的海藻吧。

「那個黑黑的東西是什麼？彎彎曲曲的有點噁心。」

「這是一種生長在海裡的海藻。我叫它海帶。」

我在前往阿德羅德大陸前把它晾在海岸，回程再去回收。

晾了半天左右已經足夠，看來可以熬出不錯的高湯。

「這種東西能吃嗎？」

「這不是拿來吃的，是要用來熬湯。事不宜遲……」

「天狼星少爺，下廚前先休息一下如何？」

艾莉娜一面泡紅茶，對準備走向廚房的我說。

我的確才剛回來，休息是很重要的。

「就這麼辦。謝謝妳，艾莉娜。」

「好了，你們倆也來休息吧。還有天狼星少爺，我想請教一下您衣服破成這樣的理由。」

艾莉娜臉上帶著菩薩般的慈祥笑容，身上卻散發出不容拒絕的魄力。我會好好解釋，拜託不要露出這種表情。

於是，我邊喝紅茶，一邊簡單說明遇到萊奧爾的事，三位隨從都聽得目瞪口呆。

「大家怎麼了？有必要這麼驚訝嗎？」

「不不不!?正常人都會嚇到的。剛劍的萊奧爾先生是很厲害的人耶，雖然我沒見過他。都有人拿他當主角出書了。」

「他還被稱為傳說。」

「對戰鬥不甚瞭解的我也聽過幾個剛劍的故事。例如獨自將千人大軍全滅，英勇事蹟似乎多到數不清。」

外表看起來只是個隱居老人的說。

不過，隻身與千人大軍為敵啊……這行為實在很戰鬥狂，我有點無言。

「您該不會與剛劍交手了吧……我亂講的，怎麼可能對不對？」

「對啊，他確實強到足以冠上剛劍之名。這次我雖然贏了，下次可能會吞敗仗。」

「而且還贏了!?我、我怎麼想都覺得您在開玩笑，可是如果是天狼星少爺您，好像可以接受……」

諾艾兒抱頭呻吟，但事實就是如此，我也沒辦法。我告訴大家之後我也會常去那裡和剛劍對打，艾莉娜聽了後點點頭說：

「原來如此，和那位剛劍戰鬥，衣服自然會破成那樣。可是天狼星少爺，請您不要太過勉強。」

「不勉強就沒辦法變強。」

「即使如此還是不行。無論幾次我都會這麼對您說。請您……千萬不要勉強。」

「……知道了。」

艾莉娜只是擔心我。

就算我鬧彆扭，她也不會收回前言，乖乖答應才是上策。

她默許我在一定程度內自由行動是很好，不過，每次都會害她操心也是一個要思考的問題。如果有什麼通訊手段能讓她知道我平安無事就好了。

「是說天狼星少爺真的很犯規。您才剛撞見稀有的女性妖精，接下來就遇到傳說中的剛劍耶？」

「都是碰巧啦。」

「哪一個都好，我也想看看他們。話說回來，天狼星少爺，那位女妖精非常漂亮對不對？您是不是喜歡上她了呀？」

「天狼星少爺，總有一天……請您務必把她介紹給我。」

艾莉娜的眼神完全是個婆婆。

難以想像菲亞被艾莉娜罵的畫面。絕對不能說是對方喜歡上我的。尤其是接吻一事，萬一被艾莉娜知道，她肯定會生氣。

「總之，我以後也會去跟萊奧爾練劍。下次我會穿弄破也無所謂的衣服去。」

「瞭解。真的請您千萬小心。」

「我知道。好，差不多該去做菜了。迪，幫我拿兩塊豆腐過來。」

「收到。」

我走向廚房，用海帶和豆腐開始做菜。

我要做的料理是火鍋。

這個世界調味料不多，熬不出適合搭配蔬菜和肉類的高湯。

於是看到海時，我想到海帶的存在，在海裡發現了它。形狀和感覺雖然差不多，味道或許會不一樣，因此這道料理帶有實驗性質。

我先擰乾毛巾擦乾淨海帶表面的汙垢，把它放進裝水的鍋子裡用中火煮沸，完成高湯。味道和上輩子一樣，可以暫時放心了。

接著把迪準備的蔬菜及肉類切成適當大小，從不容易熟的食材開始丟進鍋內一起煮。沒有醬油，因此我用鹽巴調味，之後只要慢慢等食材煮熟，一道充滿食材鮮味的火鍋就完成了。我試吃了一口，味道還不錯。

「這道料理做法簡單，卻十分美味呢。不過一個人要吃的分量是不是不太好估計？」

「這是大家一起吃的料理，不是要分著吃的。」

我請在旁邊做筆記的迪準備一張小桌子，大家一起圍在火鍋旁邊。

這個世界沒有瓦斯爐，所以我把可以發熱的魔導具強度設定成「弱」，放在火鍋下面。

艾莉娜和諾艾兒納悶地看著煮好的火鍋。

「這就是『火鍋』嗎？我沒看到那個黑色的海藻呀？」

「這道料理有什麼特別的吃法嗎？」

「海帶我把它放到最下面，諾艾兒可能不會喜歡那味道。順帶一提，沒有特別的吃法。看要拿個小盤子裝菜，還是要夾了直接吃，隨意就好。」

「直接吃嗎？這有點……」

艾莉娜面有難色，想必是覺得隨從和主人吃同一鍋食物很失禮。不過，這與我無關。

「火鍋是全家一起吃的料理，身體和心靈都能得到溫暖。不是正適合我們嗎？」

我對大家笑了笑，直接夾起蔬菜吃。嗯，味道偏淡，調味料果然還是不夠，但這種吃法可以吃到食材的原味，也是滿好吃的。

「全家一起吃嗎……既然如此就沒辦法了呢。」

「天狼星少爺說得沒錯，這道料理正適合我們。所以趕快來……好燙！」

前幾天我做了筷子後，所有人都學會用筷子了。艾莉娜和迪習慣得很快，諾艾兒則還沒用慣，肉片從筷子間掉下來，湯汁濺起來噴到她。

「諾艾兒，沒事吧！有沒有燙傷？」

「嘿嘿嘿，沒事啦。下次我會夾好！」

「別勉強。盤子給我。」

「迪先生……」

諾艾兒高興地看著勤快幫她夾菜的迪。

他們倆之間的氣氛明明不錯，卻連情侶都稱不上。如果他們在一起，我會誠心祝福的說……看來有得等了。

艾莉娜無視諾艾兒和迪的兩人世界，自顧自地夾菜，吃了口豆腐後揚起嘴角。

「高湯和豆腐很適合搭在一起呢。」

「順帶一提，豆腐對身體很好，應該還可以用來減肥喔。」

「真的嗎！迪先生，請您幫我夾滿滿的豆腐。」

「冷靜點，諾艾兒。豆腐很燙，吃的時候要小心。」

「我知道。放這麼久應該夠涼了……好燙！」

諾艾兒是貓型獸人，自然是貓舌。而且豆腐就算表面涼了，裡面仍然很燙，和諾艾兒相沖。這孩子一直都這樣，不會背叛他人的期待。

在身心都被火鍋溫暖後，我幫忙訓練迪和諾艾兒。

說是訓練，也只是想當廚師的迪要挑戰新菜色，諾艾兒則是練習用我發明的魔法。

我只要負責在一旁守護他們，提供建議……然而，這樣還不夠。

不用多做什麼是很輕鬆沒錯，可是，本來是個老師的我覺得頗為空虛。

聽萊奧爾提到他的弟子，令我想起上輩子的事，現在非常想培育徒弟。我帶著這股煩悶心情鑽進被窩，卻因為今天和萊奧爾全力打過一場，一下就覺得想睡。

我忽然想起。

我上輩子為什麼會從特務變成老師？

事情的開端，是因為我遇見一名少女。

上頭要我摧毀一個違法從事人體實驗的組織，於是我潛入內部，把幹部全都解決掉。

任務雖然順利完成，有一堆身分不明的小孩被關在設施裡面。

我的組織幫忙調查那些小孩的來歷，把他們送回家人身邊或送到育幼院去……

有一名少女卻黏在我身邊。

少女似乎把救了她的我當成正義英雄，異常喜歡我。

她的雙親已經去世，再加上她不肯離開我，迫於無奈，我只好收養她。

話雖如此，在全世界奔波的我也不能帶她跑來跑去，我便把她交給值得信賴的女性照顧。我明明忙著工作，沒去探望她幾次，少女卻每次都會在我回來時笑著抱住我。

某一天，長大後的少女希望我教她我的工作。

她想幫上我的忙。少女彷彿在訴說自己的夢想般，告訴我她想成為救了自己一命的，像我這樣的人……

然而，這是不對的。我的工作是殺人，不是這麼偉大的事。我曾經帶她一起工作，讓她看看我見不得光的部分，少女依舊沒有改變心意。

堅持要懲奸除惡的少女……令我屈服了。

我感覺到或許是時候安頓下來，以免有如我的女兒的少女因此喪命，便決定成為老師。

於是，偶爾會叫我「爸爸」的少女成了我第一名徒弟。

我走上教育這條路的原因雖然是這樣，在看著徒弟日漸成長的過程中，我自己也覺得很開心，回過神來已經迷上教人了。

在把幾名弟子栽培到可以獨立時……我失去了性命。

我跑去當老師的理由如上，投胎重生後，這個想法仍然沒有改變。

※ ※ ※ ※ ※

在那之後過了一年……我八歲了。

訓練方式多了不時會和萊奧爾進行的模擬戰，我明顯越變越強。

我今天也一樣在晨練完後，前往阿德羅德大陸的森林探險。

最近比起從空中探索，我更常在森林裡散步。因為我現在的訓練方式，以擊退魔物尋找山珍的冒險者式訓練法為重點。

「該吃飯了。」

我採完長在樹根附近的稀有蘑菇，抬頭望向太陽，差不多到午餐時間了。

午餐的便當由隨從們隨機製作，從菜色來看，今天負責下廚的似乎是艾莉娜。

我隨便找塊石頭坐下，對便當合掌。

便當裡裝滿各種配菜，還有我喜歡的總匯三明治。

分量將近去年的兩倍，不過可能是因為我最近明顯在發育吧，這點量根本不算什麼。

「嗯，好吃。噢，得跟艾莉娜聯絡才行。」

我瞄準應該待在屋內的艾莉娜發送魔力，開口說道：

「啊……這裡是北極星。現在在吃午餐，沒有異狀。今天的便當也很美味。完畢。」

這不是自言自語，是我新發明的魔法「傳訊」。

「傳訊」是把魔力當成電波朝特定對象發送，傳達話語的魔法。

根據受話方的感想，聲音會直接在腦中響起，感覺很不可思議。這魔法和手機一樣非常方便，但除了我以外沒人會用，所以只有我能和對方說話。

然而，雖然我腦中想像的是電波，實際上發送出去的還是魔力，萬一途中有波長相近的人，通話內容可能會洩漏出去。因此我用代號稱呼自己，也不會提及對方的名字。

這魔法雖然還在實驗階段，只要聽見我的聲音艾莉娜就能放心，所以我仍然會使用。

總有一天我想在有很多人的地方實驗，以及調查它最遠可以傳達到哪裡。

順帶一提，好像也有讓風把自己的聲音帶給身在遠方的人的便利風魔法，可是這魔法有個缺點，如果途中有外人介入，發話方的聲音就會被那個人聽見。

這麼一想就覺得「傳訊」挺犯規的，得小心不可以被人發現。

單方面的報告結束後，我重新開始吃午餐。不管吃幾次，艾莉娜的三明治都不會讓人吃膩。我覺得她把我的喜好全摸透了。

我悠閒吃著午餐，忽然察覺到一股氣息，便發動「探查」。腦內雷達偵測到高速接近的物體，我冷靜收起便當，那傢伙也在同時現出身形。是一隻四肢強壯，身體異常肥大，有兩根大角的豬型魔物。

我記得這種魔物名叫貝歐尼巨豬。牠的目標當然是我，把兩根角對著我猛衝過來。

速度雖然驚人，從正面直線襲來的攻擊輕易就能躲過。

「好單調的攻擊。」

我直直躍向上方閃過牠的身體撞擊，降落在魔物背上，趁牠發現前用祕銀刀往腦袋刺下去。

聽說貝歐尼巨豬的皮很堅固，祕銀刀卻輕鬆刺了進去，魔物抖了一下後就癱在地上。

「好，今天的晚餐有著落了。記得這傢伙好吃的部位是這裡。」

這種魔物的皮堅固到可以把刀刃阻擋在外，力量大到連樹木都會因牠強烈的身體撞擊而倒，所以本來是中級冒險者聯手才能對抗的魔物，不過只要用銳利的武器攻擊弱點，也不是多棘手的對象。若是萊奧爾爺爺，應該會從正面把牠剖成兩半吧。

我放掉牠的血把肉割下來，再度感覺到森林深處有股氣息。

我反射性發動「探查」，同樣偵測到魔物反應，但那隻並非朝我而來，而是向另一個方向移動。

我把割下來的肉收進包包，擴大「探查」的偵測範圍，發現人型反應。數量為二，從移動方向來看，應該是在躲魔物。

距離沒有長到需要飛過去，因此我發動「增幅」，在森林中飛快奔馳。

我不斷向前跑，絲毫沒有減速，抵達偵測到兩個反應的地方，看到兩名孩童倒在一棵被魔物撞倒的樹旁邊。我迅速下達判斷。

「不會讓你得逞！」

我馬上把衝到這裡的距離當成助跑，使出飛踢命中魔物的側身。

由於我的身體經過「增幅」強化，被我踹飛的魔物撞倒好幾棵樹，呈水平方向飛出去。為求保險，我在途中補了槍「麥格農」射爆牠的頭部。

看不見子彈的人，或許會覺得牠的頭是被我踢爆的。

是說這招槍魔法……威力是不是每年都在提升啊？比真正的麥格農彈還強耶。

其他魔物可能會被血的氣味吸引來，所以我趕快跑到倒在地上的孩子身旁。

那兩名孩童是一男一女的獸人。

年齡和我差不多，頭上的狼耳和毛茸茸的尾巴及頭髮都是銀色。少女似乎比少年大幾歲，兩人面容相似，應該是姊弟吧？

他們看起來都狼狽不堪。

身上穿的是只遮住重要部位的破布，身體瘦到見骨。全身上下都是傷痕及瘀血。

更讓人在意的是脖子上樸素的金屬項圈，怎麼看都不是小孩子會喜歡戴的飾品。

少年意識不清，少女則瞪大眼睛，愣愣地看著我。

一與我對上視線，少女就猛然回神，護著少年朝我狠狠瞪過來。

「啊……嗚……啊！」

不曉得是不是她喉嚨有傷，少女的聲音沙啞微弱，我聽不太清楚，但我感覺得到她想保護少年的決心。

這種小孩我在上輩子看過的次數多到數不清。

沒有受到政府的保護，經常在非法地區出沒的奴隸們。

毫無人權，被當成用完就丟的消耗品，帶著死人般的眼神。

然而，這名少女不同。她外表跟奴隸一樣，眼中卻蘊含堅定的意志。

這堅強的意志……使我想起前世的徒弟。

少女明明應該很怕我，嚇得全身打顫，卻把少年護在身後，沒有別開目光。

我慢慢走近，想讓她別那麼害怕，稍微蹲低讓視線與少女齊高，把手放在她頭上笑著說：

「別擔心，我不是妳的敵人。」

這句話我也對上輩子讓我決定成為老師的少女說過。少女聽到，好像放鬆了一點警戒。得先讓她明白我不是敵人。

「妳在保護弟弟對不對？辛苦了。之後就交給我吧，妳好好休息。」

接著，我溫柔撫摸少女的頭，就像艾莉娜對我做的一樣。

這麼做似乎有效，少女眼角滑落一顆淚珠，昏厥過去。

這種小孩在這個世界十分常見，即使見死不救也不會有人責備我吧。不如說沒有置之不理反而會惹上麻煩。

我還只是個八歲兒童，家裡還有艾莉娜那些隨從。

考慮到將來，我們家應該沒辦法多養兩個人，可是我不小心對少女脫口而出「之後就交給我吧」。

事到如今，我不能見死不救，所以我在煩惱該怎麼和艾莉娜他們解釋。

「……之後再想吧。」

在我煩惱的期間，開始有魔物被血腥味吸引過來。

情況不允許我慢慢思考，因此我用「魔力線」把兩人固定住，抱著他們離開現場。

「——然後我就跑來這裡了。請老爺爺指點一二。」

我抱著獸人姊弟來到萊奧爾家。看到我帶來奇怪的東西，老爺爺納悶地歪過頭，不過他沒有多說什麼，就幫我準備床給他們倆休息。

安頓好他們後，我和萊奧爾說明狀況，直到現在。

「唔……指點啊。在此之前，你打算如何處置那兩名孩童？」

「我想把他們帶回家。只不過，不曉得艾莉娜會不會有意見……」

「哈哈哈！打贏老夫的強者竟會畏懼一名隨從，真窩囊。」

「囉嗦。我只是覺得有點愧疚，不是怕她。」

就算我直接帶這兩人回家，艾莉娜八成也會接納他們。

可是，這樣的話大家的負擔肯定會比以前更重。我只是不忍心讓每天都在為我奉獻的隨從們，背上更重的負擔。

「哎，這部分是你的問題，老夫不會多說什麼。所以你想問的是？除了劍以外，老夫知道的並不多喔。」

「劍的知識就不用了。我想問他們是奴隸嗎？」

衰弱的身體和神祕項圈。感覺應該不會錯，但我也想聽聽在全世界旅行過的萊奧爾有何意見。

「正是奴隸。證據就是那個項圈。」

「這項圈到底是什麼東西？我感覺得到魔力，所以它是魔導具囉？」

「那是名為『支配項圈』的魔導具，一旦戴上去，性命就會被契約者握在手中。只要契約者一個念頭，就能讓戴項圈的人身體傳來劇痛，還會不斷釋放魔力，告訴契約者項圈的位置。除此之外，魔力是消耗戴項圈那個人的魔力，因此魔力恢復速度慢的人，遲早會魔力枯竭致死。」

「既然這樣，不快點把它拿掉就糟了。上面有鎖孔，可是沒有鑰匙……可以用撬鎖工具硬把它撬開嗎？」

「雖然老夫不知道『撬鎖工具』是什麼東東，勸你最好不要來硬的。試圖硬把它拿下或用蠻力破壞的話，項圈會把裝備者的性命一起帶走。」

好難搞的東西。這麼精細的魔導具應該能賣到不錯的價格，但我並沒有想要到不惜拿他們的性命當賭注。

既然不能用蠻力破壞……試試看用魔法破壞如何？

「要用老夫的劍一試嗎？只要砍壞魔導具的核，或許有辦法搞定它。」

「我相信你的技術，不過還是把這當成最後手段吧。我有個方法想嘗試。」

「哦？這次你又會表演什麼給老夫看？」

我無視身後滿心期待的老爺爺，決定先從少年下手。

我碰觸項圈，發動新魔法「掃描」。

這是用魔力掃描物體，在腦內顯示其內部構造的探查魔法。

用前世的東西來譬喻，就是類似X光的東西，如果說「探查」是廣範圍偵測，「掃描」就是縮小範圍，提高準確度的偵測。

麻煩之處在於不親手碰觸對象就沒有用。我用魔物和道具實驗過，這魔法並無害處，還請迪協助我測試，確認對人使用也是安全的。

首先掌握項圈物理上的構造，再以我看見的魔法陣為中心，將「掃描」的功能從看見物理上的構造轉變為魔力上的。

這麼一來，我就能看見魔力流向。我在魔法陣上發現好幾個魔力核。

「……看到了。接著是……」

接著我用纖細的「魔力線」侵入鎖孔，纏在魔力核上。我看不懂魔法陣上的內容，不過我不覺得破壞名為「支配」的魔法陣會有問題。

確認「魔力線」把魔力核纏得不留一絲縫隙後，我拉緊「魔力線」，破壞核心。

「唔……發生變化了。」

「這樣應該就可以靠蠻力把它拿下來了吧。」

最後我拿出祕銀刀，連著鎖孔一起把項圈切斷，結束。

我把手貼在少年的脖子上確認脈搏，他還活得好好的，任務成功。

「好，接下來輪到她了。」

「哈哈哈！你還是老樣子，盡做些驚人之舉。之前我看過硬把項圈拆下來的人，那人全身噴血，命喪黃泉囉。」

「你都知道結果會這樣了，還想用劍去砍。」

「老夫想說瞄準魔法陣砍下去或許會有效啊。哈哈哈！」

這道理也不是說不通，但他一副樂在其中的模樣，令人火大。

更重要的是現在可是有病人在，給我安靜點。

我聽著老爺爺在身後大笑，用同樣的方法幫少女拿下項圈，才終於可以喘一口氣。

雖然還不能大意，情況應該不會再惡化了。

魔法陣的核被破壞掉的項圈變成一塊破銅爛鐵，不過只要詳加調查，或許會派上什麼用場，因此我決定把它帶回家。

「項圈拿下來後，這兩個人會怎麼樣？」

「這項圈是奴隸的證明，除非主人想解放奴隸，否則無法卸除。既然沒了這東西，把他們當成一般市民即可。」

「那就好。是說他們倆以奴隸來說……未免太年幼了吧？」

一般奴隸好像都是抓犯人去當的。意思是他們……

「嗯。如你所料，這兩個應該是被抓去當奴隸的吧。因為他們是在這一帶很稀有的銀狼族小孩。」

銀狼族……聽到這個名字，我想起《亞伯特遊記》中記載的內容。

長著銀色的狼耳和尾巴，在森林深處生活的特殊種族，整體而言戰鬥能力高。

銀狼族的人大多脾氣粗暴，但非常珍惜家族與種族間的羈絆，似乎是個重視同伴的種族。

「原來如此，這就是銀狼族。雖然稀不稀有與我無關啦。」

「真像你會說的話。所以？你之後打算怎麼做？」

他們這麼虛弱，醒來不吃點東西不太好吧。

這裡料理器具不夠，我看必須早點回家幫他們準備食物。

「我想趁他們醒來大鬧前回去。打擾了，老爺爺。」

「老夫本想與你打一場，遇到這種事也沒辦法。」

「抱歉。雖然是我吃剩的，這東西給你，你就原諒我吧。」

我把剩下來的便當遞給萊奧爾，一手抱一個走出門外。當然有用「魔力線」固定住，避免他們掉下來。

「你家隨從做的飯還是一樣美味。」

「這還用說嗎？老爺爺，再見囉。」

萊奧爾邊吃便當邊揮手向我道別，我轉過身去，用「傳訊」向艾莉娜報告情況，踏上歸途。

## ──諾艾兒──

我叫諾艾兒。是侍奉主人──天狼星少爺的可愛隨從。

天狼星少爺年紀還小，所以我們這些隨從得負責照顧他……我是很想這麼說，但天狼星少爺相當厲害，不需要別人照顧。

年僅三歲就會使用魔法，現在也不斷開發出新魔法，強到曾經是冒險者的迪都打不贏他。

除此之外，少爺擁有的知識量遠高於我們，每天都活用那些知識，讓我們的生活充滿幸福，是很了不起的人。

少爺還很會做菜，煮什麼都很好吃。

他會做各式各樣我們從沒看過的料理，每次少爺端新菜色出來，我們都會很高興。

尤其是美乃滋和布丁，真是革命性的料理。我第一次吃到它們時甚至感動到哭，怎麼會有這麼美味的食物？

直到現在，光是想起它們的味道就會覺得很幸福……噢，口水流出來了。

天狼星少爺這麼優秀，屬性卻是無色。

世人都說無色是沒用的屬性，可是少爺和這兩個字絕對扯不上邊。我們看起來還比較沒用。

如此完美的人……現在卻露出極為尷尬的表情搔著頭。我第一次看見天狼星少爺這麼狼狽。

地點在家中客廳，兩名獸人躺在床上。

為什麼會變成這種狀況呢……事情要追溯到下午。

吃完迪先生做的午餐後，過沒多久，艾莉娜小姐拜託我打掃客廳。好像有客人要來，看艾莉娜小姐的神情，似乎並不是「那個人」。

我迅速打掃完畢，準備找艾莉娜小姐報告，這時天狼星少爺回來了。我心想「少爺今天回來得真早」，走向大門，看到天狼星少爺抱著兩名小孩，正在和艾莉娜小姐交談。

「天狼星少爺，您回來啦。那個……請問這是？」

「詳情之後再說，先把這兩個孩子搬到床上吧。」

我一頭霧水，艾莉娜小姐則接過天狼星少爺帶回家的小孩邁步而出，我便幫她打開客廳的門。迪先生已經準備好藥和熱水等著，但他也不知道詳細情況，納悶地看著兩名孩童。

把它們搬到床上，盡力治療傷勢後，就到了現在。

等大家終於把他們安頓好，天狼星少爺開始說明為什麼會帶他們回家。

簡單地說就是，少爺在森林裡散步時看到他們被魔物襲擊，便救了他們。

不愧是天狼星少爺，竟然從魔物手中救出受傷這麼嚴重的小孩保護他們。一般而言見死不救都不奇怪的說……少爺真是個器量不輸亞里亞大小姐的好人。

話說回來……我對這兩個孩子的模樣有印象。

「他們倆疑似是奴隸。」

會有印象也是當然的。因為我以前也是奴隸。

我在面臨最慘的狀況前被亞里亞小姐救了，他們受到的虐待應該比我更嚴重吧。可是，以奴隸來說好像有點不對勁。

我才剛這麼想，迪先生就指著他們的脖子，開口提問：

「天狼星少爺，他們脖子上沒有項圈，真的是奴隸嗎？」

「我把它弄壞拆下來了。那種東西拿掉也是應該。」

「「「弄壞了!?」」」

硬把那個項圈拿下來會死人耶!?我就看過好幾個因此喪命的人。

天狼星少爺看大家嚇成這樣，把破壞項圈的方法告訴我們……嗯，我很清楚我們絕對辦不到。

「我瞭解事情的前因後果了。總而言之，讓他們好好休息吧。」

「麻煩各位了。我去準備他們的食物。」

「諾艾兒負責照顧他們。妳也是獸人，應該比較不會引起他們的戒心。」

「嗯，那當然！」

不用艾莉娜小姐說，我也會自願幫忙。怎麼能放著這麼小的孩子不管！

「天狼星少爺，我也來幫忙。」

「沒關係，你去陪諾艾兒吧。萬一發生什麼事，你負責聯絡我。」

「收到。」

天狼星少爺和艾莉娜小姐一離開，房內就頓時安靜下來。

因為迪先生話不多，我現在的心情也不是很想閒聊。

我搬了張椅子到床邊，坐在看得見兩位獸人小孩的位置。

迪先生則待在稍遠處，不曉得在客氣什麼。我們就這樣默默觀察兩人的狀態。

這模樣……真是慘不忍睹。

被鞭子抽的痕跡和打出來的瘀青，以及各種怵目驚心的傷口，令我想起自己的過去，身體自然而然發起抖來。

由於售價會因此下跌，我還不至於連貞操都被奪去，就算這樣，以前受到的對待還是很不人道。假如亞里亞大小姐沒有在那時伸出援手，不曉得我會有什麼下場。

不行……現在不是畏懼過去的時候。

只有我明白他們的心情。我必須振作一點！

「諾艾兒。」

我拚命鼓勵自己，這時，迪先生拍拍我的肩膀。

他還是老樣子面無表情，可是我明白他在為我擔心。

他一定……是在叫我不要想太多。

「妳可以的。有我……不，現在有天狼星少爺在。」

「……是。」

沒錯，如今的我是不一樣的。傷痕和瘀青都已經消失，身旁還有大家在，生活幸福美滿，所以，現在只要考慮這兩個孩子的事就好。

他們被抓去當奴隸是很不幸沒錯，但天狼星少爺把他們撿回來了。

如果是天狼星少爺，一定會讓他們變得可以像我們一樣笑著度日。

是說……他們真的是母子呢。就跟亞里亞大小姐把我撿回來一樣，天狼星大人也撿了這兩個孩子回家。

在那之後，迪先生中途跑去幫我泡紅茶，所以我們輪流休息，一直注意兩人的狀態。

不知不覺就到了準備晚餐的時間，他們卻還沒醒來。

我有點擔心，雖然他們呼吸正常，應該不會有事才對。

在我猶豫該不該通知天狼星少爺時，敲門聲傳入耳中。

「喂——是我。幫我開個門。」

少爺來得正好。迪先生一打開門，令人垂涎三尺的香氣就充滿整個房間。

天狼星少爺雙手捧著一鍋東西進房，現在剛好是肚子開始餓的時間，害我口水差點流下來。啊啊，怎麼這麼香。

「……妳要試吃看看嗎？」

「咦？這不是給他們吃的嗎？」

「我有特別做多一點。不過這是給病人吃的，味道很清淡喔。」

「那我就不客氣了。」

完全瞞不過少爺的法眼。

我把裡面沒有放料的淡褐色高湯盛到杯中喝了一口。

嗯……味道確實很淡，但濃厚的香氣撲鼻而來，更重要的是有溫柔的味道。感覺就像是暖意慢慢滲進胃裡，讓人感到滿足。

「天狼星少爺，請您一定要教我怎麼做。」

迪的廚師之魂也熊熊燃燒。

這湯確實適合給身體虛弱的人吃，我之後也去問問做法吧。

「……啊……唔唔……」

在我們讚揚湯的美味時，少女醒過來了。是因為這股香味醒轉的嗎？總之第一印象最重要，得溫柔和人家搭話才行。

睜開眼睛就看到不認識的人，會害怕也是理所當然，嗯。

「呃……妳沒事……吧？」

——天狼星——

「呃……妳沒事……吧？」

諾艾兒緊張地對醒過來的少女說。

妳緊張的原因我也不是不能理解，但身為獸人的妳最適合與他們溝通，麻煩振作點。

少女因為有人向她搭話，嚇了一跳，立刻環視周遭，一看到躺在旁邊的少年，表情就放鬆下來，摸摸少年的頭。

「嗯，那孩子沒事唷。妳還好嗎？有沒有想要什麼東西？」

「啊……唔。」

諾艾兒一個字一個字講給她聽，想讓少女冷靜下來。

沒錯，自然的態度最適合妳，大可一開始就這樣和人家說話。

「天狼星少爺，這孩子不會說話嗎？」

「她只是喉嚨發炎，之後會痊癒的。」

我已經在萊奧爾家對他們用過「掃描」，在他們身上找到幾個發炎和傷口化膿的地方，以及營養失衡和水分不足，老實說滿危險的。

不過兩人並沒有罹患致命疾病，少女的喉嚨也是，只要使用我的「再生能力活性化」應該就治得好。

然而，現在還不是我出面的時候。直到少女不再緊張，放鬆戒心前，都交給諾艾兒吧。

「妳看，我沒戴項圈對不對？這裡的人都不會害妳，妳儘管放心。」

「……啊!?」

少女伸手去摸脖子，大為震驚，然後望向弟弟的脖子，陷入混亂。

她似乎發現項圈不見了，哭著不斷撫摸自己的脖子。

「唔……啊？」

「項圈已經拆下來了，所以你們自由囉。對了，妳肚子餓不餓？要不要喝熱湯？很好喝唷。」

「!?……唔唔……」

少女對「熱湯」一詞有反應，卻望向睡在旁邊的少年，搖搖頭。光憑這些小動作，諾艾兒就明白了少女的意思。

「這樣呀，妳想和弟弟一起吃。那我們來聊聊天吧。」

她用手帕拭去少女的眼淚，少女緩緩點頭。諾艾兒表裡如一的個性效果十分顯著。

「我叫諾艾兒。可以告訴我妳叫什麼名字嗎？」

「……咿啊。」

「啊，對不起，妳還不太能說話。用寫的呢？不會寫字？嗯……」

諾艾兒立刻轉頭向我求救。妳未免太快投降。

「唉……迪去叫艾莉娜來。諾艾兒幫忙把我介紹給她。」

「收到。」

「呃——那個男生是我們的主人天狼星少爺，是他救了你們。」

「……嗯。」

少女點點頭。她看起來還在警戒，不過似乎記得我是誰。

迪靜靜離開，避免刺激少女，我則走到諾艾兒身旁。

「我重新自我介紹一次。我叫天狼星，是諾艾兒的主人，把你們帶回來的就是我。」

「……啊。」

「我想多瞭解你們一點。可是，妳現在不能說話對不對？我想先幫妳治療，方便讓我碰妳的喉嚨嗎？」

「別擔心，天狼星少爺很溫柔的。妳看，對他做這種事他也不會生氣。」

諾艾兒跑到我背後，用雙手拉我的臉。雖然我知道妳是想讓她放心，之後給我走著瞧。

看到我默默讓諾艾兒玩弄，少女慢慢點了下頭。

「謝謝妳，那我要碰妳喉嚨囉。可能會有點燙，但不會痛，別擔心。」

「啊……嗯。」

儘管有些懷疑，少女仍乖乖抬起頭，露出脖子。

我把手放在她的脖子上，集中精神，準備注入魔力的瞬間……

「不准……碰姊姊——！」

在旁邊沉睡的少年忽然坐起身，咬住我的手臂。

「天狼星少爺!?」

「別動！」

我抬起一隻手制止大驚失色的諾艾兒，繼續治療。

少年因為身體虛弱，力氣沒有很大，然而犬齒刺進皮膚還是有點痛。

「咦——啊！」

「不要說話！會影響治療。」

我叫少女閉上嘴巴，因為她一出聲，治療部位就會跑掉。

這孩子剛才叫她姊姊，應該是想保護姊姊吧。少年儼然是隻負傷的野獸，不過只有我的手臂受到攻擊，所以乖乖讓他咬即可，無須胡亂反抗。

「唔唔……給果盎該姊姊！」

「太好了，你很有精神嘛。」

「天、天狼星少爺!?您流血了……」

被犬齒咬傷的部位開始流血。

這點程度不至於痛到忍不住，但要是艾莉娜看到這一幕，事情八成會一發不可收拾。

「欸，手可以動沒關係，幫我摸摸這孩子安撫他。」

少女聽從我的指示，溫柔撫摸少年的背，讓他冷靜下來。

「姊姊，為什麼要阻止我！」

「嗯……」

「不要！我不會相信這個人。喂，放開姊姊！」

少年張開嘴巴想要再咬我一口，被姊姊伸手制止。看來這孩子和姊姊不一樣，叛逆心很重，不過從當過奴隸這點來看，他的反應或許才是正確的。

我們一面安撫弟弟一面治療，過了幾分鐘終於大功告成，我便移開了手。

「……好，差不多了。妳講幾句話看看。」

「不要勉強姊姊！」

「妳的喉嚨應該已經痊癒了。試著發出聲音吧。」

「……雷、烏斯？」

我無視在旁邊大吼大叫的少年，催促少女講話。少女困惑地吸了口氣……

「姊姊!?」

「雷烏斯……雷烏斯。聽得見我說話嗎？」

「聽得見！聽得見喔，姊姊！」

「嗚嗚，太好了。」

諾艾兒看著姊弟倆抱在一起，深受感動。我說，妳還有事要做吧？

「湯呢？」

「對喔！我馬上準備。」

我雖然有做一點保溫措施，既然是特地為他們煮的，還是希望他們盡早享用。

諾艾兒把湯盛到盤子裡，笑著遞到兩人面前。

「弟弟也醒了，可以喝湯了吧？來，請用熱湯。」

「嗯……誰、誰會被妳騙啊！妳是想讓我們吃難吃的東西嘲笑我們對吧！」

「怎麼會呢。你看……嗯，好喝。」

為了讓少年——雷烏斯放鬆戒心，諾艾兒當著他的面把湯送入口中，雷烏斯就無言以對了。諾艾兒神情認真，硬把湯塞給他們。

「想必你們一直過得很苦。不過呀，正因為這樣，我才希望你們喝下這碗湯。這可是天狼星少爺努力為你們做的唷？」

「為什麼……要救我們？」

「原因並不重要。現在什麼都別在意，把湯喝了吧。很好喝的……好嗎？」

在諾艾兒拚命的勸說下，少女戰戰兢兢喝了口湯。

「……好喝。」

「真、真的嗎姊姊？沒有下毒？」

「沒有唷。非常……美味。好溫暖……我第一次嘗到這種味道……」

雷烏斯也跟著姊姊喝了一口，把頭從盤子裡抬起來的他，臉上掛著豆大淚珠，看起來十分不服氣。

「什麼嘛……怎麼這麼好喝。搞什麼……嗚嗚，混帳東西！」

「真的……好好喝……嗚、嗚嗚嗚嗚！」

溫暖的湯令他們壓抑在心底的感情爆發了。兩人不顧一切，放聲大哭。

等他們盡情哭過，冷靜下來，應該就會明白我們不是敵人了吧。

「……之後就麻煩妳啦。」

「是的，交給我吧。」

我轉身背對淚流不止的兩人，留下諾艾兒，靜靜離開房間。

一踏出房門，我就看到艾莉娜和迪在外面等我。

艾莉娜抬起我被雷烏斯咬傷的手臂，上藥後迅速用繃帶包紮。

「辛苦了，天狼星少爺。但是……您太亂來了，假如那孩子力氣大，您會身受重傷的。」

「抱歉，害妳操心了。」

「真是的。我泡了茶，請您在客廳稍事休息。」

迪走向廚房，我則隨著艾莉娜來到客廳，坐在桌前。

我喝下艾莉娜泡的茶吁出一口氣，艾莉娜卻一語不發。

恐怕是在等我主動對她說吧。我面向艾莉娜，做好覺悟，開口說道：

「首先……艾莉娜，對不起。我擅自把他們帶回家。」

「您無須道歉。我高興都來不及呢，因為天狼星少爺真的是亞里亞大小姐的兒子。」

「媽媽也做過這種事？」

「是呀。狀況雖然不同，亞里亞小姐也帶了諾艾兒回來。當時大小姐尷尬的表情也跟您一模一樣。」

艾莉娜開心笑著。竟然不知不覺和母親做了一樣的事，我該高興嗎……總覺得有點難為情。

難以言喻的感覺令我略感困惑，可是艾莉娜忽然板起臉來，因此我也繃緊神經，等待她下一句話。

「天狼星少爺，您打算怎麼處置那兩個孩子？」

「怎麼處置嗎……我們現在不知道有沒有多餘的心力養——」

「天狼星少爺。」

艾莉娜難得打斷我說話，將手放在我的雙肩上。

「請您不要顧慮我們和這個家，我想聽的是您最真實的想法。我們是您的隨從，只會照您的意思行動。」

「……就算我提出強人所難的要求？」

「是的。不過既然是強人所難，請容我表達一些意見。」

我輸了……這個人真的是我肚裡的蛔蟲。

艾莉娜這番話，使我心中的愧疚之情消失殆盡。

「我想讓他們住下來，順便鍛鍊他們，之後就看他們要怎麼做了。」

「那兩個孩子不僅沒有錢，年紀也還小。說實話，只會讓我們過得更辛苦吧。即使如此，您還是要收留他們？」

「嗯。不是為了救人，是為了滿足我自己。」

從一年前開始，我就一直想收徒弟。

也就是說，他們倆類似於被我抓來滿足欲望的被害者。

和前世不一樣，這個世界有魔法可用，所以多少可以胡來一些，我也想調查看看不同種族的成長速度有何差異。

「那麼，您選擇他們有什麼特別的理由嗎？因為您偶然救了他們？」

「不是每個人都可以。剛救下他們時我還嫌麻煩呢。」

我決定要收留他們，是在看到少女眼神的瞬間。

即使自己遍體鱗傷，仍然要保護該保護的人——這堅定的眼神，有如我上輩子的徒弟。

我自己知道我太感情用事了，但這樣又有何妨？

畢竟我現在不是年過六十的老頭，而是八歲的孩童。就像個小孩一樣，遵循本能而活吧。

「因為他們拚命試圖保護對方。我覺得這樣子的人值得信賴。」

「既然您這麼說，我也選擇相信他們。話說回來，我有個建議，請問可以讓我教他們當隨從嗎？」

「當隨從？我帶他們回家不是想叫他們當隨從喔。」

「可是，不能讓他們白吃白住。請他們幫忙大家處理家務，以此做為提供住所和三餐的代價，應該是最好的處理方式。」

「說得也是。抱歉，我腦中只想著該如何鍛鍊他們。」

除了鍛鍊身體外，也必須讓他們成為有教養的人，讓艾莉娜教他們或許會有不錯的功效。

「不會，在一旁輔佐您也是我的職責……雖然想這麼說，其實這麼做也是為了我自己。我想把一名隨從該有的技術教給那兩個孩子，若是可造之材，就把他們栽培成負責輔佐您的隨從。」

「我的隨從現在這樣就夠了吧？」

「因為……我不能永遠待在您身邊……」

「艾莉娜……」

由於艾莉娜做的都是力氣活，最近她變得很容易累，不曉得是不是身體變差了。也許她是考慮到萬一以後有什麼意外，才想培育自己的後繼者。我下意識瞇起眼睛，艾莉娜卻搖搖頭，笑著對我說：

「那是很久很久以後的事，您不用露出那種表情。」

艾莉娜冷靜判斷自己的狀態，為將來做準備。

我認為應該尊重她的意見，便切換心態，點頭答應。

「知道了。我允許妳這麼做。不過要先詢問他們的意願喔。」

「您是他們的救命恩人，大可逼他們照做不是？」

「我會強制教他們生存方式沒錯，但除此之外，我想讓他們自己決定。」

「您真的……和亞里亞大小姐如出一轍呢。」

艾莉娜瞇起眼睛，臉上浮現溫柔笑容，大概是在緬懷我的母親吧。我不知為何有點害臊，無法直視艾莉娜的臉，只好別開視線。

「啊……我去煮晚餐。我們吃完時那兩個應該也沒事了。今天有新鮮的肉，我想做炸豬排。」

「新料理嗎？迪會很高興的。」

「對啊。還得幫諾艾兒做一份。」

這次她是最大的功臣，來做一道混合她喜歡吃的食物的料理獎勵她好了。

之後，除了諾艾兒外的人都吃完晚餐，所有人都聚集在客廳。

兩姊弟似乎也冷靜下來了，差不多可以和他們當面談談，然而……

「這是什麼!?還有加美乃滋耶，真是太棒了！」

「妳好吵。」

我一把晚餐端給照看兩人的諾艾兒，她就激動大叫。

今天的菜色是把豬排夾在麵包裡的豬排三明治，不該挑這種時候遞給她的。因為三明治裡有塗她最喜歡的美乃滋，諾艾兒興奮得要命，坐在床上的兩姊弟則羨慕地看著她。雷烏斯口水都流出來了。

「你們最好別吃。」

「為啥!那個大姊姊不就在吃嗎？」

「嘿、嘿，雷烏斯!對不起，我弟弟太沒禮貌。」

「別在意。是說可以告訴我你們最近吃了什麼東西嗎？」

「那個……剛才的湯是久違的食物。除此之外只吃過野草……」

「那就更不能吃了。你們之前都沒好好吃飯，現在腸胃非常脆弱，吃了那個身體八成會無法接受，統統吐出來。」

「才不會咧！」

「對不起對不起！」

雷烏斯開口就是搞不清楚自己什麼處境的傲慢發言。

這種態度很符合他的年紀，滿可愛的，不過虧他這樣還有辦法當奴隸。

「等你們身體恢復我再做給你們吃，現在先忍忍吧。」

「嗯！啊……對、對不起。」

少女果然也想吃豬排三明治，羞得滿臉通紅。

「雖然剛才已經稍微介紹過，大家重新自我介紹一次吧。也有你們沒見過的人在。」

「對啊，你們到底是什麼人？」

「那就由我開始。我叫天狼星，是這裡的主人。」

接著輪到艾莉娜、迪和諾艾兒簡單自我介紹。撇除中途諾艾兒因為急忙把食物吞下去，不小心噎到，大部分都跟平常一樣。

「那個……天狼星大人是貴族……嗎？」

「算是吧？你們不用介意，照常和我說話就行。」

「這怎麼行。總、總之，我叫艾米莉亞。不好意思這麼晚才道謝，謝謝您救了我們。來，雷烏斯也向人家打個招呼。」

「我叫雷烏斯啦——我的名字叫雷烏斯。」

一知道我是貴族，兩人就突然變得畏畏縮縮。根據諾艾兒悄聲告訴我的情報，奴隸好像都會被調教成無法反抗貴族。

「怎麼聲音突然變這麼小？剛才的活力到哪去了？」

「囉嗦！我叫雷烏斯！是又強又高貴的爸爸的兒子！」

「父親又強又高貴，你這個兒子卻連一個謝字都不會說嗎？」

「唔!?」

這也是教育的一環，並不是在欺負狂妄的小孩。

管他現在幾歲、過去經歷過什麼事，連對恩人道謝都做不到的人，無法成大器。

隨從們一語不發，在旁邊待機，大概是明白了我的用意。

「謝、謝謝……你。」

「嗯，很好。這樣大家就都自我介紹完了，有沒有什麼問題？」

「我們……之後該怎麼辦呢？」

之後該怎麼辦嗎……若要一言以蔽之，我打算提出一個讓他們不得不選的選項。

只不過，在我回答前，艾米莉亞帶著空洞眼神喃喃說道：

「除了雷烏斯……我已經一無所有。無父無母，無家可歸，連錢都沒有。所以……我連該怎麼辦都不知道。」

「一無所有，只要自己創造就行。總之你們先住在這裡，直到傷口痊癒。」

「可是我們是奴隸，什麼都……」

「你們脖子上沒有項圈，不能說是奴隸了吧？痊癒後你們有兩條路可選。一條是我們會帶你們到城內，之後看你們要幹麼就幹麼。另一條路是從我身上學習生存方式。」

「學習……？」

「沒錯。我會教你們生存所需的力量及知識。這段期間三餐也會由我們供應。」

「姊姊，他騙人！之前說過這種話的大人都只會虐待我們！」

雖說我是兩人的救命恩人，要他們相信初次見面的我也是強人所難。

然而，艾米莉亞眼中逐漸浮現光芒，大概是知道自己沒有選擇的餘地。

「說起來，你們就不會不甘心嗎？」

「什、什麼鬼？」

「明明想保護對方卻無計可施，只能乖乖被魔物追殺，不覺得很不甘心嗎？你們甘願繼續被大人欺騙？」

聽見我這番話，兩人悔恨地低下頭。

「妳剛才說除了弟弟，一無所有對吧？既然妳再無一物可以失去，就隨我來吧。」

「為什麼……要幫我們？」

「沒為什麼。硬要說的話，就是我想這麼做。你們就當自己運氣好。」

「……好的。我們願意跟隨您。」

「姊姊!?」

其實我本來想先觀察一天，之後再逼他們做決定，看來這女孩比我想像中還要積極。太好了，省卻不少時間。

「那個人願意讓我們變強唷？我們也沒有其他路可走，既然這樣，我想為了保護雷烏斯變強。」

「我、我也要保護姊姊！只、只要跟著那傢伙就行了吧？」

「是天狼星少爺。我們都決定跟隨人家了，要叫他天狼星少爺。」

「知、知道了啦，姊姊。天、天狼星……少爺。」

「雖然我弟弟不太懂事，還是請您多多關照，天狼星少爺。」

兩人深深低下頭，不過弟弟是被姊姊硬逼的。

於是，我半強制性地收他們為徒，我可以練習教人，他們可以不用煩惱食衣住，除此之外還能變強。

這對雙方都沒有壞處，結果皆大歡喜。

「以後多指教囉，我想我們這邊才會有一些狀況就是。」

「我會加油的。」

「簡單啦——呃，我、我會加油！」

儘管他們看起來仍有些狼狽，表情已經比剛被我撿到時柔和得多。

姊弟倆被我撿到後從沒笑過，希望他們總有一天可以跨越過去那道高牆，展露笑容。最適合小孩的表情就是笑容。

「我看事情也告一段落了，之後方便交給我們處理嗎？」

「嗯，麻煩妳了。」

家裡的規則就讓身分較接近的艾莉娜等人教他們吧。

而且還有諾艾兒在，比起讓我來教，他們應該會比較自在。

「首先要整理儀容。請兩位喝完藥後擦擦身體。」

「藥來了。」

「來，熱水和毛巾給你們！」

「咦？」

「接著是衣服。量完尺寸把你們的舊衣服給他們穿。」

「好，量完了！」

「衣服來了。」

「「咦咦⁉」」

在三名隨從的手下，兩人的儀容轉眼間就被打理好。

傷口就用我的再生能力活性化治療，應該五天就會痊癒。

擁有一頭耀眼銀髮的少女——艾米莉亞。九歲。

艾米莉亞的弟弟，銀短髮的調皮少年——雷烏斯。七歲。

今後要如何栽培他們，他們又會成長成什麼樣子呢？我發自內心期待。
這就是收弟子的醍醐味吧。
我看著任憑三位隨從擺布的兩姊弟，開始制定兩人的訓練計畫。

銀狼族的聚集地分散在阿德羅德大陸各個角落，艾米莉亞和雷烏斯就住在其中一個部落。

一年前……這對姊弟生活的部落忽然被一群魔物襲擊。身為部落之長的強者——兩姊弟的父親挺身對抗數量遠多於居民的魔物，卻寡不敵眾，在艾米莉亞面前被魔物拆吃入腹。

雷烏斯在遠處和母親待在一起，因此沒有看見父親的死狀。

兩人的母親抱著雷烏斯，飛奔到因父親的死而絕望的艾米莉亞面前，然而四面八方都是魔物，根本不可能存活。

於是，她將雷烏斯託付給艾米莉亞，隻身衝進魔物群中，為姊弟倆殺出一條退路——以自己的性命為代價。

由於母親的捨命突擊，兩人成功逃出魔物的包圍。

離開部落後，兩人連方向都搞不清楚，不斷向前奔跑，最後被碰巧經過的人類撿走。不幸的是，那名人類是奴隸商人。

想當然耳，他們被銬上項圈，抓去當奴隸。

兩人的主人似乎不喜歡他們叛逆的態度，因此他們雖然是稀有的銀狼族，還是受到很不人道的對待。

沒正常的食物可吃，稍有反抗就是拳腳伺候，這些都是家常便飯。

剛遇見她時艾米莉亞之所以發不出聲音，就是因為主人叫她試毒，害她喉嚨被有毒的食物傷到。艾米莉亞是想讓不信任人類不肯吃飯的雷烏斯放心，才乖乖吃下主人給的食物，結果反而成了反效果。

即使如此，為了不讓雙親的犧牲白費，姊弟倆互相鼓勵，一路撐了過來。

咬牙忍受用來矯正他們叛逆態度的調教，不斷掙扎以免兩人被拆散。某一天……逃走的機會終於到來。

奴隸商人的車隊遭到魔物襲擊。

兩人趁亂逃出，害怕奴隸商人追過來，因而逃入森林。他們一直在森林裡徘徊，以免被魔物發現，無奈事與願違，他們拚命逃竄，最後仍然用盡力氣，不支倒地。

我在兩人無路可逃時發現他們，打倒魔物救了他們……就是這樣。

「……以上就是他們倆的過去。」

撿到兩姊弟後過了幾天，我來到萊奧爾家喝茶閒聊。

今天是和他切磋的日子，剛才我們已經打完一場，現在正在休息。萊奧爾問到獸人姊弟的狀況，我便向他說明。

「唔——部落遭到魔物群襲擊嗎？之後還被抓去當奴隸，他們倆真不走運。」

「他們因此有頗嚴重的心靈創傷，身上的傷都快好了，卻從來沒笑過。」

「家人在面前喪命，自然會大受打擊。你不是收了人家當徒弟嗎？之後你打算怎麼做？」

「先從和他們打好關係來吧。」

姊弟倆想要變強的意志十分堅定。

他們已經擁有變強所需的重要要素，因此我想等他們一痊癒就立刻開始訓練，然而雙方都帶著內心的傷，我想事情不會那麼簡單。

艾米莉亞把我視為救命恩人，對我百依百順，內心卻極為不安定。

她似乎想在弟弟面前當一個堅強的姊姊，可是我看過好幾次了，當身邊沒有其他人時，她就會默默哭泣。奴隸生活導致的恐懼與不安，以及親眼看到雙親在眼前死去的悲慟，依然盤踞心中。一直以來她都是獨自承受憂傷，沒有依賴任何人。

不管她說不定會精神崩潰，必須盡快想點辦法。

雷烏斯是個自大的孩子，不過他只是在逞強。

其實他怕得想拔腿就逃，但為了守護唯一的家人，雷烏斯拚命激勵自己，結果就變成那樣。

艾莉娜察覺到這點，在與雷烏斯獨處時讓他向自己撒嬌，漂亮地馴服他。

這也是理所當然，畢竟雷烏斯還是個小孩，艾莉娜又擁有無上的包容力。

大概是因為看不順眼艾莉娜和姊姊對我評價極高吧，雷烏斯只會對我百般反抗。到頭來問題就在於兩姊弟還不夠信任我。

「他們年紀還小，我希望他們多笑點。」

「那就讓他們碰劍吧。老夫只要揮劍就會笑。」

「這樣就會笑的人只有老爺爺你這個變態。」

「哈哈哈！是你自己要撿回那麼難搞的東西。」

自從遇見我這個好對手，萊奧爾每天都過得相當充實，聽到他講出這麼有道理的話，真讓人不爽。

「等著瞧。我會把他們培育成讓你羨慕到死的徒弟。」

「嗯，老夫拭目以待。對了，你想讓徒弟學劍的話，儘管帶他們到老夫這來。若那兩人是可造之材，老夫不介意指點一二。」

「……好像不錯。把他們交給你雖然有些不安，我會考慮看看。那我差不多該回去了。」

「好吧，老夫本來還想再和你打一場。」

我和萊奧爾交手過無數次，規則是受到無法完全防禦的一擊就算輸，整體而言我的勝率約七成。乍看之下我勝場比較多，可是每打完一場，萊奧爾就會以驚人速度變強，所以絲毫不能大意。

用過一次的招式和奇策，第二次當然不會管用，上輩子沒人破解過的招式，我只用過一次他就學會如何應付，這人真的強得異常。

今天我也勉強取勝，不過要是稍有疏忽，萊奧爾想必能輕易逆轉戰局。

這樣可以經常讓精神維持在緊繃狀態，有個好對手真的很不錯。

萊奧爾偶爾會打贏我，但他真的很享受與強者交戰，是個輸掉反而會比較高興的變態。雖說如此，他絕對不會故意放水，是個難搞的人。

與萊奧爾道別後，我補充了些魔物的肉才踏上歸途，回到家時太陽已經下山。

我降落於正在打掃玄關的諾艾兒和艾米莉亞面前，諾艾兒照常向我低頭行禮，艾米莉亞則瞪大眼睛，呆呆看著我。

「歡迎回來，天狼星少爺。來，艾米也和少爺打個招呼。」

「啊……是、是！歡迎回來，天狼星少爺。」

「我回來了。妳怎麼這麼驚訝？」

「當然會驚訝囉。艾米是第一次看到天狼星少爺的魔法嘛。」

經她這麼一說，艾米莉亞好像從來沒看我飛過。

「剛才那是……魔法嗎？」

「對呀。還有，每次看到天狼星少爺做什麼事就大吃一驚會沒完沒了，勸妳最好放棄思考，把他當成那種人就對了。」

「是，我明白了，諾艾兒小姐。」

「哞，扣分！」

諾艾兒突然豎起一根手指，斥責艾米莉亞。她說要扣分，可是我不覺得艾米莉亞有哪裡做不好啊……難道是只有隨從才看得出的失誤？

如果是這樣，表示諾艾兒也成長——

「對、對喔！呃，姊姊？」

「完美！沒錯，叫我時要叫姊姊——好痛好痛好痛！」

我對她處以鐵爪功之刑。這是處罰諾艾兒的其中一個方式。

「好痛……我的臉越變越小了。請您不要那麼用力！」

「我一點都不愧疚。那個稱呼是怎樣？至少讓人家叫妳前輩吧？」

在後輩面前教訓前輩不太好，可是我下意識就出手了。

「我可是有得到她的同意唷。對不對，艾米？」

「是、是的。我覺得這樣叫也沒關係。」

艾米莉亞難掩困惑，不過既然她們感情這麼好，我也不會再多說什麼。

「哎……也罷。對了，今天我要挑戰新菜色喔。」

「喔喔！這我可不能當沒聽見。方便請教一下名稱嗎？」

「我想做用絞肉和豆腐製成的豆腐漢堡排。」

「原來如此！我會期待的，雖然不知道那是什麼東西！」

「拜託妳試圖理解一下。」

我苦笑著說。這時，我感覺到艾米莉亞在看我，回頭一看，她卻立刻別開目光。

「怎麼了？有事嗎？」

「啊……沒有，沒什麼……」

「我會煮很多，所以不用客氣，想吃多少就吃多少。」

「好、好的。」

儘管艾米莉亞身體已經恢復到可以幫忙工作，一閒聊起來她的態度就會忽然變僵硬。

差不多該採取行動了。

「呼……好飽。又嘗到新味道囉。」

隨從們享用完晚餐的豆腐漢堡排，滿足地點點頭。

「和只有肉的漢堡排不一樣，味道清爽，吃多也不會膩。」

「嗯，料理真深奧。下次我也來挑戰看看。」

「「……」」

三位隨從讚不絕口，兩姊弟則一語不發。

我才剛心想「這兩個剛才明明吃得那麼專心，現在卻不發表任何感想嗎？」艾莉娜馬上開口提醒他們。

「怎麼了？我看你們也有添飯，晚餐應該合你們的胃口呀。」

「呃……是的。」

「大、大概吧……」

「既然這樣就好好說出來。這與主人和隨從的身分無關，覺得好吃就要告訴對方，這是基本的禮貌唷。」

「是。天狼星少爺，晚餐很好吃。」

「唔！很、很好吃……天狼星少爺。」

聽到艾莉娜這麼說，艾米莉亞神情淡漠，雷烏斯則有點像在鬧脾氣，各自表達感想。先不論他們的表情和態度，聽到別人說自己煮的菜好吃，我也滿足了。

艾莉娜常常像這樣逮到機會就教育他們，我卻開始覺得艾米莉亞狀況不妙。面無表情發呆的時間也增加了……得快點處理。

我下定決心，對幫忙收拾碗盤的艾米莉亞說：

「艾米莉亞。等等到我房間來。」

「好、好的……」

「住、住手！別再對姊姊——」

「你就來和我一起念書吧。」

「等等，艾莉娜小姐！姊姊她、姊姊她——啊——！」

艾莉娜知道我想和艾米莉亞兩人獨處，便把雷烏斯帶走。真是幫大忙了。

等到聽不見雷烏斯的嚷嚷聲，我接著告訴正在收拾餐桌的諾艾兒和迪：

「你們也是，先不要靠近我房間。」

「「瞭解。」」

兩人幾乎同時回答。正當我轉身準備回房，諾艾兒把我叫住，豎起大拇指笑著說：

「天狼星少爺，要對女孩子……溫柔一點唷。」

「不用妳說我也知道。」

「真的嗎？不可以太突然，要先從接吻開始——好痛好痛好痛！不可以抓臉啊啊啊！」

教訓諾艾兒一頓後，我和艾米莉亞一起回房，命令她脫下衣服，艾米莉亞便脫下我拿給她當睡衣穿的偏大睡袍。

身上只剩下內衣褲的艾米莉亞，紅著臉將視線從我身上移開。

「那麻煩妳躺到床上。」

「……是。」

我的行為怎麼看都很可疑，但我叫她脫衣服並沒有什麼不良企圖，只是要把艾米莉亞當奴隸時留下的傷痕消掉。

她身上全是割傷和瘀青，所以不需要祭出動手術或擦藥這種複雜的治療方式，用我的再生能力活性化就能處理。

留下疤痕的原因，簡單地說是因為細胞再生後看起來和原本的細胞不同。

因此我將魔力注入那些細胞，先將其分解，再讓它再生成和附近細胞相同的模樣，用這種強硬的手段消除疤痕。在有魔法可用的世界，擁有醫學知識的我才能辦到這種事。

如果能用水屬性的治療魔法應該會更輕鬆，無奈我的無屬性真的和其他屬性合不來，連初級魔法都用不好，只得乖乖放棄。

算了，我的屬性不重要。趕快開始治療吧。

「今天從腹部周圍開始。我要碰妳囉。」

「麻煩您了。」

露在外面的手臂和腿已經處理完畢，剩下衣服遮得住的腹部和背部。

雷烏斯那邊我還有一些小傷沒治，但艾米莉亞可是女孩子，得特別留意。

每當我的手在她身上移動，艾米莉亞就會微微顫抖，羞得面紅耳赤，儘管如此，她仍然拚命忍耐。

然後，治療終於結束，看著她一道痕跡都沒留的腹部，我感到一陣滿足。

「嗯，變回漂亮的肌膚囉。妳覺得可以嗎？」

「非、非常……感謝您。」

「接下來換背。妳直接翻身就好。」

艾米莉亞照我說的翻了個身，背部的傷痕也不少。

人面對暴力時會反射性轉身，所以她背上有無數的疤，我忍不住嘆了口氣。虧他們有辦法把小孩子虐待成這樣。

我一面治療一面與艾米莉亞聊天，試圖轉移湧上心頭的怒氣。

「妳習慣這裡的生活了嗎？尤其是諾艾兒，和她相處很累對吧？」

「是、是的……大概習慣了。諾艾——姊姊她……很溫柔的唷……？」

她之所以支支吾吾的，恐怕是因為覺得諾艾兒有點煩吧。

「有什麼需要都可以說。不過太高級的東西就無能為力了。」

「沒、沒有。我們很滿足。」

「……真的嗎？」

「是的。您不但救了我們，還提供我們溫暖的三餐和床。對我們來說這樣就夠了。」

她嘴巴雖然這麼說，臉上依然面無表情。

什麼叫「這樣就夠了」啊，講的話和表情明明完全對不上。

「夠了？哪裡夠了？妳不是一直在忍耐嗎？」

「這、這個……」

「我知道妳會躲起來偷哭。我不會叫妳別哭，可是方便告訴我原因嗎？」

「…………」

我開門見山地說，艾米莉亞卻沉默不語，別開視線。

看來果然太快了，但繼續放置的話，她的精神會撐不住。

我繼續治療，一邊尋找讓她敞開心房的契機，這時，我看到艾米莉亞肩上有道不一樣的疤。

那不是割傷或鞭痕，是被咬傷的痕跡。

「妳肩膀上的傷是什麼？這個也治──」

「不行！」

在我碰到她肩膀的瞬間，艾米莉亞迅速從床上跳起來，逃離我身邊。

她怕得縮在房間角落，喘著氣保護肩上的傷。

由於她看起來非常激動，我沒有移動，而是舉起雙手說道：

「看，我什麼事都不會做，也不會離開這裡喔。我不會生氣，把理由說給我聽聽。」

「這道……這道傷不行……」

「『不行』是指不能把疤去掉嗎？」

艾米莉亞頻頻頷首。

過了一會兒，她稍微冷靜下來了，不過仍處於危險狀態。

本來應該叫諾艾兒來安撫她，我卻覺得這件事可能會成為一個契機，明知危險，還是決定踏進艾米莉亞的心房。

「欸，艾米莉亞，那傷是誰咬的？」

「…………媽媽。」

「這樣啊。為什麼媽媽要咬妳肩膀？」

「我們……會咬喜歡的人。」

就像小狗會互咬，寵物犬會輕咬主人向他撒嬌一樣嗎？

這麼說來，上輩子撿到的狗還滿常咬我的。

「咬對方肩膀……是很喜歡那個人的證明。媽媽她……咬了我後……就衝進魔物群中……然後就！」

這一瞬間，一顆顆淚珠從她的眼眶滑落。大概是想到母親臨死前的模樣吧。

「為什麼……為什麼？媽媽，爸爸……為什麼要丟下我們！你們不是說過愛我嗎！既然愛我……就回來啊！就算你們把雷烏斯託付給我，我也沒辦法照顧他啊！我是姊姊又怎樣，一點都不高興！媽媽和爸爸不在我什麼都辦不到！為什麼要打我!?我討厭被打！為什麼……為什麼我會遇到這種事!?討厭……我受夠了……」

艾米莉亞號啕大哭，把臉埋在兩腿之間，彷彿要逃避一切。

雙親在面前喪命造成的心靈創傷，似乎比我想像中還嚴重。再加上有個弟弟在，艾米莉亞想必一直在拚命逞強。虧她如此悲傷還有辦法撐到現在。

不過……她終於願意吐露真心話。

「艾米莉亞。」

「……夠了……」

「艾米莉亞，妳聽我說。」

我慢慢走近拒絕接受現實的艾米莉亞，蹲下來看著她。

「妳的母親跟父親一樣善戰嗎？」

「儘管如此，妳的母親還是主動跳出去對付魔物。妳覺得是為什麼？」

她搖頭否定。

「……我不知道。」

我沒親眼目睹那一幕，可我知道她的母親明知會死，仍然挺身而出的原因。

「是為了保護妳和雷烏斯。我明白這是段悲傷的回憶，不過妳回想看看，當時母親帶著什麼樣的表情？」

「……她在笑。」

「那是因為她願意為你們犧牲性命。還有妳肩膀上的傷，她咬得這麼用力，應該是代表她就是這麼喜歡妳。」

「……媽媽。」

「她最後有沒有跟妳說什麼？」

「媽媽叫我要堅強地活下去。她說……『我愛妳』。」

「那妳就要堅強活下去啊。而且妳不是還要保護弟弟？」

「嗯……雷烏斯，由我來守護……」

「沒錯。為了守護雷烏斯、為了生存，妳要變強。我會負責照顧妳的。」

「嗚……啊……啊啊！」

艾米莉亞終於忍不住，撲到我懷裡大哭起來。

我慢慢撫摸她的頭，剛撿到她時沾滿泥土的銀髮，現在已經恢復耀眼光澤。

「很不好受對吧？已經沒事了。這裡沒有人會打妳，妳哭也沒有人會罵妳。放心吧。」

「嗯……嗯……」

「之後也要好好吃飯、好好睡覺，然後變強。心靈也要變得像媽媽一樣堅強喔。」

「嗯……我要變強。」

「要懂得表達自己的意見。遇到麻煩就找我們商量。」

「嗯……我會的……」

「總有一天，妳要找到自己想做的事。我也會幫忙。」

「……嗯！」

艾米莉亞把我抱得更緊，在我懷裡不停哭泣。

大哭一場後，艾米莉亞發出安穩鼻息睡著了。

雖然衣服上都是她的眼淚和鼻涕，能看到她安詳的睡臉，這根本不算什麼。

我擦乾淨艾米莉亞的臉，把她搬到我床上蓋上棉被。

她應該不會想讓弟弟看到自己這副模樣，今天就把床讓給她睡吧。

我悄悄離開房間，避免吵醒她，結果一踏出房門就看到除了雷烏斯，大家都在外面等我。艾米莉亞哭得那麼厲害，他們會來關心也是理所當然。

我換上隨從們幫我準備的乾淨衣服後，艾莉娜恭敬地低頭微笑。

「天狼星少爺，您辛苦了。這樣積在那孩子心中的悶氣應該就發洩出來了吧。您真厲害。」

「嗯，幸好有成功。」

從結果上來說是成功了，但我不小心揭開她內心的瘡疤，所以她也有可能承受不住，因而精神崩潰。我要向她堅強的心靈致敬。

明天她會露出什麼樣的表情呢？但願能看見她臉上有點笑意。

這時，我和一個人在那邊竊笑的諾艾兒對上目光。

「話說回來，天狼星少爺真是個花花公子耶。明天開始艾米就是您的俘虜囉。」

「我只是把她當家人對待，不是想讓她成為自己的女人才安慰她。」

「不不不，您如此溫柔地包容她，沒有女生抗拒得了啦。」

「這種感情一下就會消失。過幾天我打算讓他們接受特訓，到時可沒時間談戀愛。」

「您、您打算讓他們做『那個』嗎？看來您似乎……不打算手下留情。」

諾艾兒臉色蒼白，大概是想到我平常做的訓練吧。

「雷烏斯怎麼樣？」

「雖然沒艾米莉亞那麼嚴重，那孩子心中也積了很多負面情緒，我讓他全說出來了。他和艾米莉亞一樣，睡得很熟呢。」

「抱歉，艾莉娜。其實應該由我這個撿他回來的人處理。」

「那孩子由我來會比較適合吧。而且他會拚命向我撒嬌，很可愛唷。」

「因為妳很適合扮演母親的角色嘛。我也常常覺得妳就像我的母親。」

「!?十、十分感謝！」

艾莉娜高興得深深一鞠躬。這有什麼好謝的嗎？搞不懂。算了，艾莉娜開心就好。

「艾米莉亞那邊也處理好了，今天要在哪——」

「請您來我這邊睡！」

我還沒說完「今天要在哪睡呢」，艾莉娜就舉手插話。她速度實在太快，諾艾兒和迪都嚇到了。

「不用，我睡客廳的沙發就好。麻煩幫我準備條毯子。」

「怎麼能讓主人睡那種地方！請您睡我的床。」

「可是，我也不想給妳添麻煩……」

艾莉娜最近好像很累，我不想給她增加負擔。

因此我望向另外兩人，他們卻刻意別開視線。尤其是貓耳那位，不要吹無聲口哨，我只聽得見吹氣聲。

「我的房間……很簡陋。」

「我要和艾米一起睡。醒來時只有自己一個人會很寂寞的。」

「這樣妳的床不就空下來了？」

「哎唷，那個……最近我尾巴很會掉毛，床上都是毛……」

為何要如此抗拒……不，我知道他們有何居心了。原來是這麼一回事。他們臨時想出的藉口未免太爛。

「唉……艾莉娜，我們一起睡吧。」

「是！我立刻準備！」

艾莉娜帶著滿面笑容點頭，迅速回到房間。

「時間雖然有點早，我先睡囉。天狼星少爺，我也借您的床一用。」

「喔……隨便妳。我懶得吐槽了。」

看艾莉娜那個樣子，應該一下就會準備好，在她來催我前先過去吧。

我伸著懶腰來到艾莉娜的房間，躺在床單平到沒有一絲皺褶的床上。

艾莉娜躺到我旁邊，我則在思考兩姊弟的事。

我都收他們為徒了，絕對不會讓他們後悔。或許我們總有一天會迎來離別之時，但在那之前，我想盡全力指導他們。

……我整理好思緒準備睡覺，卻怎麼樣都靜不下心來，只好轉過頭，對笑容滿面、害我失眠的罪魁禍首說：

「我說……妳一直盯著我看，我覺得怪彆扭的。」

「非常抱歉。我不側睡就睡不著。」

「騙誰啊。」

算了……艾莉娜看起來很幸福，就這樣吧。

我在身旁熱情目光的注視下，閉上眼睛設法入睡。

我的一天從太陽還沒完全升起的早上開始。

在不吵醒艾莉娜的情況下起床，換上放在客廳的運動服。

攝取大量水分後到外面做暖身運動，活動活動筋骨開始慢跑。地點是在庭院，所以我考慮到還在睡的人，壓低腳步聲——這也包含在訓練之中。我慢慢加快速度，等身體熱起來便發動「增幅」，跑進森林。

我躍向空中，把樹木設定成障礙物，在森林裡奔馳。拿樹枝當跳板越過河川，一腳踩扁哥布林，飛身跳到懸崖上，抵達這一帶最高的山頂。

然後解除「增幅」，開始做以慢跑為主的肌肉訓練。

山上氧氣濃度低、氣壓低，因此對身體造成的負擔較大，在這種環境下訓練可以大幅提升效率。這是我上輩子的「低氧訓練法」。

前世我也會這樣訓練，地點卻是在師父帶我……不對，抓我去的高度破五千公尺的雪山。當時我真的覺得自己會沒命。

在山上訓練約一個小時後結束，回程用飛的下山，到家做收操當收尾。

以上就是我早上的訓練內容。

這種訓練只有靠魔法才能做到，假如不能用魔法，光上、下山八成就要浪費掉半天時間。

以往艾莉娜都會在我結束訓練的同時拿來毛巾和飲料，今天卻不見人影……我不禁感到疑惑。這時背後傳來一陣腳步聲，我便回過頭去。

「早、早安，天狼星少爺。」

站在那裡的不是艾莉娜，是艾米莉亞。

她拿著杯子和毛巾，神情緊繃，然而，直到昨天都還籠罩在她周身的陰沉氛圍，如今蕩然無存。

「早安，艾米莉亞。妳幫忙拿毛巾給我啊？」

「是、是的。請用！」

我接過毛巾把汗水擦乾，艾米莉亞緩緩向我低下頭。

「天狼星少爺，昨天……謝謝您。」

「妳沒事了嗎？」

「那個……沒事了，雖然我還沒辦法忘記媽媽和爸爸的事。」

她眼睛和臉頰都紅通通的，表情卻如她所說，一臉平靜。

「天狼星少爺，我想變得和爸爸媽媽一樣強。所以我再次拜託您，請您讓我變強！」

「妳會碰到比奴隸時期更辛苦的訓練喔。沒關係嗎？」

「是的！我會努力跟上您的腳步！」

「是嗎？艾米莉亞……妳真是個堅強的孩子。妳接受父母的死亡了。」

「啊……」

看到她如此積極向上，我忍不住摸摸她的頭。艾米莉亞身體瞬間僵住，不過她馬上就接受我的行為，閉上眼睛，看起來很舒服的樣子，然後……

「嘿嘿嘿……」

第一次露出笑容。

這抹笑容宛如一朵盛開的鮮花，是她這個年紀的少女應有的可愛笑容。小孩子果然最適合笑了。

我往下一看，發現艾米莉亞那根長在屁股附近的毛茸茸尾巴正在迅速搖擺，便停止摸她，想觀察她會有什麼反應。

「啊……」

下一刻她的表情就轉為悲傷，尾巴也不搖了。

這一連串的反應讓我想到前世養的狗，頓時覺得心靈平靜，繼續撫摸她的頭。

摸夠了後，我把手移開，艾米莉亞微微睜開眼睛，雙手交握於胸前，熱情看著我。

「……天狼星少爺。」

這個瞬間……我想起昨晚諾艾兒說的話。

『話說回來，天狼星少爺真是個花花公子耶。明天開始艾米就是您的俘虜囉。』

……稍微整理一下狀況吧。

我確實安慰了艾米莉亞，但我不是以一名男性的身分安慰她，而是想代替她的家人。

實際上，前世撿到和艾米莉亞境遇相似的少女後，我也是像昨晚那樣安慰她。

隔天開始她就改叫我爸爸，黏我黏得跟真正的父親一樣。

所以按照我本來的計畫，艾米莉亞也會是這樣……父親？

上輩子的我……是個年過半百的大叔。對方是七歲左右的少女。

這輩子的我……是個八歲兒童。艾米莉亞九歲。

……我忘記我現在是小孩子了！才差一歲她不可能把我當成爸爸。

而且被年紀相當的男性拯救，在自己心靈脆弱時溫柔擁抱自己，很有可能迷上對方。從艾米莉亞的眼神來看，她喜歡上我的機率相當高。

不……等一下。還不一定。

艾米莉亞或許只是遇到崇拜的人。

現在就判斷她心中萌生對我的戀愛情愫，仍為時尚早。

總而言之，我成功得到她的信賴。

不再受困於過去的艾米莉亞，今後想必會變得越來越強。我也可以放心開始訓練他們，沒什麼好擔憂的。

「差不多該吃早餐了。進屋裡去吧，艾米莉亞。」

「是！天狼星少爺。」

我走向大門，艾米莉亞則搖尾跟在我身後。

在房間換完衣服後，我走向客廳，途中遇到諾艾兒奸笑著出現在我面前。這笑容看起來像惡作劇成功的小孩，令人火大，所以我決定處罰她。

「喵啊啊啊啊啊——！艾、艾米看起來很幸福，這樣不是很好嗎——！」

果然是妳教唆艾米莉亞。今天就處罰得仔細點吧。

我放著癱倒在地的諾艾兒不管，來到客廳，早餐剛好準備完畢——是迪做的法式吐司。

艾莉娜優雅用餐，迪滿足地點點頭，艾米莉亞和雷烏斯吃得津津有味……還有諾艾兒。妳剛剛不是還倒在地上？恢復得真快。

看到姊弟倆吃得這麼開心，迪高興地問：

「好吃嗎？」

「很好吃。我從來沒吃過這麼美味的食物。」

「甜甜的超級好吃。迪哥，你會做這種東西好厲害喔。」

「這是天狼星少爺教我做的。」

「「咦？」」

兩人往我這邊看過來，表情分成兩種。

姊姊兩眼發光，傳達出「好厲害！」的訊息，弟弟則明顯不太高興。

「沒什麼好驚訝的。迪做的菜大部分都是天狼星少爺教的。」

「少爺常常發明我完全想不到的料理。」

「哇……好厲害唷，天狼星少爺。」

「哼、哼。這種東西一點都不好吃！」

你明明前一秒才在說好吃。

我本來想提醒他不可以這樣，諾艾兒卻快我一步，站起來激動地說：

「嘿，雷雷！怎麼能說這種話。」

雷烏斯一臉錯愕，講不出話來，大概是沒想到諾艾兒會生氣吧。他好像發現自己失言了。

「好吃的食物是無罪的。來，給我沾蜂蜜吃吃看！」

「……好吃。」

「對吧？要是沒有天狼星少爺，你就吃不到這麼好吃的東西，所以要向人家道歉唷。」

「……對不起。」

「很好。做為獎勵，我勉強分一些我的份給你吃。」

……這傢伙是誰？披著諾艾兒皮的艾莉娜嗎？

諾艾兒叫鬧脾氣的小孩認錯的技術之高明，令我大吃一驚，這時艾莉娜悄悄和我說：

「諾艾兒平常雖然那個樣子，她非常會應付小孩子唷。尤其艾米莉亞與雷烏斯和她境遇相似，諾艾兒對待他們就像對家人一樣。」

這麼說來，以前家裡比諾艾兒小的人就只有我，可是我的一舉一動完全不像小孩。如今兩姊弟來了，她的專長才能派上用場。

稍微提高對諾艾兒的評價吧。

「那個，諾艾兒姊。這麼痛苦的話，不用分我也沒關係啦……」

「不！我是姊姊，分一點給你不算什麼！」

「……要不要我再煎一片？」

「好！」

……我收回前言。

吃完早餐，我和姊弟倆換上便於行動的衣服，到庭院訓練。

他們雖然還很瘦弱，經過治療和攝取營養均衡的食物，已經恢復到可以自由行動的程度。

兩人做完暖身操，緊張地站在我面前。

「那我要先測試你們的耐力，你們現在開始繞庭院跑。」

我們家庭院很大，外圈跑起來會有一段距離。

「簡單啦。」

「要跑幾圈呢？」

「跑到不支倒地為止。」

「「咦？」」

「幹麼愣住？跑到不支倒地為止。想超越極限，必須先知道自己的極限在哪裡。放心，就算昏倒也會有人照顧你們。」

我望向庭院角落，諾艾兒備好毛巾和飲料在那邊待機。

「我準備好囉——！交給我諾艾兒護士吧！」

先把用上我教她的辭彙因而心滿意足的諾艾兒放到一旁，想變強要從耐力開始訓練。這是最重要的，所以師父和我都很堅持要鍛鍊耐力。

「中途還要全速奔跑喔。我會跟在你們旁邊，給我專心跑步。」

「搞、搞屁啊！突然叫人跑到昏倒是怎樣！」

「……走吧，雷烏斯。」

「姊姊!?」

雷烏斯大聲抗議，艾米莉亞卻慢慢跑起來，叫上雷烏斯。

「我決定跟隨天狼星少爺。即使你不跑，我也會跑的。」

「知……知道了啦！我也去。但是，我不會認同那傢伙喔！」

「不是那傢伙，是天狼星少爺。你也要好好稱呼人家。」

「可惡！該死的天狼星少爺——！」

雷烏斯用盡全力向前奔跑，艾米莉亞也苦笑著追上弟弟。這跑法完全沒有為之後保留體力，不過，反正最後都會累得昏倒，就隨便他們吧。

……一小時後。

「……剛才那是第幾圈？」

「呼……呼……呼……」

「…………嗚……」

我一邊奔跑，一邊提醒他們呼吸要維持在一定規律，最後……兩人都倒在地上，諾艾兒在一旁單手拿著飲料照顧他們。

「嗯嗯，我也受過這個訓練，明白你們的感受。這不是自己的問題，是天狼星少爺太過異常。」

曾經參加過三天體驗課程的諾艾兒感慨地說，我則繼續在庭院跑步，直到兩姊弟體力恢復。

「天狼星少爺——他們沒事囉——」

過了一會兒，諾艾兒叫我過去，我便在最後用全速跑庭院一圈，站在撐起沉甸甸的上半身的艾米莉亞，以及癱倒在地動彈不得的雷烏斯面前。

「如何？知道自己的極限在哪了嗎？噢，不用勉強說話沒關係。」

艾米莉亞呆呆看著我，沒有撥開因汗水黏在臉頰上的頭髮；雷烏斯臉色蒼白，躺在地上一動也不動。

他看起來跟死人一樣，不過腹部確實有在上下起伏，應該是沒問題。

「趁現在好好休息。恢復之後直到午餐時間都要繼續跑喔。」

兩姊弟因我這句話嚇得身體一顫，想抗議也沒力氣說話。

「那個……天狼星少爺？這個訓練等級是不是一下跳太高啦……」

「會嗎？他們有休息啊，而且只要有那個覺悟，人類的身體意外耐操喔。」

「啊啊……對不起，姊姊幫不上任何忙。」

和我比起來，他們還算輕鬆呢。

上輩子我連休息時都不能大意，稍有鬆懈師父就會用橡皮彈射我。因此我被迫學會「身體休息，腦袋維持最低限度的注意力」這種誇張的技能。

這個訓練法留到以後再用，藉由剛才的耐久跑，我已經掌握兩人的極限，之後只要慢慢提高難度，如此反覆即可。可是只有嚴格的訓練，會害他們身心俱疲。

教育的基本原則就是糖果與鞭子兼施，我想獎勵一下他們，該給他們什麼才好？

目前我只想得到準備好吃的食物。

「今天午餐你們有沒有什麼想吃的？」

「之前吃過的豬排三明治！」

「我……也是！」

「我、我也是……」

……看來食物好像就夠了。

獸人是這麼愛吃的種族啊？

在那之後，等他們休息夠了，有力氣走路時，我再叫他們繞庭院跑步。這次不是要跑到昏倒為止，而是以持續時間為重點。

我叫他們要注意體力分配，速度變得與步行一樣也沒關係，就是不能停下腳步。這種事應該沒人會甘願去做，姊弟倆卻一句話都沒抱怨，跟著我跑起來，老實說，我之前太小看他們了。

特別是雷烏斯看我不順眼，本來以為他會來找我吵架，然而看到姊姊默默跟著我跑，雷烏斯也選擇乖乖接受訓練。

之後終於到了午餐時間，我滿足地犒賞累得虛脫的獸人姊弟。

「「我吃飽了！」」

跑那麼久應該會沒食欲才對，兩人卻笑著把又大又油的豬排三明治吃完，毫不費力。太好了，你們有個堅強的胃。

因為無論遇到什麼狀況，都要好好吃飯。

餐具我交給艾莉娜他們收拾，將我做的飲料遞給兩人。

「那個，它的顏色好壯觀……」

整體而言是綠色，裡面飄著白色和紅色的細小固體，是非常詭異的飲料。

我能理解艾米莉亞為何會有這種感想。

「這是營養劑，充滿光靠三餐無法充足攝取的營養。給我喝下去。」

「贏癢計？那東西最好是能喝啦！」

「不要抱怨，喝就對了。」

順帶一提，這飲料是拿各式各樣的蔬果榨成汁，把食材最有營養的部分切下來加進去製成的。我還有加蜂蜜，應該勉強能入口吧。

兩人雖然困惑不已，還是把它喝了下去，露出彷彿吃到什麼噁心東西的表情，因此我拿來布丁給他們洗刷味道。

「「耶──！」」

不知為何有隻貓耳獸人混在其中，不管她。

我對吃完點心，心滿意足的姊弟倆下達下一個指示。

「接下來要睡午覺。」

「「睡午覺？」」

他們疑惑地看著我。

剛才叫自己跑到死的人現在這麼善良，會懷疑也是理所當然。

「與其說睡午覺，不如說小睡一下。之後我要你們聽我和艾莉娜上課。」

鍛鍊體力固然重要，知識和教養也絕不能忽視，所以下午我打算讓艾莉娜幫他們上隨從課，以及加強基本知識。

事前讓他們小睡一下，是為了恢復體力和防止他們打瞌睡。

「對了，你們就睡那張沙發吧。」

據說吃飽就睡容易發胖，對於因為當過奴隸而瘦成皮包骨的他們倆來說正好。

因為我必須讓他們先長點肉，再把那些肉練成肌肉。

「叫我們睡覺……未免太突然了吧。」

「該休息就休息也是很重要的。我會坐在沙發中間，你們頭朝我這邊睡。」

儘管他們對我的指示心存疑惑，依然照我說的躺在沙發上。

「怎麼了雷烏斯？睡不著嗎？」

「這麼突然最好睡得著啦！」

「那我幫你施個魔法。只要盯著我的手指就會漸漸想睡喔。」

我豎起食指，在雷烏斯眼前規律搖晃，盯著它的雷烏斯眼皮開始變重。

「聽好了，我一打響指你就會睡著。三……二……一……」

「啪」一聲……雷烏斯睡著了。

這是一種暗示，對單純的小孩很管用。

接著是用有所求的眼神看著我的艾米莉亞。

「怎麼了？睡不著？看我不能消除疲勞喔。」

「那個……我想請您摸摸我的頭。」

「拿妳沒辦法。」

「嘿嘿嘿……」

我照艾米莉亞的要求摸摸她的頭，艾米莉亞就滿足地笑著，閉上眼睛。

過了幾秒，她開始發出鼻息，看起來睡得很舒服。

「喔喔……輕輕鬆鬆就讓他們睡著了。簡直是魔法之手。」

「他們跑累了，當然一下就會睡著。只要讓他們稍微放鬆即可，沒什麼難的。」

我接著把手放在熟睡的兩人頭上，在不妨礙睡眠的情況下注入魔力。

注入魔力讓體內活性化，可以提高睡眠時的回復力。

過了一陣子，我離開沙發，一坐到桌前艾莉娜就立刻端來紅茶。

「您辛苦了。等他們醒來就換我出場囉。」

「麻煩妳啦。我一直都對他們很嚴格，請妳手下留情。」

「交給我吧。我會把他們教成到哪都不會讓人蒙羞的出色隨從。」

「不不不，他們沒說要當隨從吧？不用這麼認真——」

「隨從教育也是很棒的教育方式。而且，您不覺得他們遲早會成為您的隨從嗎？」

看著姊弟倆的諾艾兒也點點頭，同意艾莉娜這番話。

「尤其是艾米。她對我說過好幾次想要幫上天狼星少爺的忙。」

「諾艾兒啊，我覺得她只是崇拜我，和妳以為的喜歡或愛是不一樣的。而且她得一直接受我的訓練，不會有時間談戀愛吧。」

等他們習慣後，還有實戰訓練、魔法訓練、野外訓練在等待他們。

即使她心中萌生對我的愛意，只要我嚴格對待她，八成一下就會冷卻。

「您太天真囉，天狼星少爺。女孩子的愛是無限大的！不管遇到什麼狀況都會陷落，這就是愛。」

「妳童話故事看太多啦。總之艾米莉亞穩定下來了，接著就是雷烏斯囉。」

「是呀。我已經聽他傾訴過煩惱，但他的內心還是不太穩定。」

艾莉娜也和我持相同意見，諾艾兒卻聽得一頭霧水，納悶地歪過頭。

「不太穩定……雷雷很有精神呀？」

「諾艾兒，妳聽好。他們想要保護唯一的家人。旁人看來或許會覺得這十分純粹，可是換個角度想就會發現，他們心裡只剩下這個念頭。」

「這不是當然的嗎？代表他們很珍惜對方呀？」

「雷烏斯活下去的理由全建立在姊姊艾米莉亞上。假如艾米莉亞有個萬一，雷烏斯也會追隨她的腳步而去吧。那兩人雖然互相支撐著，只要其中一方出問題，一切都會崩壞，是非常不安定的存在。」

「艾米莉亞好像找到新目標了，雷烏斯的世界卻仍舊只有姊姊一人。」

雷烏斯會不喜歡我，怎麼看都是出於嫉妒。

最珍視最喜歡的姊姊目光都集中在我身上，想必他既不甘心又無法忍受。

「就算現在沒問題，照這樣下去，雷烏斯長大後應該會變成一個無法離開姊姊的人。要是他能找到其他目標就好了……」

「對啊。希望他快點找到新目標。」

這間房子也只能再住兩年。

我能去上學所以沒關係，不過兩姊弟之後有什麼打算，得在近期向他們問清楚。

我和艾莉娜都很傷腦筋，諾艾兒卻突然壓低音量笑了出來。

「天狼星少爺和艾莉娜小姐好像他們的爸爸媽媽喔。」

「喂，我這年紀怎麼可能當爸爸。至少說我是哥哥吧？」

「那我就是少爺的母親囉。真令人高興。」

我把閉上眼睛感動至極的艾莉娜晾在一旁，悠閒度過這段時間。

過了一小時左右，我把休息夠久的兩人叫起來。

「……奇怪，身體怎麼不痛了？」

「對呀，感覺身體好輕。」

「以後再告訴你們為什麼。現在要好好用功喔。」

我叫一醒來就滿心疑惑的姊弟倆坐到桌前，我和艾莉娜則坐在他們對面，開始上隨從課。

「那麼我們來學習如何當一名隨從吧。先要從隨從應有的態度開始教起。」

「知道了。」

「喔。」

「雷烏斯，現在我是你們的老師。不能說『喔』，要說『是』。」

「喔──是、是！」

艾莉娜的課程已經開始。

平常和藹可親的艾莉娜，教人工作時會變成一名嚴師。

雷烏斯雖然被艾莉娜的轉變嚇了一跳，仍然乖乖改掉艾莉娜糾正的部分。

「隨從是隨侍於主人身邊，誠心誠意侍奉主人的職業。重要的是要有一顆為人奉獻的心。只要遇到想要侍奉的主人，你們自然會明白這點。」

「是！」

「啥——？」

聽到「主人」一詞，姊弟倆瞄了我一眼，各自做出不同反應。

艾米莉亞看起來十分贊同，雷烏斯則一臉嫌惡，因此艾莉娜狠狠瞪向雷烏斯。

「雷烏斯，要說『我不是很明白』而不是『啥』。」

「可是，我又沒說要當這傢伙的——呃，我沒有說過想當天狼星少爺的隨從，所以不明白隨從的心情也沒關係。」

「是這樣沒錯。主人不一定是天狼星少爺主人，講白了，你們也不一定要成為隨從。不過，學習這方面的知識不會有壞處。例如講話方式。」

雷烏斯納悶不已，艾莉娜接著說明：

「講話方式是很重要的。講話有禮貌能給人留下好印象，更重要的是看起來會顯得優雅又聰明。雷烏斯，你記得欺負你們的大人們是怎麼說話的嗎？」

「……我不是很懂，不過感覺超沒品——很沒禮貌。」

「因為他們沒念書，不懂得優雅地說話。你想變成那種人嗎？」

雷烏斯皺眉搖頭，大概是想起奴隸商人和虐待自己的人的語氣吧。

「所以才要學這些事。不要著急，按照自己的步調慢慢學習吧。」

「是！我明白了。」

「很好，就是要這樣回答。」

艾莉娜的作風就是該誇人時不會吝嗇。

她伸手溫柔撫摸雷烏斯，雷烏斯高興地笑了。

「講話方式慢慢矯正就好，先示範幾個隨從的動作給你們看。」

艾莉娜靜靜起身，在兩姊弟面前示範隨從該如何行動。

雖然我每天都在看，再看一次仍然覺得艾莉娜的動作乾淨俐落，十分漂亮。不發出任何腳步聲的優雅行走方式、鞠躬的角度，以及用托盤端水時水不會搖晃的技術，都令人忍不住再三讚嘆。

兩人呆呆看著平常像個慈母的人工作的模樣，艾莉娜示範完後，他們的眼神完全變了。

艾米莉亞把她視為目標，雷烏斯則是純粹的尊敬。

「……這些就是基本動作。你們先照做一遍看看。」

「「是！」」

姊弟倆立刻開始模仿艾莉娜的動作，想當然耳，不可能一下就做得好。走路會發出腳步聲、鞠躬鞠得不夠深，很多可以挑剔的地方。可是，艾莉娜一步一步耐心教導他們，直到他們理解前示範了好幾次，叫他們反覆練習。

走路方式的話我也能教人，因此我跟著加入教師行列。

看到完全無聲的移動方式，兩人大吃一驚。其實這是暗殺技巧，但學起來也不會有壞處，我就把訣竅教給他們。

就這樣，艾莉娜繼續上她的隨從課，等到兩人稍微有點樣子便宣布下課。

「今天就上到這裡。每天掌握一些，慢慢讓它變成自己的東西吧。」

「『謝謝您的指導。』」

今天的隨從課到此結束，不過還有下一堂課要上。

我才剛心想「先讓他們休息一下吧」，諾艾兒就已經準備好了。

「辛苦囉。來來來，吃點點心休息吧。」

看到茶點有我教大家怎麼做的吐司餅乾，姊弟倆眼睛一亮，坐到椅子上。很好，沒有在我和艾莉娜入座前就開動。

我向諾艾兒道謝後就座，一場小型茶會就此開始。

在獸人們對吐司餅乾的讚揚聲中，艾莉娜喝了口紅茶，看著姊弟倆說：

「總有一天還得教你們怎麼泡茶呢。」

「對呀。天狼星少爺，可以把那個泡法教給他們嗎？」

「用不著特別徵求我的同意吧。」

「可是可是，學會那個泡法後紅茶變得好喝很多耶？要把這麼厲害的技術教人，當然要得到本人的同意。」

「天狼星少爺連怎麼泡紅茶都知道呀？」

聽到這段對話，艾米莉亞興奮地問。

「是的。我自認對泡茶方式瞭若指掌，天狼星少爺卻讓我知道一山還有一山高。」

「天狼星少爺真的很能幹。不知為何，他連我們沒教過的禮節都知道，到底是怎麼學的？」

「看著看著就會了。」

「咦——？」」

諾艾兒和雷烏斯往我這邊看過來，一副不相信的樣子。

「那我就把艾莉娜剛才表演過的重做一次吧。艾莉娜，麻煩妳扮演主人。」

「我很榮幸。」

我選擇莫名高興的艾莉娜當主人，扮演她的隨從。

優雅行禮、使用餐具時不發出聲音，以及在不妨礙主人行動的情況下自然提供協助。這些全是從艾莉娜身上學到的。

上輩子我常常假扮成大人物潛入敵陣，為了完美扮演那個大人物，我的觀察技術自然會有一定程度。

這個技術在戰鬥中也會派上用場，所以只不過是要模仿隨從的動作，對我來說沒有任何難度。

不過這終究只是模仿，要跟身體自然而然就會這麼做的艾莉娜比較，還滿厚臉皮的。

我把艾莉娜的動作模仿得完美無缺，幫她重倒一杯紅茶，最後一鞠躬。

「完美。我心滿意足。」

「唔……我為什麼會覺得這麼挫敗!?但是天狼星少爺是我們的主人，不是勁敵。所以艾米也不要勉──」

「角度是這樣，然後腳是……這樣嗎？」

「真用功。和她比起來妳又如何呢？」

「我、我要特訓！我會讓她知道想超越姊姊再等十年吧！」

諾艾兒撂下一句反派角色會說的臺詞，衝出客廳。

我和嘆了口氣的艾莉娜四目相交，忍不住露出苦笑。

「……姊姊，妳就這麼喜歡那傢伙嗎……」

休息時間結束，下一堂課開始。

這次要教他們看字、寫字和簡單的算術等生存所需的知識。

我打算和艾莉娜一起教他們。

「好了，文字和算術非常重要。你們覺得是為什麼？」

「鬼才知道……不對，我不知道。」

「雷烏斯，要是不會看字不會算術，你覺得我們會有什麼下場？」

「……會被騙？」

「沒錯。也就是說，學會它們就會比較不容易被騙。」

無論鍛鍊得多強多厲害，全世界到處都是無法光憑武力解決的問題，例如侵占或文件不全，但這些問題只要擁有相關知識就能應對。

「也有人什麼都搞不清楚就被騙，回過神來已經淪為奴隸了喔？」

「唔……」

一聽到這個例子雷烏斯就安分下來，大概是因為在最底層的奴隸世界待了將近一年吧。

我其實不太想讓他想起這種過去，但和我的前世不同，這個世界人命不值錢，想活下來需要各種知識。即使會被他討厭，我也要他好好念書。

「為了避免遇到這種事，你要吸收知識，保護你想守護的人。知識也是一種力量。」

「知識也是一種力量……這句話太棒了！請兩位教我寫字！」

「很好。來，艾米莉亞，我們先從自己的名字開始學。」

「是，我會加油！」

「雷烏斯的名字是這樣唷。你也寫寫看。」

「……這樣？」

「對。你們都寫得很好。」

我們用事先做好的文字一覽表搭配艾莉娜及我的示範，教他們寫字。到頭來還是要硬背，不過這些都是日常生活會用到的東西，只要有耐性和時間應該就記得住。

所有的字都教過一遍後，接下來是算術。

先教他們零到一百，反覆練習一位數的加法和減法，讓他們理解數字。

我們還拿一個銅幣——這個世界的錢給他們，讓他們玩購物遊戲。

「一個豬排三明治就賣三個鐵幣吧。來，買兩個豬排三明治要找多少錢？」

這個世界的錢全是硬幣狀，根據材質決定價格。

種類和價值換算成我上輩子的錢，差不多是這樣——

石幣是一日圓。

鐵幣是五十日圓。

銅幣是五百日圓。

銀幣是五千日圓。

金幣是十萬日圓。

我只是抓個大概。除此之外還有更高級的硬幣，但目前不可能拿到，我就省略掉了。

若要訂個基準，數枚銀幣大概可以讓一家四口用一個月。

有些地方會以物易物，東西的價格就會有差，所以不能說每個地區都相同……不過差不多就是這樣。

用來讓兩姊弟玩購物遊戲的商品，是中午吃剩的豬排三明治。

我告訴他們只要算對就可以吃，因此兩人認真傾聽我的問題。

「呃，銅幣一枚是鐵幣的……」

在艾米莉亞計算金額的期間，雷烏斯什麼都不做就把銅幣遞給我。

「全部給我。因為我吃得下更多個。」

「好，找錢就讓你嘗嘗我的鐵爪功吧。」

「咦？為什麼我跟諾艾兒姊一樣!?不要啦會痛，拜託不要！」

「你連算都沒算。下次再做這種蠢事我就賞你一發鐵爪功。」

看到雷烏斯那樣，艾莉娜似乎也很無奈，只是苦笑著看我教訓他。

我一放開反省過的雷烏斯，他就趴在桌上一個人傷起腦筋。

「算出來了！咦？雷烏斯，你怎麼了？」

「別在意。所以呢？拿一個銅幣付錢要找多少錢？」

「四個鐵幣。」

「正確，來，豬排三明治是妳的了。」

我從艾米莉亞手中接過銅幣，遞給她兩個豬排三明治，艾米莉亞把其中一個分給雷烏斯。

「姊姊……我沒答對啊？」

「沒關係。我吃不下這麼多……收下吧？」

雷烏斯看了這邊一眼，我和艾莉娜轉頭望向旁邊，假裝沒看到。

姊弟倆看我們默許這個行為，笑著吃起豬排三明治。

「涼掉也很好吃呢。下次要靠答對問題得到它唷。」

「……嗯！」

感情這麼好是不錯，雷烏斯過度依賴姊姊卻不是個好現象。但突然要他們改變也不太好，還是慢慢來吧。

兩人和樂融融地享用豬排三明治，不過……今天的訓練仍未結束。

「吃完要再到外面跑步喔。」

「「咦!?」」

之後，直到太陽下山，我都在外面和他們一起奔跑。

## ——雷烏斯——

……最近，姊姊變得很奇怪。

該怎麼說咧，她動不動就會看那個人族。

人族只會欺負我和姊姊，叫他們住手也不會停，而是笑著繼續打我們，肚子餓也不給我們食物吃，最討厭人族了。

但那傢伙……天狼星不一樣。

他不會笑著打我們，會給我們很多食物吃，我們受傷也會立刻幫忙治療。姊姊說他很像爸爸，明明一點都不像。

爸爸一直都在保護我們，要是我做壞事他會教訓我，是又強又高貴的男子漢。和爸爸比起來，那傢伙不知不覺就會出現在旁邊，發現我做壞事會超級生氣，是個大爛人。那傢伙怎麼可能像爸爸。

可是……為什麼姊姊總是在看那傢伙？

那傢伙一有動作，姊姊就會高興得臉紅，每次看到她那樣我都會覺得悶到不行。

不過我很喜歡那傢伙的隨從艾莉娜小姐。

艾莉娜小姐會溫柔摸摸我的頭，還會抱緊我，有和媽媽一樣的味道。

還有吵死人的諾艾兒姊，她常常陪我一起玩，所以我喜歡她。

迪哥雖然眼神很恐怖，卻會煮很多好吃的東西，肚子餓的時候也會偷給我麵包吃，所以我喜歡他。

不過……我喜歡的人全都在稱讚那傢伙。

那傢伙確實很厲害。他什麼都知道，不管我跑得多努力，從來沒有跑贏過他。

爸爸常告訴我要認同比自己強的人，但我不想認同那傢伙。

我討厭那傢伙。原因我也不知道……總之就是討厭。

被那傢伙撿回家後，我每天都在跑步。

醒來就叫我們去跑步，吃完早餐就叫我們去跑步，睡完午覺上完課就叫我們去跑步。

姊姊從來沒抱怨過，可我已經膩了。我說我想做其他訓練，那傢伙叫我跑贏他再說，所以我拚命想要超過他……結果今天也輸掉了。

可惡，下次我一定要贏。我要模仿那傢伙的跑法嚇他一跳。

吃完好吃的午餐，接著是上課時間。是說……今天的午餐也很好吃。

雖然負責煮的人是那傢伙，我有點不爽，要我認同他做菜的手藝也不是不可以。

下午的課從艾莉娜小姐的隨從課開始。

艾莉娜小姐平常都笑咪咪的，上課時卻會變得好嚴格，不過非常帥氣。把盤子放到桌上也不會發出聲音，在對方開口要求前就會準備好那個人想要的東西，到底怎麼樣才做得到？

她說等我們遇到想服侍的主人，自然就會學會這些，但我一點都不想服侍那傢伙。

可是姊姊學得好認真，而且我也想變得像艾莉娜小姐一樣厲害，所以我很努力。做得好的話艾莉娜小姐會誇我，我想更進步一點，這樣就能被艾莉娜小姐誇。

下一堂課是算術。

要把一堆數字加加減減，算出答案，難得要命害我頭痛。

但那傢伙說學會算術就不會再被那些欺負我們的大人騙，所以我要加油。

算完寫在紙上的問題後，要用一個銅幣練習買東西。規則是算出買那傢伙拿出的東西要多少錢，答案正確就可以吃掉它，今天是我和諾艾兒姊最喜歡的布丁，我一定要答對。

「一個布丁要一個鐵幣和十個石幣，買四個要找多少錢？」

「我我我！五個鐵幣和十個石幣！」

諾艾兒姊忽然出現，那傢伙用布丁堵住她的嘴巴，把她趕回去了。今天她也好有精神喔。

「把剛才的事忘了。一個布丁要一個鐵幣和二十個石幣，買五個要找多少錢？」

嘖……問題果然變了。總之邊看那傢伙給的硬幣單位表，一邊計算吧。上面寫著十個鐵幣等於一個銅幣……然後咧？

「天狼星少爺，這樣對嗎？」

「嗯，正確。布丁給妳。」

不愧是姊姊。她已經寫下答案答對題目。

「拿到布丁也很令人高興，但我希望您摸摸我的頭。」

「真拿妳沒轍。」

「嘿嘿嘿。」

……又來了。又有種悶悶的感覺。為什麼會這樣？

「雷烏斯。靜下心來，把問題看仔細。」

艾莉娜小姐摸了我的頭，使我冷靜下來。

對喔，不快點答對拿到布丁，就沒辦法和姊姊一起吃。

呃，五十個石幣是一個鐵幣，所以……

「……找三個鐵幣吼──找三個鐵幣對不對！」

「正確。虧你一個人就算得出來，沒被石幣擾亂。」

我成功得到布丁，那傢伙卻伸手摸我的頭，害我有點不爽。可是不知道為什麼，我不會想拍開他的手。

「好好吃喔，雷烏斯。」

「嗯！」

雖然有點在意，布丁很好吃所以就算了。諾艾兒姊也常這麼說。

當天晚上……我睡不太著。

明明累得半死，心情卻很煩躁，一點都不睏，喉嚨也好乾。

我一邊注意不要吵醒睡在同一張床上的姊姊，離開房間，到廚房找水喝後稍微好了一點。準備回房間時，我往大門瞄了一眼，不知為何突然很想出去。

胸口還是悶悶的，因此我決定偷溜出去。走到室外，我發現外面還挺亮的，原來是因為天上的月亮在發光。在部落時我也看過好幾次月亮，今天的看起來卻特別美麗。一看到它，胸口就開始發熱……眼睛沒辦法移開。

身體越來越燙……力量湧現出來……咦……為什麼？

姊姊……我……我……不要……

── 天狼星 ──

結束今天的訓練吃完晚餐後，我在房間準備就寢，這時，艾米莉亞跑來找我。

「雷烏斯怪怪的。」

「他今天確實不太對勁。昨天有發生什麼事嗎？」

「其實，昨晚我看到雷烏斯睡不著跑到房外。過沒多久他就回來了，不過他感覺非常慌張，用棉被蓋住全身睡著了。」

「滿可疑的。然後呢？」

「隔天早上，他的表情十分平靜，我問他原因他卻什麼都不講。不僅如此，他還生氣地叫我不准跟您說。」

「這樣啊。可以的話我希望妳白天就向我報告。」

「對、對不起。因為雷烏斯很不想讓您知道……」

雷烏斯是她的家人，會比較寵他也是無可奈何。

艾米莉亞好像很擔心，總之先和雷烏斯談談吧。

「幫我叫艾莉娜和雷烏斯來。有艾莉娜在的話，他或許會願意告訴我們原因。」

「我明白了。」

確認艾米莉亞離開我房間去叫兩人過來後，我重新回想雷烏斯的狀態。

食欲雖然還是一樣旺盛，平常都會和我比誰跑得快，不願服輸的雷烏斯卻突然收斂起來，不如說好像在害怕什麼。

思及此，我察覺到一件事。在我準備發動「探查」的瞬間……

「天狼星少爺！」

艾米莉亞拿著一張紙衝進我房間，一副快要哭出來的樣子。

「雷烏斯他……雷烏斯他……離開這裡了！」

接獲艾米莉亞的報告，我立刻將所有人召集到客廳。

桌上放著一張上面只有短短一行字的紙，是剛才艾米莉亞回房時看到的。

『姊姊就拜託大家了。再見。』

——內容如上。我拿給隨從們看，詢問他們的意見。

「你們有何看法？我不認為他會逃避訓練。」

「我同意。那孩子不是這種人。」

「我也這麼覺得！」

「我也是。」

我本來想接著詢問最瞭解雷烏斯的艾米莉亞，但她縮在諾艾兒懷中，拚命忍住不要哭出來。

「艾米莉亞，麻煩妳告訴我，雷烏斯討厭在這裡的生活嗎？」

「這個……不可能。大家都對我們很溫柔……我們非常高興……他絕對……不可能逃走！」

「是嗎？那表示有其他理由……果然是昨晚發生了什麼事？」

「昨天晚上怎麼了嗎？」

我向其他人說明從艾米莉亞口中聽來的情報，隨從們也毫無頭緒。

「……看來只能直接問他了。」

「喔喔，不愧是天狼星少爺！您要去接雷雷回家是吧！」

「不，我只是去問原因。我知道他在哪裡，稍微出門一下。」

我已經用「探查」偵測到雷烏斯的所在地，卻沒有立刻去接他，是因為我想尊重他的意願。我會好好栽培弟子，但假如那名弟子找到其他目標或夢想，我的原則是予以尊重。

因此雷烏斯如果是自願離開，我並不打算阻止，可是他對姊姊一句話都沒說就走掉，實在太超過了。至少要問個理由出來。

「天狼星少爺，您的武器。」

知道我想做什麼的艾莉娜，幫我拿來我的裝備——插著劍和小刀的皮帶。艾莉娜面色擔憂，我則回以微笑，叫她不要擔心。

在我調整皮帶的時候，艾米莉亞跑到我面前低下頭。

「天狼星少爺！求求您……帶我一起去！」

「……艾莉娜。」

「是。艾米莉亞，換上這身衣服。」

「咦？」

艾米莉亞從艾莉娜手中接過便於行動的衣服，呆呆看著我們。

「怎麼了？快點換好衣服，我們要去追雷烏斯。」

「呃……那個，因為可能會遇到危險，我以為您會拒絕。真的……可以嗎？」

「這不是當然的嗎？妳可是雷烏斯的姊姊，得從他口中問出令人信服的理由。」

「……謝謝您！」

她眼眶泛淚，深深一鞠躬，不過我們還沒解決任何問題。

我對諾艾兒使了個眼色，繼續調整皮帶。

「瞭解。艾米，之後再哭吧，快點換衣服。」

「是！」

在等待艾米莉亞更衣的期間，我向艾莉娜與迪下達指示。

「說不定會遇到魔物，請你們先準備好藥。」

「交給我吧。我在此恭候三位歸來。」

艾米莉亞在我踏出大門的同時換好衣服。她身穿耐磨的厚長褲和短外套，是一般冒險者會穿的輕便服裝。

「讓您久等了。」

「好，走吧。到我背上來。」

「是、是。失禮了。」

我背對艾米莉亞蹲下來，她雖然有點猶豫，還是乖乖趴到我背上。

接著，我用「魔力線」把我們倆綁在一起，艾米莉亞明顯嚇了一跳，但我沒有管她，發動「增幅」。

「小心脖子不要被勒到。那我們出發了。」

「我、我們出發了！」

「「路上小心。」」

我和艾米莉亞在隨從們的目送下，飛向天空。

「會不會怕？」

「沒、沒問題！可以再快一點，得快點趕到雷烏斯身旁……」

「冷靜點，我能理解妳的心情。來，看看月亮。」

「月、月亮……哇……」

艾米莉亞抬頭仰望比平常靠近一點的月亮，環住我脖子的手放鬆了些。

我們默默飛行，過了一陣子，逐漸恢復冷靜的艾米莉亞突然輕聲說道：

「雷烏斯是不是也在看著月亮呢？真是個……令人頭疼的孩子。」

「真是的。假如他離家出走的原因太無聊，把他痛扁一頓好了。」

「我會賞他一巴掌。」

「就是要這個氣勢。我稍微加快速度喔。」

「是！」

我循著「探查」的反應，抵達數年前採取水魔草的湖泊。

用「探查」確認周遭沒有魔物後，我降落到地面，把艾米莉亞放下來，開始搜索四周。

「雷烏斯——！你在哪裡——！」

「不要這麼大聲。」

在這種地方大喊，可能會引來魔物。

所幸現在這附近好像沒有魔物，但還是不能做多餘的行動。

「可是，雷烏斯一個人在這種地方……」

「別擔心，雷烏斯就在那。」

我指向屈膝坐在湖邊的雷烏斯。

看到弟弟平安無事，艾米莉亞鬆了口氣，正要衝到雷烏斯身邊，然而……

「不要過來！」

雷烏斯用平常絕不會對姊姊使用的威嚇語氣拒絕她，令艾米莉亞不知所措，愣在原地。

「雷、雷烏斯？你在說什麼呀。跟姊姊一起回家吧……好不好？」

「我不是叫妳不要過來嗎！」

艾米莉亞因雷烏斯的抗拒大受打擊，不過她依然鼓起勇氣，繼續和弟弟說話。

「到底發生什麼事？我們不是說過要一起努力嗎？離家出走，給大家添麻煩……要是你有個萬一怎麼辦！」

「我沒事。我現在體力變好了，也靠上課學到一些知識。我一個人也活得下去！」

「別說傻話了！怎麼可能一下就變強！」

「我變強了！我……已經變強了！」

他們倆的對話毫無交集，繼續爭執也只是浪費時間，因此我決定介入其中。

我拍了下艾米莉亞的肩膀叫她回過頭，艾米莉亞搖搖頭，眼淚撲簌簌地流下。

「對不起！我馬上……我馬上說服他，請您不要放棄那孩子。」

「你們現在都太激動，交給我處理吧。有什麼話回去再說就行。」

「……是。」

艾米莉亞懊悔地退到一旁，我從她旁邊經過，走向雷烏斯。

好了，他究竟為何離家出走？

「雷烏斯。你在這種地方做什麼？」

「……跟你沒關係。」

「當然有關係。我是你們的監護人兼師父。徒弟情緒失控，我當然會擔心。」

「我不記得我有說要當你徒弟！」

確實如此，雷烏斯只有說要跟隨我，沒有直接表示要拜我為師。

「可是，至今以來都是我們提供三餐、住所和知識給你們，應該有權利問一下吧？」

「…………」

「不說話嗎？總之給我回答。你為什麼要離開家？光看那張紙我無法接受。」

「我……變強了。」

「就憑那種程度的訓練？那你誤會可大了，小孩子無知也要給我適可而止。」

聽到我這番挑釁意味濃厚的話，雷烏斯站起來大叫：

「我已經變得比你還要強。快點帶著姊姊滾回去！」

「你今天也跑輸我耶？只有嘴上功夫變強，跟小鬼頭沒兩樣喔。」

「吵死了！吵死了吵死了吵死了吵死了——！」

剛撿到他時，由於喪親之痛和當奴隸時的經歷，雷烏斯情緒極度不穩，但艾莉娜的照顧應該讓他冷靜了不少才對。

家裡有美味的食物和舒服的床，就算要接受嚴格的訓練，我不覺得會讓他情緒失控到離家出走。看來有其他因素。

「為什麼！為什麼不回去！你們不回去的話……就算要來硬的，我也要把你們趕回去！」

在我思考的期間，雷烏斯停止大吼大叫，憤恨地哭著，集中力氣。

接著，被月光照亮的銀髮突然開始變長。

「!?雷烏斯……不會吧……？」

身旁的艾米莉亞神情絕望，癱坐在地，雷烏斯仍舊沒有停止變化。

不只是頭髮變長，他全身上下都長出毛來，鼻子向前方伸長，變成一隻可以用雙腳站立的狼。身上的衣服是唯一可以證明他是雷烏斯的東西。

「怎麼會……雷烏斯竟然是詛咒之子……」

「詛咒……這狀態很危險嗎？」

「那是我們銀狼族自古相傳的現象。全身都會狼化的人是災厄與不幸的象徵，照銀狼族的規矩……會被殺掉。」

我聽說銀狼族是相當重視同伴的溫柔種族，想不到還有這麼可怕的規矩。不親身體驗就不會知道的事果然有很多。

「兩年前，我們的部落突然有一名男性變成詛咒之子。那個人精神錯亂，開始四處大鬧，在他想要襲擊我們時，爸爸他……」

「把他殺了是吧。在你們面前？」

「……是的。」

我隱約猜到原因了。

雷烏斯親眼看過詛咒之子的下場，所以當他發現自己是詛咒之子，覺得自己也會變成那樣，便因而絕望。

他沒有勇氣自殺，又不能和姊姊繼續待在一起，只得逃出宅邸……大概是這樣吧？

「看看我這個樣子！這種怪物待在姊姊身邊，會給姊姊添麻煩的！你趕快帶著姊姊回去！」

「不要……雷烏斯，別說這種話。我怎麼可能拋下你回去……」

「姊姊，妳不用擔心。變成這樣的我超強的，一個人也活得下去。」

「不行……不要……丟下我一個人！」

必須處死詛咒之子的規矩，以及不想和家人分開的心情，令艾米莉亞不知該如何是好。她的聲音軟弱無力，只是站在原地靜靜哭泣。

雷烏斯放棄一切，艾米莉亞陷入絕望，而我……

「哼……真沒意義。」

我則是嗤之以鼻。

「咦!?天狼星……少爺？」

「你說什麼！給我再說一次！」

「好啊，要我說幾次都行。你們的煩惱真沒意義，無聊透頂。」

我這句話打擊到艾米莉亞，但我不予理會，豎起一根手指。

「雷烏斯，和我打一場。你贏的話愛去哪裡就去哪裡。不過如果是我贏，我要你聽我一個命令。」

「什麼嘛，你之前不是說過如果我有想做的事，隨便我要幹麼都可以。所以我才做自己想做的事啊……結果你又跑來阻止我，你這個大騙子！」

「我不想被說謊的人罵騙子。而且，這就是你想做的事？笑死人了。」

我確實會尊重本人的意見，但那也要我們雙方都能接受。

就算他說他遇見一名想守護的女性，要離開宅邸，假如那女人是欺騙我徒弟的騙子，我用蠻力都要阻止他。

「你不是變強了嗎？既然你有自信贏過我，就快點放馬過來。」

我向他招招手，解開套著武器的皮帶，將其扔到一旁。

雷烏斯開始發出像狼嗥一般的低吼聲，我緊盯著他，側身擺出徒手應戰的架勢。

「動不動就擺出一副很了不起的樣子。這次我要讓你看看我的真本事！」

變身成狼人的雷烏斯目露凶光，向我襲來。

「接招吧！」

雷烏斯使出動作極大的右鉤拳，我本來打算敲擊拳頭側面讓它偏離方向，這拳的速度卻超出預料，於是我迅速側過身子迴避。

擦過右臉的拳頭產生了風壓吸引住我的注意力時，雷烏斯馬上接著揮出左拳，我在蹲下來閃躲的同時，一拳擊中雷烏斯毫無防備的腹部。

「……沒用的！」

由於有結實的肌肉阻擋，看來沒什麼效。雷烏斯露出猙獰笑容，抬腿往我身上踢過來，我向後避開，與他拉開距離。

「怎麼樣！我變強了對吧！」

「是沒錯，但打不中就沒意義了。」

「你也只有現在才能這麼踐！就算你道歉，我也不會原諒！」

雷烏斯再度逼近，攻擊如怒濤般洶湧而來。

我閃過他的右鉤拳，轉頭躲開左手使出的上鉤拳，一面化解他的踢擊，一面慢慢後退。

我退得太過頭，背部撞到一棵樹。雷烏斯看有機可乘，揮出右直拳，我便用力往旁邊一跳。下一刻，那棵樹就在雷烏斯的拳頭下斷成兩半。

「可惡，有種別躲！講那種高高在上的話，結果你什麼都辦不到嘛！」

「隨你怎麼說。」

雷烏斯跳起來使出飛踢，我側身閃過後揮出右拳反擊，打中他的腹部。然而他的身體硬得有如石頭，攻擊似乎毫不管用。

「一點都不痛！我很強的！」

他再度揮拳攻來，我鑽到他胸前閃過拳頭，往心窩踹下去。就算有那麼強壯的身體，雷烏斯仍然沒能穩住腳步，被我踢得往後摔在地上。不過他卻若無其事地笑著站起來。

「啊哈哈哈！沒用啦！我贏定了，你快點放棄吧！」

他掄起拳頭，揮出力量和速度兼具的一拳。雷烏斯變身後，速度及力量都大幅提升，要是被他打中，絕對會身負重傷，就像剛才那棵斷成兩半的樹。

可是……

「太嫩了。」

我躲開不用想都知道會往哪打的拳頭，抓住他的領口把他拽過來，同時賞他一記掃堂腿，力道大到彷彿要把他踢飛。

接著，雷烏斯在空中垂直轉了三圈，來不及防禦就摔到地上。

「嗚呃!?……為、什麼！」

這是讓對手朝意想不到的方向旋轉，擾亂三半規管平衡的招式。

外行人用這招非常危險，但我懂得控制力道，只會讓他的平衡感暫時麻痺。證據就是雷烏斯沒辦法馬上站起來，而是跪在地上面露驚愕，抬頭看著我。

「無論你再快再有力氣，別以為連招式都稱不上的兒戲會管用！」

在對手看來輕易就能閃過的大動作攻擊、沒有假動作的飛踢，最後還使出簡直在叫我閃開的直拳。你瞧不起戰鬥是吧？

「可……惡——！」

儘管還沒完全恢復，雷烏斯仍踉蹌著站起來攻擊我。恢復速度和骨氣是值得讚賞沒錯，瞄準面積小的臉部就得扣分了。

我光是動動脖子就閃開雷烏斯的拳頭，往他胸口揍下去。

「沒用——嘔噁！」

出乎意料的一擊令雷烏斯後退兩、三步，彎下腰吐出胃液。
為了測試雷烏斯的防禦力，之前的攻擊我都沒有使用「增幅」。
現在我知道力道要控制在什麼程度，之後只要手下留情，不要打死他就行。
「咳！嗚……你、你是矇到的！」
有這種想法要扣更多分。這種時候應該要先遠離對手，重整態勢。
即使我這麼想，雷烏斯也察覺不到。我彎腰避開他的迴旋踢，往支撐身體的那條腿踢下去，趁他的腳瞬間離地時抓住他，甩了好幾圈把他砸到地上。
「怎麼樣？雷烏斯。你這種程度，真的能憑一己之力生存下去嗎？」
「還沒……我……還沒輸。」
雷烏斯的鬥志仍未熄滅，搖搖晃晃站起來對我出拳。
這次他動作沒有之前大，而是想靠動作小的刺拳以量取勝，然而，想躲開預測得到的攻勢易如反掌。他偶爾會使出大動作的攻擊，我便趁這個機會反擊。
我們交手了好幾個回合，雷烏斯卻不停止攻擊，大概是不想認輸吧。在我擊中他腹部第十次時，我看到雷烏斯哭著忍受疼痛。
「為什麼……為什麼……打不中。為什麼……你不被我打倒啊。」
「要我被那種幼稚的攻擊打倒，太強人所難了。」
「你就乖乖被我打倒嘛……讓我贏……讓我……離開啊。」

「你真的想離開嗎？」

「我想離開……不離開不行啊……我……不可以待在那裡。」

我撥開雷烏斯軟弱無力的拳頭，賞他右臉一拳，將他揍飛。

倒在地上的雷烏斯嘴巴血流不止，站起身來……僅此而已。

我走向站在原地不動的雷烏斯，看著他的雙眼，他露出畏懼強者的孩童般的眼神。

「我再問一次。你真的想離開姊姊？」

「對啊……不然……姊姊會……變得不幸！」

雷烏斯擠出最後一絲力氣揮出的拳頭，弱到令人同情，連閃都不用閃。

我用胸口承受他的攻擊，抓住他的領口提起來。

「雷烏斯，看著我。」

我把他拉到面前，雷烏斯目露畏懼的瞳眸映照出我的臉孔。

「我是什麼人？你覺得我是銀狼族嗎？」

「……不是。」

「沒錯，我是人族。所以你是不是詛咒之子我根本不在乎。就我看來，你只是個可以變身成狼的小鬼。我反而很期待以後該如何栽培你。」

「咦……啊？」

「詛咒之子要被殺掉這種無聊的規矩關我什麼事！你是我的徒弟，與規矩無關。要是有不識相的人有意見，由我來痛扁他一頓。」

我將視線從目瞪口呆的雷烏斯身上移開，把他推到艾米莉亞面前。

「艾米莉亞，妳怎麼想？妳要遵守銀狼族的規矩，處死詛咒之子嗎？」

聽見「處死」這個詞，雷烏斯嚇得身體一顫。可是，艾米莉亞雖然顯得有些困惑，依然搖頭表示否定。

「沒錯。就是因為不想，妳才會猶豫不是嗎？妳想怎麼做……給我說出妳的真心話！」

「我……我……不要。我不要殺掉雷烏斯，我不要和雷烏斯分開！只要能跟雷烏斯在一起，我才不管什麼規矩！」

艾米莉亞掙脫束縛自己的規矩，大叫著傾訴自己的想法。

聽到艾米莉亞的真心話，我再度凝視雷烏斯的雙眸。

「你也聽見了，你姊和我都不在意你是詛咒之子。我再問一次。你真的想離開嗎？」

「……我……不要。」

雷烏斯一哭出來，身體就像時間倒流似的，恢復成原來的狀態。

滿是瘀血的臉被眼淚和鼻水弄得髒兮兮的，雷烏斯開始放聲大哭。

「不要……不要不要不要！我不要一個人！我討厭寂寞！我不要和姊姊分開！我還想讓艾莉娜小姐多摸摸我！想和諾艾兒姊玩更多遊戲！想吃更多迪哥做的菜！我不想走！我想……回家……」

這就對了……你只是個小孩，想說什麼就儘管說。

因為，有很多事是小孩子才能說的。

雷烏斯不但害大家這麼著急，還要我們跑到這種地方找人，不過他終於願意說出真心話，我就不多追究了。

我把低聲啜泣的雷烏斯交給艾米莉亞，她立刻抱緊雷烏斯，毫不在意他臉上的眼淚和鼻水。

「雷烏斯……太好了……雷烏斯……」

「姊姊……對不起。對不起……」

姊弟倆相擁而泣，但我可是在開戰前和雷烏斯做了個約定。

我現在就要他履行承諾。

「雷烏斯。我們約好我贏的話你要聽我一個命令對吧？」

「天狼星少爺，我來代替雷烏斯。所以不要再對雷烏斯……」

「不行，這是屬於我們的比賽。而且妳也沒辦法代替他。」

我看著雷烏斯的臉，笑著下達命令。

「給我回家。」

「…………嗯。」

雷烏斯最後露出孩子氣的淘氣笑容，失去意識。

在那之後，我把艾米莉亞背在背上，抱著昏過去的雷烏斯回到宅邸。

大門在我降落房前的同時就打開來，隨從們笑著迎接我。

「歡迎回來，天狼星少爺。還有艾米莉亞……雷烏斯也是。」

「嗯，我回來了。麻煩你們照顧雷烏斯。」

「明白。」

「唔喔……雷雷被打得好慘。繃帶夠不夠呀？」

我把因疲勞和精神鬆懈而昏倒的雷烏斯交給迪，放下背上的艾米莉亞，才感受到事情總算告一段落。

我目送抱著雷烏斯的迪與諾艾兒走進屋內，這時，艾莉娜拿來飲料和毛巾。

「您辛苦了。雷烏斯應該也會學到不能擅自行動吧。」

「能順利把他帶回來真的太好了，雖然我好像有點做過頭。」

「不，天狼星少爺。您不僅沒有做過頭，還太寵他了。隨從瞞著主人離家是非常誇張的行為，視情況還可能會被處死。」

我心想「雷烏斯不是我的隨從啊」，但艾莉娜看起來是真的生氣，因此我決定不要亂插嘴。

「不過，您的管教應該會讓他往正確的方向成長。看他睡得那麼安詳就知道了。」

「可是我揍了他好幾拳耶，希望他不會怕我。」

「不會的。那是為他著想的愛的鞭子，那孩子一定會明白。」

艾莉娜笑著叫我無須擔憂，在我準備和她一起回到屋內時，我發現站在背後的艾米莉亞異常安靜。

回到家後她一句話都沒說，是在氣我打她弟弟嗎？

「妳不去陪雷烏斯？」

「啊……是。我現在就去。」

我一提醒艾米莉亞，她就急忙從我身旁跑過去，然而她跑到一半就折回來，在我面前低頭鞠躬。

「那個……真的很感謝您。我們姊弟能一起生活，全是拜您所賜。」

「但我揍了他一頓。艾米莉亞，妳聽好，這次是因為理由太無聊，我才會挽留雷烏斯，假如他拿得出我能接受的理由，我一定會把他送出家門。妳也是，找到目標就跟我說，不要客氣。」

「天狼星少爺，我已經找到新的目標了。那個……失禮了。」

艾米莉亞陶醉地看著我，道完歉後忽然往我身上抱過來。她不像是會做這種事的女孩，所以我有點錯愕，接著，肩膀傳來一陣刺痛。

艾米莉亞好像咬了我的肩膀。不會很痛，但在我詢問她為何這麼做前，艾米莉亞就低聲留下一句話，放開我紅著臉跑進屋內。

剩下愣在原地的我，以及燃起怒火的艾莉娜。

「竟然敢咬主人。那孩子是否需要接受以教育為名的懲罰？」

「等一下等一下！那是銀狼族的習性，不是在攻擊我啦。」

為了向現在就想衝去訓話的艾莉娜解釋，我告訴她從艾米莉亞口中聽來的銀狼族習性。對銀狼族來說，咬肩膀是愛情的證明，艾米莉亞離開前留下的話是這樣的——

『我最喜歡您了。我會永遠跟隨您……直到天涯海角。』

……這是艾米莉亞對我的崇拜進化成愛情的瞬間。

幾乎可以確定她會成為我的隨從。

「原來如此。諾艾兒在的話應該會這麼說吧——『完全陷落了……』」

「……妳看起來很高興。」

「這是當然的，因為多了個發誓會效忠您的人。」

艾莉娜把剛才的怒氣拋到腦後，笑著目送艾米莉亞離去。

「艾米莉亞就交給我教吧，我會將她培育成完美的隨從。」

「她同時也是我的徒弟，普通的隨從就夠了……」

「不，要做到完美。而且，那孩子應該也會甘於接受。」

「確實如此……妳們都不要太勉強喔。」

「我明白。之後就全交給我處理吧。」

像諾艾兒這種輕浮的人，艾莉娜也可以時而嚴格，時而溫柔地教育她。

她是我最信賴的人，把艾米莉亞交給她教，絕不會有問題。

然而……

「這樣……天狼星少爺長大後就……」

準備走回屋內時，我決定當作沒聽到艾莉娜這句呢喃。

隔天早上……我在庭院跑步。

最近我都會和姊弟倆一起晨跑，可是經歷昨天那場騷動，雷烏斯還沒醒來，艾米莉亞一直陪在他身邊照顧他。因此我今天是一個人。

由於沒必要配合他們的速度，我盡全力壓低腳步聲，全速在庭院不停奔跑，跑到連計算總共跑了幾圈都嫌麻煩，流了一身汗後才結束練習。

艾莉娜迅速幫我拿來毛巾和飲料，我將其接過，詢問兩姊弟的狀況。

「艾米莉亞和雷烏斯醒來了嗎？」

「還沒有。兩人都待在房間，不過雷烏斯好像覺得要和我們見面有點尷尬，隔著門請我們再給他一些時間。」

畢竟雷烏斯昨天給大家添了那麼多麻煩，我能理解他會覺得尷尬，但一直關在房內，我們也很頭痛。艾米莉亞之所以也不出來，是不想留不安的雷烏斯一個人吧。

「最壞的情況，要不要在房門口放食物引他出來？」

「這方法留到最後再用吧。」

用食物引誘果然太可悲了嗎，像在對待動物一樣。

可是雷烏斯是狼，狼是犬科動物，所以我一點都不覺得這麼做奇怪，是我的問題嗎？

擺好早餐的餐桌前，只坐著諾艾兒和迪。

「『天狼星少爺，早安。』」

所有人視線都集中在空蕩蕩的座位上，獸人姊弟卻沒有現身的跡象，因此諾艾兒站起來，表示要再去叫他們一次。正當她的手伸向客廳的門，諾艾兒察覺到了什麼，瞬間停止動作。

「咦？你們都起床了嘛。」

「「啊!?」」

門微微打開一條縫，姊弟倆從縫隙間偷看我們。他們被諾艾兒發現，嚇得驚慌失措，諾艾兒卻強制把門大大打開。

「大家……早安。」

「…………」

艾米莉亞放棄掙扎，僵硬地和大家道早，被我打得臉上青一塊紫一塊的雷烏斯則別過頭，避免與我們對上視線。

雷烏斯兩眼通紅還腫起來，可以推測他醒來後大哭了一場。

艾莉娜平靜地對站在原地、坐立不安的雷烏斯說：

「早安。雷烏斯，怎麼沒向大家打招呼？」

「唔……大、大家……早安。」

「很好。趕快就座。早餐會冷掉的。」

「來來來，你們倆快點坐下。」

兩人被諾艾兒推著，勉強入座。

桌上擺著麵包和培根，只有雷烏斯面前沒有任何東西，明顯看得出他很沮喪，不過……

「你吃這個。」

不久後，迪端來一碗熱湯給他。

迪像平常那樣面無表情，看待雷烏斯的目光卻很溫暖。

「你嘴巴裡面不是有傷？如果可以吃這個，之後我再幫你準備同樣的食物。」

迪冷靜說明，坐到餐桌前。我們把呆呆看著他的兩人晾在一旁，雙手合十。

「那麼各位，感謝上帝。我們開動了。」

「「我們開動了。」」

「「我、我們開動了。」」

在艾莉娜的號令下，大家開始用餐。

順帶一提，餐前向上帝祈禱是這個世界的常識，但雙手合十並不包含在內，是我告訴他們的。

姊弟倆困惑地拿起餐具，雷烏斯一把湯送入口中，就皺起眉頭。八成是嘴巴裡的傷口在痛。

「嗯──湯會燙到傷口耶。是不是該準備冷掉的食物？」

「食物就是要趁熱吃才好吃吧？」

「是這樣沒錯。欸欸欸，雷雷我問你喔，那是你們來到這裡的第一天喝到的湯，你喝得出味道嗎？」

「喝得出來的話，麻煩告訴我感想。」

迪緊張地等待雷烏斯的答覆，大概是想知道我教他煮的湯味道有沒有跑掉吧。

集眾人目光於一身的雷烏斯眼泛淚光，又喝了一口湯。

「嗯……好喝……很好喝……」

眼淚滴下來落到湯裡，可是，雷烏斯沒有停下手。

他瞬間把湯喝完，雙手放在桌上，向我們深深低下頭。

「對不起！對不起，我擅自離家出走。我……再也不會做這種事，所以……請讓我和姊姊待在一起！」

眾人都因雷烏斯的懺悔停下動作，艾莉娜靜靜放下筷子，開口說道：

「雷烏斯，你記得天狼星少爺最後跟你說了什麼嗎？」

「……『給我回家』。」

「既然這樣，那就是一切。歡迎回家，雷烏斯。」

「「歡迎回家。」」

「嗚……嗚嗚……嗚嗚嗚嗚……」

知道大家願意原諒他，雷烏斯連臉都沒遮，大聲哭出來。

艾莉娜溫柔撫摸雷烏斯的背，諾艾兒則用手帕幫他擦乾淚水。

「好了，要哭是可以，雷雷肚子應該很餓吧？有辦法吃麵包嗎？」
「肉也要吃。吃了會有精神。」
「雷烏斯，我的蛋分給你。」
「嗯……我會……全部吃光。」
在艾米莉亞和諾艾兒她們的呵護下，熱鬧的早餐時間持續了好一陣子。
吃完早餐，雷烏斯在我喝茶時跑過來。
以前對我的厭惡感完全消失，現在看來只是個不知道該如何和我搭話的小孩。
我沒有主動出聲，而是默默等他開口。過沒多久，雷烏斯總算低下頭說：
「天狼星少爺……對不起。還有，謝謝您。」
「別在意。傷口沒事了嗎？」
「還有點痛，不過沒事的。」
「太好了，看來你身體很強壯。只不過，那傷雖然是我揍的，我不會幫你治療喔。好好用身體記住自己犯下的錯。」
「是！」
雷烏斯終於向我展露與年紀相應的自然笑容。我試著摸摸他的頭，他看起來沒有排斥，搖著尾巴，很難為情的樣子。

儘管發生了很多事，這一瞬間，我贏得了雷烏斯的信賴。

「是說，詛咒之子是怎樣的狀態？一到晚上就會自動變身嗎？」

「一開始是這樣沒錯，現在只要我不想變身就不會變。」

看來狼化是可以控制的。看到月亮好像會讓他身體變熱，想要變身，不過幸好沒有強制性。

但長大後就不知道了，只能多多實驗，進行調查。總之，我先叫雷烏斯不要亂變身，發生什麼事要立刻和我報告。

雷烏斯個性本來就很聽話，如今向我敞開心房，自然乖乖點頭。

「天狼星少爺，我想變強，強到不管發生什麼事都能保護姊姊。所以……請您收我當徒弟！」

「我已經把你當成徒弟啦。之後我會嚴格指導你，你要努力跟上。」

「是！我也要變得像您一樣強！」

就這樣，我得到兩姊弟的信賴，我們好不容易站到起跑線上。

今後我不僅要一邊栽培他們，自己也不能疏於鍛鍊。

未來的路或許會走得很辛苦，卻值得拚上一把，思及此，我不禁揚起嘴角。

——我雖然剛剛才為自己打氣，今天我讓他們休息一天。

雷烏斯的傷尚未痊癒，艾米莉亞則被艾莉娜帶走，說要教她當隨從的要點。隨從的部分我決定全權交給艾莉娜，並不打算插手。

因此，今天我想去萊奧爾家一趟。我在迪幫我準備便當的期間，跑到庭院揮木劍。

腦中模擬的是萊奧爾的剛破一刀流。

我模仿看過無數次的動作，讓身體照腦中所想行動。這個一擊必殺的流派需要能確實擊中對手的技術，所以反覆練習非常重要。

老爺爺一口氣就能放出八道斬擊的散破，連「增幅」狀態的我都只能放出六道。雖然主要原因在於我力量和技術不足，那個老爺爺可是用一把重劍使出這招的。我再度體會到他是個怪物。

揮劍揮到一個段落後，我發現雷烏斯站在門口看我。這傢伙真有精神，我明明叫他休息。

我苦笑著招招手，雷烏斯就搖尾跑過來。

「你不去休息？」

「我好奇您在做什麼。而且身體也不怎麼痛。」

幸好雷烏斯恢復得很快。這也是詛咒之子的影響嗎？

在我感到不可思議之時，我注意到雷烏斯盯著我的木劍。這麼說來，雷烏斯還是第一次看我揮劍。

嗯……讓他多接觸點東西或許也不錯。

「你對劍有興趣？」

「是！揮起來『咻咻咻』的，好帥喔。」

「這樣啊，要不要揮揮看？」

我一遞出木劍，雷烏斯就反射性握住，興奮得像拿到玩具的小孩。

「……可以嗎？」

「不要太勉強。身體會痛就要停喔？」

凡事都要累積經驗。雖然不清楚雷烏斯的戰鬥風格，讓他碰劍絕不會有壞處。

雷烏斯開心地開始揮劍，從來沒碰過劍的他，揮出來的聲音非常無力。他因為和我揮出來的聲音有差異，不解地歪過頭的模樣，令人忍不住揚起嘴角。

「……為什麼？」

「你只用手去揮，當然會這樣。劍給我。」

我叫雷烏斯把劍還我，示範萊奧爾的空揮給他看。

我對劍術沒有瞭解到哪去，就自己所知的範圍指導他後，叫他再練習看看。雷烏斯又揮了下劍，空揮的聲音變得比剛才還要響亮一些。學習能力真強。

「讓您久等了。哦？要讓雷烏斯學劍嗎？」

「就讓他試一下。這傢伙滿有天分的喔。」

迪拿著便當過來，看到雷烏斯正在揮劍，略顯驚訝。

我稍微說明狀況，接過便當，把事情交給迪後就準備出發。

「你有空的話也幫雷烏斯看一下。那我走囉。」

「『路上小心。』」

我在兩人的目送下發動魔法，躍向天空。

中途我回過頭，看到迪好像在指導雷烏斯，便放心前往萊奧爾家。

之後，我按照慣例與萊奧爾切磋，然而……

「呃啊！」

我沒能躲過出人意料的攻擊，被萊奧爾一劍轟飛。

過於強力的攻擊令我在地上彈了好幾下，即使如此，我還是勉強調整姿勢，雙腳成功著地，不過剛剛那擊好像害我左手手臂的骨頭裂了。

假如這不是木劍而是真劍，八成沒辦法繼續打下去，這次是我輸了。

「呼……呼……如何？還要打嗎？」

「不……我輸了。」

萊奧爾好像也沒力了，滿足地笑著坐到地上。

最後那招讓我敗得徹底。剛破一刀流就如同它的名字，大多都是一擊必殺的招式，動作較多的招式也是有，出人意料的奇招卻幾乎沒幾個。

敗因完全在於我的刻板觀念。鬆懈下來的精神又緊繃起來了。

「沒想到你還藏了這招。剛破一刀流真是深奧的流派。」

「嗯，這招式還沒有名字，幸好對你管用。」

「還沒有名字？」

「那是老夫為了對付你發明出來的，面對動作快的對手出其不意的新招。和剛破一刀流的路線相反，老夫可是費了好一番心力。」

想不到這人不惜發明背離自身流派風格的招式，就只是想打倒我。

若是為了變強，他可以鑽研到無限深的境界。好驚人的老爺爺。

「但你的適應速度快得異常，下次這招就不會管用了吧。之後來想想要不要讓這招進化一下。」

他說得對，我有自信下次一定閃躲得掉。所以萊奧爾也有可能視情況徹底捨棄這個招式。

我和萊奧爾的戰鬥每天都在進化，想必會持續到其中一方無法再戰，但這並不構成問題，因為我們都很享受與對方交手。

「手臂怎麼樣？老夫看你方才有來得及防禦。」

「這點小傷一下就會痊癒。不過今天不能再打囉。」

骨頭雖然裂了，這種程度的傷只要用我的再生能力活性化，幾個小時應該就能恢復。

「沒辦法。都這個時間了，來吃午餐吧。」

「我有帶迪幫我準備的便當。也有你的份喔。」

「喔喔！令人期待。」

萊奧爾屢次偷吃我的便當，不知不覺已經被隨從們的料理抓住胃袋。

我看著笑得像小孩似的萊奧爾走進屋內，跟在他身後。

「是說，雷烏斯對劍有興趣耶。」

便當裡裝著五花八門的配菜和豬排三明治。

迪做的三明治比我的多加了點變化，很美味。

我和萊奧爾邊吃邊聊，話題圍繞在雷烏斯身上，所以我向他說明今天早上的狀況。

「嗯……那是件好事。老夫接觸到劍也差不多是在你這個年紀。」

「這樣算起來，你的資歷大概五十年嗎？虧你一直以來都只投入在劍術上。」

「練了五十年，終究還是輸給你。怎麼樣？要不要繼承老夫的流派？」

我們切磋了無數次，這還是他第一次要我繼承流派。

「我很感謝你的心意，可是這流派和我的戰鬥方式不太合，我不能答應。我雖然靠觀察學了幾招過來，一旦摸透剛破一刀流，感覺反而會被它殺掉。」

「是嗎，老夫不會逼你。老夫也不是無論如何都想要人繼承，只不過招式失傳就太可惜了。」

剛破一刀流其實不是代代相傳下來的流派，而是萊奧爾獨自創造的。

他本人只對變強有興趣，之所以會創流派是基於「創個流派比較能吸引強者」這種超隨便的理由，因此他現在看起來雖然遺憾，好像也不是真的這麼惋惜。

「那你要不要教雷烏斯看看？」

「哦？可以嗎？」

「看他本人的意願。」

再說我的招式和戰鬥方式都是建立在上輩子的近代武器上，外加還知道師父獨特的技術，想把招式全部傳授給這個世界的人，近乎不可能。

因此我的教育方針是以基礎體力為重點，然後再培養判斷力，視個人擅長的武器和流派栽培他們。

萊奧爾要教我的徒弟剛破一刀流，我求之不得。

「念書和基本訓練至少要做半年，打好基礎。之後他如果想試試看，我再把他介紹給你。」

「不錯。老夫現在就在期待囉。」

「你儘管期待。可以表演幾招給他看嗎？」

「沒問題。麻煩來個可以用鐵劍斬斷岩石，或是散破可以放出四道斬擊的弟子。」

「別開玩笑了。尤其是後者，連我都只能放出六道喔？」

「是你有問題，沒人教還能做到這個地步！」

「有什麼辦法，我就是做到了啊！」

就這樣，我跟老爺爺無意義的爭論，一直持續到我的左手復原。

然而回到家一看……等待我的結果完全超出預料。

「啊，天狼星少爺。歡迎回來。」

我回到宅邸時，雷烏斯還在庭院揮木劍。

我想應該不至於從早上揮到現在，但他揮得樂不可支，傷口似乎也沒事了。

在旁邊看他練習的迪神情有點緊張，附在我耳邊悄聲說道：

「天狼星少爺……您的才能十分出色，可是這孩子也不會差到哪去。」

經他這麼一說，我望向雷烏斯，他揮劍的聲音明顯銳利許多，使出類似剛破一刀流的散破的招式。

「嗯……還是不行。天狼星少爺，那個一口氣揮六次的招式我只揮得了三次。怎麼樣才能揮到六次呢？」

「……真不得了。」

「是啊。」

他才看一次就學會那招了嗎？除此之外，動態視力也優秀到足以看出瞬間放出的斬擊有幾道，或許他其實是個不可多得的人才。

我給了雷烏斯一些建議，留下還要待在庭院的兩人後準備進屋，這時，艾米莉亞紅著臉出來迎接我。

「啊，那個……歡迎回來！」

「我回來了。」

從昨天那類似告白的宣言後，艾米莉亞看我的眼神就變了，不過她現在又變得更奇怪。艾莉娜究竟教了她什麼東西？

「艾米莉亞，沒事吧？發生什麼事儘管跟我說。」

「那、那麼我想請問，您比較喜歡我長頭髮還是短頭髮呢……？」

「頭髮嗎……」

艾米莉亞的頭髮目前長到肩膀，我覺得她美麗的銀髮留長一點會更適合。我如此回答後，艾米莉亞就興奮得兩眼發光，頻頻點頭。

「知道了。我會為天狼星少爺努力。那個……長大後我在床上也會加油的……請您等我！」

好像有句不能當沒聽見的話……是我聽錯嗎？

我想問清楚到底是怎麼回事，艾米莉亞卻逃掉了，於是事情就這樣不了了之。

之後因為肚子餓，我移動到廚房，不小心看見艾米莉亞和諾艾兒單手拿著牛奶，氣勢洶洶。

「為了天狼星少爺，我要努力讓胸部變大！」

「姊姊我也不會輸！我要變更大更有魅力！」

我假裝沒看見兩人暗地做的努力，靜靜離開。

當天晚上，我和兩姊弟之外的隨從們，站在被月光照亮的庭院裡。

這個世界的月亮不會有陰晴圓缺，只會蒙上淡淡一層影子，無論何時看起來都是圓形。今天是耀眼的滿月，很適合做月光浴，我們站在這裡卻不是為了做這麼風雅的事，而是因為兩姊弟叫大家在這集合。

『今天晚上，請大家在月亮最亮的時間到庭院來。』

吃完晚餐他們這麼說，所以所有人都聚集在這裡。然而，最重要的獸人姊弟好像在屋子裡做什麼，尚未出現。

「好漂亮的滿月唷。他們倆不知道在幹麼？」

「剛才他們來問我有沒有紅酒。」

「紅酒？是要在這裡喝嗎？月亮很美，大家一起賞月喝酒也不錯。」

「天狼星少爺和那兩個孩子尚未成年，不可以喝酒。雖然不清楚他們要做什麼，那兩人那麼認真，想必是十分重要的事。」

「說人人到。」

姊弟倆從大門走出，抱著小木箱和桌子往這裡走過來。

「對不起，讓大家久等了。」

「別在意。你們叫大家到這裡集合的目的是？」

「是。其實，有一場儀式想請各位見證。雷烏斯。」

「嗯，放這裡就行了吧？」

雷烏斯放下桌子，從艾米莉亞拿過來的木箱中取出果汁和酒杯，放到桌上。好像在對月亮獻上供品。

「首先，謝謝大家在這裡集合。」

「謝謝大家。」

兩人站在我們面前一同鞠躬。

感覺有點像第一次上臺演講的人，令人莞爾。

「我們銀狼族有個叫作『銀月之誓』的儀式，只有在祭典或結婚時才會舉行。這是向月亮宣誓的重要儀式，一旦立誓就絕對不能違背誓言。」

艾米莉亞向我們說明狀況，雷烏斯則在旁邊把亞普榨成的果汁倒進杯內，放在桌上。

「絕對不能違背……銀狼族好厲害唷！」

「聽爸爸說，這好像只是一種權宜之計。但我從來沒看過有人違背誓言。」

「結婚時不是也會舉辦這個儀式嗎？銀狼族是重視家族的種族，應該不會有人不遵守誓言吧。」

「原來如此。不愧是天狼星少爺，您懂的真多。」

「我只是把書上的知識拿來現學現賣，想不到能親眼目睹。」

「我們之所以麻煩各位到庭院集合，是想請各位見證我們的誓言。天狼星少爺，可以請您站到這邊嗎？」

艾米莉亞把我帶到桌子前。

怎麼？我不用幫忙見證嗎？

「準備好了嗎？」

「嗯，姊姊。」

姊弟倆單膝跪在我面前，雙手交叉於胸前，彷彿在向神祈禱。

「吾等之母銀月啊，請您在此為吾等見證新的誓言。」

在不容人插嘴的嚴肅氣氛中，兩人向月亮發誓。

「我——艾米莉亞・席爾巴利恩……」

「我——雷烏斯・席爾巴利恩……」

「「發誓認天狼星少爺為主，終生服從天狼星少爺。」」

我聽見有人倒抽一口氣的聲音。

說實話，姊弟倆這麼仰慕我，我就覺得夠了。

他們還是小孩，將來八成會遇到比我更中意的異性，結婚生子。

到時這個誓言肯定會束縛他們，所以我想告訴他們有這份心意便足矣……卻說不出話來。

兩人神情認真，直盯著我。

「今天我們討論過後，下了這個決定。我們想一直待在天狼星少爺身旁。」

「我還小，派不上用場，不過我想變強，總有一天要幫上天狼星少爺的忙。」

「我們絕對不會後悔。您……願意接受這個誓言嗎？」

兩姊弟雖然還小，決心卻堅定到願意舉辦這神聖的儀式發誓。

因此，我也必須回應他們的覺悟。

不是以師父的身分……而是以一名男人的身分。

「……我接受。」

兩人聽見我的答覆，高興得抱在一起，在一旁見證的隨從們也獻上熱烈掌聲。

我下意識搔搔頭，這時，艾米莉亞把桌上的杯子拿給我。

「儀式還沒結束，請大家再等一下。」

艾米莉亞喃喃自語「其實應該要用酒的」，咬破手指，把一滴血滴進裝果汁的杯子裡。雷烏斯也跟著這麼做，兩人的血液與果汁混合在一起。

「這個行為代表『把我們的血獻給您』。本來是婚禮上由男方喝下去的，您可以不用勉強。」

「不，我要喝。然後，我也要發誓。我會好好鍛鍊你們，絕不會讓你們後悔……我向月亮發誓。」

這是本來就決定好的事，但我仍然明確地告訴兩人。

因為我認為，在這種時候說出口，是最值得信任的。

「是我們自己要發誓的，您用不著這樣。」

「對啊，這都是我們擅自做的。」

我無視他們，將果汁一口喝光。

管它裡面有沒有血，這杯果汁蘊含他們的心意，不喝未免太失禮。

「喝完了。這樣就結束了嗎？」

姊弟倆因我的舉動目瞪口呆，下一刻就帶著滿面笑容，往我身上抱過來。

「是，今後請多多指教。」

「我也會為天狼星少爺努力！」

「嗯，我才要請你們多多指教。」

我們相視而笑，隨從們也紛紛祝賀。

「恭喜。能見證如此神聖的儀式，我深感榮幸。」

「也就是說，艾米和雷雷今天開始也和我們一樣是隨從對吧？之後也要一起加油唷。」

「有問題儘管問。」

「謝謝大家。」

兩人正式成為艾莉娜他們的夥伴，露出發自內心的笑容，和三位隨從握手。大家的羈絆想必會日漸加深。

「欸，艾米莉亞。這酒是給我們喝的嗎？」

「是的。本來應該還要有大餐，辦一場宴會，可是光憑我們兩個沒辦法準備，我想說至少弄瓶酒來。」

「只要你們說一聲，大家都會去幫忙呀，幹麼這麼見外。」

「料理的話，我隨時都可以準備。」

「對不起。因為這是我們的儀式，我們想憑自己的力量舉辦。」

「嗯……也是。硬要幫忙也不太好。」

「好了，不要一直聊天，拿好杯子。」

在諾艾兒和艾米莉亞聊天的期間，艾莉娜把紅酒倒進杯子裡，遞給大家。我和獸人姊弟的當然是果汁。

「那麼就乾杯吧。口令就由……諾艾兒，由妳來喊。」

「不要拘泥在奇怪的地方，簡單一點就好喔。」

「咦咦——！沒辦法，那就照常來吧。呃……」

我們聚集在桌邊，配合諾艾兒的聲音把杯子稍微舉高。

「為天狼星少爺的隨從增加，以及艾米和雷雷的誓言……乾杯！」

『乾杯！』

在月光之下，杯子的撞擊聲響起，眾人的笑聲不絕於耳。

※　※　※　※　※

「在那裡！」

艾米莉亞閃過哥布林的攻擊，用刀子刺進牠的喉嚨，接著立刻將其從哥布林體內拔出扔出去，射中從身後逼近的另一隻哥布林。有隻哥布林趁這個機會從旁逼近，然而……

「風刃！」

艾米莉亞使出風魔法，哥布林的頭在一陣風吹來的同時飛了出去。

確認沒有敵人盯上自己後，她迅速回收刺在哥布林身上的小刀。

「喝！」

雷烏斯氣勢洶洶揮下的劍，將哥布林的頭一分為二。

另一隻哥布林見狀，嚇得愣在原地，被雷烏斯的平砍砍成兩半，剩下一隻哥布林則被他的膝蓋直擊臉部，失去戰鬥能力。

「散破！」

好幾隻哥布林同時進攻，統統被五道斬擊切碎，連發出哀號聲的時間都沒有。

我坐在附近的石頭上，漫不經心地觀看這場戰鬥。

不是我偷懶，而是因為這是他們的訓練課程。

如果有什麼意外我會出手幫忙，不過看這情況，應該不會有問題。

離銀月之誓的那一天已過一年。

在那之後，兩姊弟比以前還要投入訓練，身心都大幅成長，現在正逐漸成長為出色的戰士。

我們到離宅邸有段距離的深山中和哥布林戰鬥，但兩人已經強到哥布林不夠格當他們的對手。

今天的練習著重於團體戰，可是看到近三十隻哥布林像枯枝一樣被剷除，我反而覺得牠們有點可憐。

僅僅一年……和我剛撿到他們的時候比起來，這兩人真的成長不少，我十分感慨。

艾米莉亞的屬性是風屬性，平常以小刀為主要武器，還會使用風魔法撕裂對手。我的無詠唱施咒法當然也有教給她。

由於艾米莉亞是女性，很多哥布林都往她那邊跑。她用不會被對手繞到身後的靈活動作，以小刀攻擊哥布林的弱點，將牠們一隻隻解決掉。

哥布林一靠近，艾米莉亞就用我傳授的合氣道把牠扔出去，距離較遠則用風魔法攻擊。迅速且俐落地打倒魔物的身姿，連我都覺得相當華麗。

雷烏斯的屬性是火屬性，我也有教他我的無詠唱施咒法，不過他不常用魔法應戰，而是用單純的劍技剷除哥布林。

流派是萊奧爾爺爺教的剛破一刀流。

半年前，我介紹雷烏斯給萊奧爾認識，萊奧爾很喜歡他，自此之後他就會隨我一起到萊奧爾家練劍。至於雷烏斯現在的能力，用區區一把鐵劍就能把哥布林砍成兩半。

然而，萊奧爾說那種程度還只是新手等級。剛破一刀流太深奧了。

在我發呆想事情的期間，最後一隻哥布林在雷烏斯的劍下倒地。雷烏斯身上多少沾到了些哥布林的血，可是兩人都沒有受傷，完全勝利。

他們戰鬥時是非常帥氣、可靠沒錯，但……

「天狼星少爺——！」

「大哥——！」

姊弟倆帶著滿面笑容搖尾衝過來的模樣，怎麼看都是寵物。

「我們毫髮無傷，殲滅敵人了。雷烏斯有點被血噴到就是……」

「姊姊，妳太常用魔法了啦。大哥總是在提醒我們不要太依賴魔法的說。像我可是一次魔法都沒用，就把哥布林全部打倒了。很厲害吧！」

他們開始在我面前鬥嘴，不過只要我摸摸他們的頭就會停止爭執。

「呵呵呵……」

「嘿嘿……」

兩人被我摸頭時露出的笑容雖然一模一樣，剛撿到他們時相似的外型，在這一年出現明顯差異。

艾米莉亞不只身高變高，外貌也變成熟了，本來只到肩膀的銀髮長到腰部，開始散發女性魅力。

其中成長最多的不知為何是胸部，隔著衣服都看得出胸前凸起來了。看來她的身體回應了本人想要變大的願望。

我知道她為什麼想趕快長大，卻刻意不去問。包含她對我的好意，我都有意願接受，但她這個年紀還太早了。

回歸正題。總之就是艾米莉亞變可愛了。將來肯定是個美人。

雷烏斯變高又變壯，精神和思考模式都穩定許多。

講話語氣變得比較有男子氣概，也不太會感情用事。

還有，那場儀式過後，雷烏斯就開始叫我「大哥」。

有人念過他隨從這樣叫主人很奇怪，然而對雷烏斯來說，「大哥」似乎是最高級的稱謂，怎麼叮嚀都改不掉，於是我便允許他私下這麼叫我。傷腦筋的是，雷烏斯不太會用敬語，上一秒才提醒過，下一秒就忘記，連艾莉娜都束手無策。

至於我……大概就是變高了些。我的成長速度算平均，但雷烏斯以異常的速度持續成長，差不多快追過我了。

除此之外，我還發明了新魔法。雖然需要事先準備，現在我各種屬性的魔法都能用，每天都過得很充實。

再一年，我就會被趕出這棟房子，去學校上學。

在那之前，我們要做的只有不斷訓練，努力讓自已能在外界生存。

「今天的練習結束了嗎？」

「嗯，時間還有點早，不過今天就到此為止吧。回去吃午餐囉。」

「迪哥今天會做什麼菜咧？」

把哥布林的角砍下來，拿去城內叫作「冒險者公會」的設施，多少可以換到一些錢，但哥布林角不僅單價低，我們又還小，沒辦法加入冒險者公會，因此基本上都會置之不理。之後會有野生魔物幫我們處理掉屍體吧。

我一邊告訴兩人戰鬥上有什麼該改善的地方，踏上歸途。

我和艾米莉亞留下雷烏斯在外面清洗沾到血的衣服，走進屋內。

一來到客廳，坐在沙發上織東西的艾莉娜就想要起身，我立刻阻止她。

「我回來了，艾莉娜。啊，不需要站起來，坐著就好。」

「非常抱歉。今天大家也都平安無事，真是太好了。」

「因為他們都很優秀。妳今天狀況如何？」

「這個嘛，有點累，不過並無大礙。」

其實，艾莉娜的身體半年前就開始走下坡。

以前她都會知道我們什麼時候要回來，到大門口迎接，最近她卻常常坐著，有時連走到門口都會面露苦色。因此我禁止她到門口迎接，和她約好只准做最基本的工作。

「天狼星少爺，您下午的行程是？」

「我打算帶雷烏斯到萊奧爾家。今天也要上課？」

「是的，請暫時把艾米莉亞借給我。艾米莉亞，吃完午餐開始上課。」

「瞭解。那麼天狼星少爺，我去換衣服。」

艾莉娜溫柔目送艾米莉亞回房更衣。

「……那孩子也成長得好快。我前幾天才幫她調過衣服，好像又要再調一次了。」

「對啊。她真的變得很有魅力。動不動就要調整衣服尺寸，妳也覺得很累吧？」

「不會，每次我都能實際感受到他們的成長，這是很令人高興的工作。而且坐在沙發上就能做，是我的樂趣之一唷。」

艾莉娜用眼神告訴我「修改您的衣服當然也包含在內」，我回以微笑。

艾米莉亞身穿艾莉娜親手縫製的女僕裝，向我行了個漂亮的禮。

「歡迎回來，天狼星少爺。請把行李交給我。」

她幫我脫下裝武器用的皮帶。這點小事我自己就能做，不過這似乎也是隨從教育的一環，我便刻意讓她幫忙。

艾米莉亞應該會成為我的專屬隨從，所以沒在做戰鬥訓練的時候，她都得上艾莉娜的隨從課。明明要同時接受越來越激烈的訓練，以及造成精神疲勞的隨從教育，她卻從來沒說過喪氣話。

「……兩位覺得如何？」

「沒問題。有進步唷。」

「嗯，皮帶也脫得很順，鞠躬也很完美。」

「哇，謝謝！」

艾米莉亞一被誇就會露出本性，這也沒辦法，畢竟她還年輕。

我摸摸她湊過來的頭，艾莉娜滿足地頷首。

「看來她比諾艾兒還要有才能。噢，我這樣說是不是太過分了點？」

艾莉娜這句話一出口，背後就傳來托盤掉下來的聲音。

我回過頭，看到負責準備午餐的諾艾兒全身僵硬，瞪大眼睛，一臉難以置信的表情。場面頓時陷入沉默，我看著地上的托盤，慶幸好險她已經放完餐具。

「姊、姊姊，別擔心！我只會服侍天狼星少爺，面對其他人完全不行，比不上可以應付任何人的姊姊。」

「啊、啊哈哈……說得也是。我這個姊姊怎麼會輸呢？」

被小自己近十歲的女孩安慰。真可悲。

「只要除去個性輕浮這點，諾艾兒也很優秀呀……」

只有我聽見艾莉娜的嘆息。

吃完午餐，我帶雷烏斯來到萊奧爾家。

我把雷烏斯交給萊奧爾，在稍遠處的山丘上練習魔法。

「哈哈哈！」

「可惡——！」

我聽著兩人的戰鬥聲，用槍魔法瞄準設置在遠方的標靶。

上輩子為了暗殺特定對象，我常用來福槍等武器狙擊對方。當時的距離最遠是兩千公尺，而我現在瞄準的標靶，隨便估計都有四千公尺遠。

腦中想像的槍當然是狙擊槍，我跪在地上射出魔彈，儘管沒射中靶心，至少有打中標靶。正常情況絕不可能命中，但這個世界有魔法可用，只要不要太誇張，要把不可能化為可能也不是辦不到。

「哈哈哈！怎麼啦？小子！」

「等等！那招我閃不掉啦！」

用來窺探遠處的狙擊鏡，則用我半年前學會怎麼做的手製魔導具代替。

我在中空木筒裡畫上水屬魔法陣，拿透明的水當鏡片，做成和望遠鏡一樣的構造。這個世界沒有望遠鏡，所以這算是我獨創的東西，不過學校似乎會教人各種魔導具的技術，我非常期待。

我射出好幾發威力和射程大幅提升的魔彈，過了幾分鐘……終於射中靶心。下次把距離調得更遠一點吧。

「竟然能撐到現在！接下來是這一招！」

「救、救命啊大哥——！」

射出去的子彈本來應該會因為空氣阻力而減速、轉移方向，魔力製成的子彈卻幾乎不會受到影響，很難讓它減速或轉向。

這個性能遠遠凌駕於我上輩子的近代武器。

「哈哈哈！」

「呃啊啊啊啊——！」

……雷烏斯好像也不行了，今天就收工吧。

「嗅，是你啊。這傢伙終於能撐到老夫使出三成實力。」

「大……大哥……」

一回萊奧爾家，我就看到癱在地上狼狽不堪的雷烏斯，以及放聲大笑的萊奧爾。

我摸摸含淚向我伸出手的雷烏斯的頭，撿起地上的木劍指向萊奧爾。

「雷烏斯，你很努力了。我現在幫你教訓教訓這個幼稚的爺爺。」

「唔，說老夫幼稚未免太失禮。為了鍛鍊這傢伙，老夫也是願意化身成惡鬼的。」

「囉嗦。惡鬼最好會笑這麼開心！」

「有什麼辦法，老夫打得很愉快啊！」

「不要惱羞成怒！」

我一開始就發動「增幅」，朝萊奧爾衝過去。

結果……我用平常不會使用的攻擊方式獲得壓倒性勝利，萊奧爾滿足地笑著倒下。

隔天早餐時間，我環視坐在餐桌前的所有人，提出之前就擬定好的計畫。

「要不要去野餐？」

「野餐嗎……？誰要去呀？」

「當然是大家一起去啊？帶著便當，大家一起出去玩吧。」

「「贊成！」」

家裡的兒童組加上一個貓耳大人舉雙手贊成。

「不好意思。我要留在家裡，你們好好玩吧。」

「怎麼這樣，我不要留艾莉娜小姐一個人在家。」

「艾莉娜小姐不在就不好玩了。」

「你們兩個……對不起唷。我也很想同行，但現在的我走路不太方便。」

「別擔心，我幫妳準備了這個。」

我拿出一張可以背在背上的木椅。

只要艾莉娜坐在上頭，由我或迪背著她，她就不需要自己走路。

「您竟然連這種東西都準備了，這樣我怎麼忍心拒絕呢。」

「那就全員贊成囉。等等去野餐吧。」

「太棒了！野餐野餐！」

「我也很期待。」

姊弟倆每天都在訓練，這還是第一次出去玩，所以比想像中還要高興。

他們孩子氣的天真笑容，令我心裡隱隱作痛。

我默默心想，之後要幫他們增加玩樂時間。

「那麼大家分頭準備。迪和諾艾兒負責做便當。艾米莉亞和雷烏斯負責準備墊子讓大家坐。艾莉娜原地待機。解散！」

「「「是！」」」

全員散開到自己的工作崗位，留在原地的我則在幫椅子做最後調整，避免它壞掉。這時，艾莉娜開口詢問：

「天狼星少爺，為何突然舉辦這樣的活動？我們的時間只剩一年了。」

「正因為是在這種時候。我想讓大家一起創造美好的回憶。」

如她所說，我們的時間所剩無幾，幾乎沒空去玩。然而，我也就算了，我的隨從們一年後還不確定要怎麼辦。既然如此，我想先留下一兩個開心的回憶，才會舉辦這場野餐活動。

「而且妳最近把自己逼得很緊對吧？我能理解妳會著急，可是，希望妳至少休息一下。」

艾莉娜最近變得很性急，不知道是不是因為身體變差了。

我還常看到她太過投入在指導艾米莉亞上，所以就算只是暫時的也好，我想讓她忘記工作，好好休息。

「先別煩惱那些了，今天就開開心心、悠悠哉哉地度過吧。」

「……說得也是。那就麻煩您了。」

「嗯，交給我吧。」

我實際讓艾莉娜坐在椅子上，調整了好幾次，確認沒問題後，帶著一行人離開宅邸。

目的地是後山裡面的廣場，步行三十分鐘左右會抵達。

這座廣場是我在天上飛時發現的，沒有樹木也幾乎看不見魔物，正好適合放鬆。隊伍由直覺敏銳的雷烏斯帶頭，然後是背著艾莉娜的我、跟在我後面的諾艾兒和艾米莉亞，以及殿後的迪。這附近危險的魔物頂多只有哥布林，前幾天我們才剛解決掉一群，應該不太可能遇到。

即使如此，我們還是把武器帶在身上，由三名男性負責警戒，走向目的地。

「天狼星少爺，會不會重？」

「沒問題，輕到我可以用跑的。妳才是，身體還好嗎？」

「我也沒問題。不過，真不可思議。明明在上下起伏，身體卻幾乎感覺不到負擔。」

「這種走路方式的好處就在這裡。這也是訓練成果之一。」

上輩子我曾經背著易碎物品越過一兩座山，走路要不晃到背上的東西輕而易舉。

「我也要訓練！」

「你的工作是在前面開路吧。你想想，你越努力，艾莉娜就越不會有負擔。所以你要加油用劍開路。」

「對喔！好，交給我吧！」

我最近發現，雷烏斯挺天然的。

必須好好教育他，免得未來他在我顧不到的地方被壞人騙。

「喔喔!?好酷喔！」

「附近竟然有這麼棒的地方，我都不知道。」

走出茂盛森林後，映入眼簾的是一片百花爭妍的花海。

「探查」並沒有偵測到魔物反應，因此我放心地把墊子鋪在花海中心的樹下。這時，諾艾兒抬頭看著那棵樹，低聲說道：

「……為什麼這裡就只有這棵樹？」

「它應該是這裡的主人。請它借樹下的位置給我們用吧。」

「原來如此！我來拜託它。」

「我也要！」

諾艾兒和雷烏斯像在祈禱般，對樹雙手合十。

這附近的養分八成都被這棵樹獨占了。其他樹因此長不出來，群花則憑藉照到地面的陽光和少許養分綻放——大概是這樣吧？

「嗯……順利抵達是很好，可是現在吃午餐還有點早耶。」

「那就來玩一下遊戲吧。其實我帶了些東西過來。」

「「玩遊戲!?」」

獸人姊弟豎起耳朵和尾巴，興奮得眼睛發亮，宛如兩隻等主人帶牠們出去散步的小狗。

我拿出一個邊緣有點弧度的圓盤狀物體——飛盤。由於這個世界沒有塑膠，我是用又輕又堅固的木頭製成的。

「那是什麼？要用劍去打嗎？」

「是要用魔法射穿它嗎？」

「不要拿破壞它當前提。這是叫作『飛盤』的玩具，像這樣扔出去玩。」

我試投了一次，路線雖然有點彎來彎去，大致上都跟真正的飛盤一樣。

可是，我是朝沒有人的方向扔，之後得把它撿回來才行。

「喝啊！」

才剛這麼想，站在附近的諾艾兒就衝出去，在空中抓住飛盤。

好敏捷的動作，明明她稱不上擅長運動。

「奇怪，為什麼我反射性就去接了？」

諾艾兒一臉不解地把飛盤拿給我。聽說貓會對迅速移動的物體有反應，諾艾兒體內或許也蘊藏貓的本能，真不愧是擁有貓耳的人。

接著是準備要玩飛盤的獸人姊弟盯上了它。

飛盤本來是雙方互扔著玩的玩具，不過看到宛如小狗的兩姊弟，我忍不住想惡作劇一下。

「去撿回來！」

「『哇──！』」

我一向前射出飛盤，他們就喜孜孜追上去。本以為第一次玩應該接不住，想不到艾米莉亞發揮我訓練出來的腳力，成功抓住飛盤。

「喔喔!?接得好。好，把它丟回──」

「天狼星少爺──！」

我話都還沒講完，艾米莉亞就跑回來把飛盤拿給我。

「請您再扔一次！」

「大哥，快點！這次換我接了！」

他們實在很吵，所以我這次加強力道。

這個速度連訓練犬都很難追上，但他們受過我的訓練。雷烏斯展現他的腳力和反應速度，順利接住飛盤，兩人沒有把飛盤扔回來給我，而是直接跑回我身邊。

「大哥！再來再來！」

「這次換我！天狼星少爺，麻煩您了！」

奇怪……和人一起玩飛盤是這樣玩的嗎？

「喔、喔……」

站在旁邊的諾艾兒，不知道什麼時候目光變得超級銳利。

這眼神與準備撲向獵物的貓一樣，我便把飛盤扔到她前面，下一秒她就撲過去了。看來理性沒能戰勝本能。

「等等，天狼星少爺，您到底在——啊啊又來了！」

「諾艾兒姊好奸詐，都是妳在玩！換我玩了啦！」

「丟給姊姊可以小力一點，不過丟給我們時請您用力丟。」

「妳說什麼！既然妳這麼說，我就要認真起來囉。讓你們看看姊姊的實力！」

多加一個人又變更吵了，我只得一直把飛盤扔出去。

「欸，有必要指定我扔嗎？你們輪流扔不就得了。」

「「「不要！」」」

「為什麼？」

最後，我們抵達連上輩子的訓練犬都望塵莫及的領域。

他們連我教的「增幅」都使出來，未免太認真了吧。

「你們幾個，差不多該吃飯囉。」

「「「好——！」」」

聽到艾莉娜的呼聲，三位獸人立刻集合，令人想到出外郊遊的幼稚園生和老師。

接著，大家以迪擺出來的便當為中心圍成一圈坐下，祈禱完後才開始吃午餐，

艾米莉亞立刻把三明治和飲料遞給我。

我這個主人不先吃飯，隨從們就不會開始吃，所以儘管覺得麻煩，我還是先咬了口三明治。

「嗯，好吃。味道有一點點淡，不過還不錯。」

「真的嗎！」

艾米莉亞高興得尾巴狂搖。這三明治味道和迪做的不太一樣，是艾米莉亞做的嗎？

「這種味道我也滿喜歡的喔。不要光顧著看我，妳也要吃。」

「瞭解。呼……太好了。」

「艾米很努力的說。」

艾米莉亞看到我的反應，滿足地咬下三明治。

用餐氣氛一片祥和，雖然雷烏斯吃太快噎到了。

吃完午餐後，花園裡一片恬靜。

因為活潑的獸人三人組正在樹蔭下躺成「川」字形睡午覺。玩飛盤玩得那麼興奮，午餐又吃得飽飽的，自然會有睡意。迪坐在附近看守，因此無須煩惱安全問題。

我也借艾莉娜的膝蓋當枕頭，悠閒地躺在地上。

「呵呵……」

「妳看起來很開心。」

艾莉娜摸著我的頭，露出慈祥笑容。

隨著時間流逝，艾莉娜臉上的皺紋越來越多，不過這抹令人安心的笑容依然不變。

「是的，我非常開心。天狼星少爺長得這麼大，家族成員也增加了……我感到十分幸福。」

「幸福嗎……是啊，像今天這樣開心的回憶，真想多創造一些。」

在和煦如春的陽光及艾莉娜的溫柔陪伴下，我的眼皮也開始變重。

「這些回憶，無論多少您都能創造。您好好睡吧，不用顧慮我。」

「嗯……那我就不客氣了。」

一闔上眼，艾莉娜就哼起我從嬰兒時期聽到大的搖籃曲。

我聽著那柔和的旋律……慢慢墜入夢鄉。

雖然那棟房子只能再住一年，我們的計畫進行得很順利。

學費也存夠了，之後只要持續鍛鍊，變強到足以在外生存即可。

然而……陷阱總是藏在平坦的道路上。

半年後……「那件事」發生了。

# 《無垢的愛》

離搬出去的期限剩下半年。

季節是被稱為「雪花之月」的時期，用上輩子的說法就是冬天。

漫漫長冬，家裡每天都開著可以提高室溫的魔導具。

今年冬天結束，天氣回暖之時……我們就必須離開這裡。

搬出去後我會去上學，但我那兩位徒弟該如何是好，則起了些爭執才定案。

起初我打算把他們交給諾艾兒照顧，姊弟倆卻乾脆地說要住在我學校的那座城市工作，想要盡量待在離我近一點的地方。

我敵不過他們的熱情，只得下達許可，為了讓他們能憑一己之力生存，每天都在進行嚴格訓練。

至於其他隨從，諾艾兒好像要回故鄉。

她小時候住的村落和老家都沒什麼錢，是為了減輕家裡負擔才離開。然而根據傳言，那個村落在現任領主的領導下，生活品質似乎獲得改善，因此諾艾兒才決定回鄉。

迪也要跟諾艾兒一起回她的故鄉。

他雖然不太會說話，畢竟曾經當過冒險者，只要再露一手廚藝給人家看，我想到哪他都能找到工作。應該不用擔心他們。

至於艾莉娜……

那一天，我在庭院和雷烏斯一起打模擬戰。

「大哥啊啊啊——！好痛好痛！」

「你就是因為在那種時機疏於防禦，才會被抓住喔？」

在我對雷烏斯施以鐵爪功之刑時，屋內忽然傳出艾米莉亞的驚呼聲。

「天狼星少爺！請您……請您快點過來！」

艾米莉亞從窗戶探出頭，語氣慌張到可以稱之為慘叫。

我急忙衝過去，從窗戶跳進艾莉娜房間……在瞬間明白一切。

「艾莉娜小姐……艾莉娜小姐昏倒了！」

映入眼簾的是一臉泫然欲泣的艾米莉亞，正努力把臉色蒼白、倒在地上的艾莉娜扶起來。

「艾莉娜小姐。請您振作一點，艾莉娜小姐！」

「我……我沒事……只要……休息一下……」

「冷靜點，艾米莉亞！快把她抬到床上。」

在這邊著急艾莉娜也不會好起來，因此我選擇先把艾莉娜抬到床上。我大喝一聲，吸引艾米莉亞的注意力，叫她冷靜下來。

「聽我說，妳先把艾莉娜抬到床上，否則我沒辦法為她診斷。聽懂了嗎？」

「是……」

艾米莉亞慎重地攙扶艾莉娜上床，大概是知道自己該做什麼，恢復冷靜了吧。她現在十分慌亂，卻能不給患者帶來任何負擔就將她移動到床上，這個技術想必是拜艾莉娜的隨從課所賜。

我觸摸艾莉娜釋放魔力，發現諾艾兒和迪不知道什麼時候出現在我身後。兩人擔心地看著這邊，靜靜等候我的診斷結果出來。

獸人姊弟握著艾莉娜的手淚流不止，我發動「探查」，仔細調查艾莉娜的身體……得知事實。

「……這一刻終於到了嗎？」

艾莉娜沒有生病也沒有受傷。這就像是……生命盡頭之類的。

在我的前世，活到近百歲的人都稱不上稀奇，然而用醫學並不發達的這個世界的標準來看，艾莉娜的壽命應該比同年代的女性還要短。

我之前聽說，艾莉娜好像得過讓她徘徊在生死邊緣的重病。儘管勉強撿回一條小命，身體卻留下無法懷孕的後遺症。壽命減短或許也是那場大病害的。

回復魔法無法延長壽命。

我能斷定的只有一件事，艾莉娜她……時日無多。

半年前開始就已經有徵兆了。艾莉娜坐著的時間增加，做家事的時間逐漸減少，最近連從床上起身看起來都很吃力。

就算這樣，為了盡量將自己的技術傳授給艾米莉亞，上隨從課時她仍會強忍遍布全身的劇痛，親自示範給艾米莉亞看。

「天狼星少爺！艾莉娜小姐會沒事的吧？」

「想點辦法啊，大哥！」

諾艾兒和迪似乎從我的反應察覺到艾莉娜回天乏術，姊弟倆卻指望我做些什麼。

就算有魔法或上輩子的醫療技術，艾莉娜也無望痊癒。想讓她恢復只能靠上帝或奇蹟。

可惜我不相信奇蹟這種不切實際的東西，也不是上帝。

「不可以……勉強天狼星少爺。」

「「艾莉娜小姐！」」

艾莉娜醒了過來，臉色依舊蒼白。

她摸摸哭著依偎在她身上的兩姊弟的頭，轉頭望向我。

「天狼星少爺，您檢查過我的身體了？」

「嗯，檢查過了。」

「那麼請您把結果告訴我和各位。」

「……可以嗎？」

「我已經有所覺悟，而且……他們也有權知道。」

「嗯……說得也是。」

在如此煎熬的狀況下，艾莉娜依然面帶微笑。既然這樣，我也不能辜負她的覺悟。

我看了隨從們一眼，將殘酷的結果說出口。

「艾莉娜，妳大概只能再活兩個月……不，一個月。」

姊弟倆聞言，瞬間跪倒在地，迪和諾艾兒則哀傷地垂下目光。

「都聽見了嗎？」

然而，艾莉娜的微笑並沒有從臉上消失，她用所有人都聽得清楚的音量宣布：

「所以……你們得做好覺悟。」

過了幾天……艾莉娜的身體每況愈下。

平常她都躺在床上，在諾艾兒和艾米莉亞的照顧下勉強可以生活。隨從們只要有空都會陪在她身邊，可是艾莉娜頂多只能躺在床上點頭或輕聲說話，此情此景會讓人感覺到她死期將至，我實在不忍心看。

艾莉娜沒有隱瞞自己的死期，而是向大家報告，想必是為了兩姊弟。

雖然這樣會讓終於走出喪親之痛的兩人面對殘酷的現實，艾莉娜鐵了心表現出自己孱弱的模樣，好讓他們比較能接受事實。

儘管如此，只有在上隨從課時，艾莉娜會起身示範。

「艾莉娜小姐，請您不要勉強。只是要看我的動作的話，躺在床上也可以呀。」

「我還有很多事必須教妳。沒把所有技術傳授給妳，我哪有時間躺在床上。」

「可是……您的身體……」

「對不起唷。不過，就讓我任性這一次吧……拜託。」

「……我明白了。」

即使自己的生命即將迎接盡頭，艾莉娜仍未停止指導艾米莉亞。

為了盡量將技術傳授給艾米莉亞，她是真的拚上自己的性命。

在這種狀況下，我的訓練也沒有中斷。

姊弟倆經常分心，但動動身體應該能發洩一點鬱悶情緒。我一邊注意不要讓他們受傷，一邊任時光流逝。

※ ※ ※ ※ ※

艾莉娜不支倒地後，過了半個月。

如今她連進食都有困難，所以要特別製作流質食物給她吃。

兩姊弟或許是因為曾經嘗過絕望的滋味，現在會笑著和艾莉娜說話，表示自己沒問題，讓艾莉娜放心。

那我呢……我能為艾莉娜做些什麼？

投胎到這個世界後，一直都是艾莉娜在照顧我，我至今仍未回報她的恩情。

我賭上些微的可能性，調查各種文獻，想尋找有沒有類似萬能藥的東西，卻沒有值得相信的情報。

不過，我因此得知某種藥物的存在，詢問艾莉娜要不要用用看。

那是相當殘酷的藥物，艾莉娜還是決定要使用。

聽到她的答覆，我便到遙遠的城市和森林四處奔波，收集材料，花了幾天終於調製完畢，把藥交給艾莉娜。之後就要看她決定什麼時候使用了。

※ ※ ※ ※ ※

又過了半個月……當天早上以一陣驚呼聲揭開序幕。

「大家早安。」

「「「艾莉娜小姐!?」」」

看到一直臥病在床的艾莉娜在廚房做菜，除了我以外，所有人都嚇得大叫。

艾莉娜不顧目瞪口呆的隨從們，哼著歌繼續準備早餐。

「您痊癒了嗎!?」

「之後再向大家解釋。先吃早餐吧。」

擺在桌上的全是艾莉娜常煮的菜色，然而，唯獨她面前沒有食物，只有一杯水。

「咦?艾莉娜小姐不吃呀?」

「這我等下也會說明，大家別管我，快點開動吧。」

眾人心存疑惑，還是決定先品嘗久違的艾莉娜親手做的料理，艾莉娜則始終用溫暖目光看著我們。

「天狼星少爺，味道還可以嗎?太久沒做菜，我有點沒自信。」

「別擔心，味道沒變。跟以前一樣，是我最喜歡的妳的味道。」

「啊啊，太好了。我有點不安呢。」

「很好吃喔，艾莉娜小姐！」

「呵呵，謝謝你。」

和平的早餐時間一結束，艾莉娜就立刻幫大家準備飯後紅茶。

在所有人都有自己的茶喝，視線全集中到艾莉娜身上時，艾莉娜笑著吐露震撼全員的事實。

「我今天……就會死。」

隨從們無法理解這句話，當場愣住，我則靜靜在一旁守護。

接著，終於恢復正常的諾艾兒開口說道：

「那個……請您解釋一下。這太突然了，我不知道該如何反應……」

「我當然會解釋。現在的我看起來雖然很有精神，其實是拜某種藥所賜。」

「藥……不是治病的藥嗎？」

「不是的。這是以生命為代價，提高身體能力的禁藥。藥效會持續到晚上，在那之前我應該都能正常行動。」

禁藥──「延命」。那就是艾莉娜喝下的藥。

喝下這種藥的人會陷入極度亢奮狀態，身體能力大幅提升，化身成感受不到痛覺的狂戰士。這藥以前常用於戰爭上，由於後遺症太可怕，最後被禁止生產。

本來藥效只能持續數小時，接下來幾天身體會痛不欲生，但我調製的藥是去除多餘效果，延長藥效的特製品。

艾莉娜現在大概一點都不覺得痛，能一如往常行動。

然而，後遺症沒辦法消除……等藥效退了，艾莉娜就會離開這個世界。

她之所以不吃早餐，就是因為吃了也沒意義。

「為什麼……要用那種藥？」

「對啊！太突然了吧！」

「就算沒喝那藥我也活不久，我不想在床上度過餘生。所以，今天我要像平常一樣生活。」

艾莉娜這句話令全員傻眼，啞口無言。

集眾人視線於一身的艾莉娜毫不在意，因此隨從們把目光移到我身上，詢問我應該如何是好。

可是，那個藥就是我準備的，我打算尊重艾莉娜的意見。

「既然艾莉娜想這麼做，我今天也會盡情放鬆。等妳工作完一起喝杯茶吧。」

「謝謝您。好了，你們幾個，先來打掃吧。大家分頭一口氣把家裡打掃乾淨。」

之後艾莉娜就跟以前一樣做著家事。

從打掃屋子開始，接著是洗衣服、煮午餐，一件接一件，看起來真的很開心。

其他隨從雖然有點不知所措，看到艾莉娜樂在其中，臉上也逐漸浮現笑容，幫忙她做家事。

「艾米莉亞，雷烏斯，到這邊來，我要摸摸你們的頭。」

「「是——！」」

「諾艾兒，迪，餅乾烤好了，大家一起喝茶吧。」

「如我所願！」

「我不客氣了。」

「天狼星少爺，要不要來躺我的膝蓋？」

「嗯，麻煩妳了。」

這一天，艾莉娜始終帶著笑容，彷彿在珍惜最後的生命。

等到準備好晚餐，所有人都吃完後……艾莉娜把大家叫到自己的房間。

她躺在床上，環視在床邊排成一排的我們後，開口說道：

「今天我真的過得很開心。時間差不多了，最後我有話想對你們說。」

艾莉娜臉上仍然帶著柔和笑容，把我們輪流叫到面前，說出她想告訴我們的事。

她叫諾艾兒不要忘記基礎，只要展現真實的自我就好；叫迪治好口才差的這個毛病；溫柔提醒雷烏斯不可以忘記說敬語；叫艾米莉亞要活用她傳授的技術，從旁輔佐我。

所有人都哭著聽艾莉娜說話，然而聽著聽著，我心中開始燃起怒火。她這個態度……我看不下去。

「為什麼……」

「天狼星少爺，怎麼了嗎？」

「妳那個笑容……是怎樣？」

艾莉娜笑著回話，現在我卻覺得她的笑容令人火大。

她平靜述說的每一句話，怎麼聽都像是在交接工作。

那是妳的真心話嗎？妳真的這樣就滿足了？

「妳……想說的就這些？」

「非常抱歉，我做了什麼事惹您不快嗎？」

艾莉娜拚命安撫面露不悅的我，不過我的怒火無法停歇。

她確實惹到我了。

妳……艾莉娜想當隨從到什麼時候？

我們確實是主人與隨從的關係，但臨死之前，我希望她可以用家人的身分和大家說話。

她撫摸我的頭時，就像母親一樣……

『因為妳很適合扮演母親的角色嘛，我也常常覺得妳就像我的母親。』

『!?十、十分感謝！』

『天狼星少爺和艾莉娜小姐好像他們的爸爸媽媽喔。』

『喂，我這年紀怎麼可能當爸爸。至少說我是哥哥吧？』

『那我就是少爺的母親囉。真令人高興。』

——啊啊，原來如此。

艾莉娜想要一直扮演隨從，是因為我的關係。

如果我沒有表現得這麼成熟，自始至終都只是乖乖接受艾莉娜的愛、向她撒嬌就好了。倘若這樣，她一定……

「若我令您感到不快，我向您道歉。所以天狼星少爺，請務必聽我說……」

「我會聽。不過，我更想聽妳的真心話啊……媽媽。」

她嚇了一跳，立刻搖頭苦笑：

「請您別開這種玩笑。您的母親只有亞里亞大小姐一人，我只不過是服侍您的隨從。我……不是您的母親。」

「妳就是。我有懷胎十月把我生下來的母親，還有把我撫養成人的母親……就是妳。妳確實是我的母親。」

「我是……您的母親？」

「嗯，妳是我的母親。所以，我想知道身為母親——身為我的家人，而不是一名隨從的妳是怎麼想的。拜託了……媽媽。」

等我注意到時，艾莉娜臉上已經掛著兩道淚痕。

那是喜悅的眼淚。她凝視著我，連淚水都忘了擦。

「……這樣可以嗎？」

「當然可以，妳是我們的家人，大可更坦率一點。否則我會討厭妳喔？」

「我不想被天狼星少爺……不對，我不想被天狼星討厭。所以，我就照你說的做囉。」

她第一次不用敬語對我說話，隨從們都大吃一驚，我卻覺得非常滿足。

早知如此，應該早點叫她媽媽，用這種態度和她相處。

這麼簡單的事……我竟然現在才注意到。

「對不起唷。你們……願意再聽我說一次嗎？」

這次，艾莉娜終於說出真正的想法。

「雷烏斯……吃飯要細嚼慢嚥。我講過好幾次了，不仔細品嘗味道，對煮菜給你吃的人很失禮。」

「不、不用現在說這個吧……」

「不，就是要現在說。還有，講話要記得用敬語唷。一旦有人質疑你的品行，說不定會給天狼星添麻煩，所以要小心一點。知道了嗎？」

「喔、喔……是的！」

「迪……我要告訴你的只有一件事。」

「……是。」

「慎重行事是很好，但你只是膽小罷了。把你的勇氣拿出來。那孩子一直在等你那句話，要趁還來得及的時候行動。」

「我、我會銘記在心。」

「諾艾兒……我可愛又迷糊的妹妹。妳真的讓我好傷神。」

「您這樣……會不會太過分了？」

「哎呀，不是常聽人說越迷糊的女孩越可愛嗎？」

「太過分了……」

「有什麼關係？我最喜歡迷糊又天真的妳了。所以……要一直做妳自己唷。」

「嗯……我會努力。」

「艾米莉亞……我教給妳的技術，妳要好好運用。雖然這問題我問過好幾次了，妳的決心不會改變對吧？」

「絕對不會。我該待的地方就是天狼星少爺身邊，僅此而已。」

「是嗎……不要勉強唷。妳受傷的話，天狼星也會難過的。」

「是……我會……多加注意。」

「要珍惜自己。因為……未來將由妳扶持天狼星。」

「嗯……我會的……」

「天狼星……我沒有話要對你說。」

「什麼嘛。」

「因為，什麼事你都可以自己辦到吧？」

「是啊……呃，沒那麼誇張啦。」

「不，如果是你，真的什麼事都辦得到。媽媽保證。」

「那還真靠得住。」

「亞里亞大小姐曾經說過，希望你不要被任何人束縛，坦蕩蕩地活下去。我的願望也一樣。」

「不用擔心，這事我最擅長。」

「那我就放心了。還有，我想拜託你一件事……可以嗎？」

「什麼事？」

「可以……握住我的手嗎？」

「可以啊。」

「可以……再叫我一聲媽嗎？」

「要我叫幾次都行，媽媽。」

「再一次……」

「媽媽。」

「再一次……」

「……媽媽。」

「呵呵，你出生後就從來沒哭過呢。是為我而哭的嗎……？」

「這還用問嗎……」

「欸，天狼星。我呀……過得非常幸福。」

「那就好。」

「不過，沒辦法繼續看你長大，是我唯一的遺憾。」

「那就稱不上幸福了吧？」

「是這樣沒錯。可是，我很幸福。儘管吃了很多苦，我已經滿足了。能在我深愛的家人的陪伴下離開……真的很幸福。」

「我也和媽媽妳一樣……過得很幸福。」

「我的天狼星……我愛你。」

「我也愛妳……媽媽。」

「啊啊……有你這句話就夠了。天狼星……」

「謝謝你。」

## ——艾莉娜——

回過神時……我站在一個漫無邊際的白色空間。

我應該躺在床上，天狼星在旁邊看著呀……這裡到底是哪裡？

『真是，妳太早來了吧！』

那是……亞里亞大小姐？

『對呀。好久不見，好久不見，艾莉娜。』

好久不見。您的兒子成長得十分優秀唷。

『嗯嗯，我知道，因為我一直在看。對了，妳說錯囉。不是「我的」兒子，是「我們的」兒子吧？』

……您說得對。

『妳講話好僵硬唷。現在我們都只是當媽的，已經不是主人和隨從的關係囉？』

謝謝您這麼說，但我已經養成習慣。對了，這裡到底是哪裡？

『嗯……該怎麼說呢。算是天堂……吧？』

天堂嗎？從這裡好像可以看到天狼星呢。

『咦？妳適應得太快了吧？我還以為妳會更驚訝一點……』

既然看得到天狼星，那些都只不過是細枝末節之事。

『是嗎？我旁邊空著，要不要到這裡坐？』

就算您叫我坐也沒有椅子可坐呀？

『別在意那種小事。妳看，可以看到天狼星唷。』

是呀。啊啊……不管看幾次都是這麼可愛。

『我兒子真是可怕的花花公子，竟然能讓艾莉娜這麼著迷。』

我從把嬰兒時期的天狼星抱起來的那一刻起，就深深迷上他了。

『我可是從懷孕時開始。要論愛的深度，我不會輸給任何人。』

您在說什麼呢？我比較愛天狼星。

『我比較愛他！』

不，我比較愛他。

『繼續爭論也沒意義。不然算我們平手？』

不，我比較愛天狼星。

『唔……妳還是老樣子，在奇怪的地方頑固到不行。』

您才是一點都沒變。

『因為不需要改變嘛。話說回來，艾莉娜，現在我們除了旁觀外，什麼都做不到了。我有話想對妳說，妳願意聽嗎？』

……請說。

『謝謝妳。還有……辛苦了。』

嗯。我很……幸福。

## ——天狼星——

隔天，大家一起來到以前野餐的花園。

我們之所以來到這裡，是為了在花園樹下幫艾莉娜造墳墓。

這個世界的葬禮都是由死者家人低調舉辦，只有貴族例外。

遺體會燒到只剩下骨頭，剩下的骨頭也會敲碎。因為以前有過遺骨吸收魔力，變成「骷髏兵」這種魔物的案例。

我們默默挖了個洞，把艾莉娜的遺骨和她偷偷帶著的亞里亞媽媽的梳子放進木箱，埋起來。

「大哥，放這裡嗎？」

然後把雷烏斯拿著的墓碑放上去，用祕銀刀刻上她的名字。

不過，只有名字好像太空了。

「我想刻點其他東西，你們有沒有什麼意見？」

「嗯……『家人』如何？」

「『最忠心的人』。」

「『我最喜歡的艾莉娜小姐』……之類的？」

「我想刻『最喜歡您了』這種表示好感的句子。」

「嗯……那這個怎麼樣？」
我採納眾人的意見刻下的句子，所有人都表示贊同。
最後默禱一段時間，艾莉娜的葬禮就這樣結束。

前世的我無依無靠，不知道自己的母親是誰。
把我撿回家養大的師父，比起家人更像老師。
投胎重生後，我依然沒有親生母親陪伴，不知道親情為何物。
而像個母親般守護我，讓我嘗到母愛滋味的人，無疑是艾莉娜。
本以為眼淚這種東西上輩子就已經流乾……一想到艾莉娜，我再度溼了眼眶。
好懷念的感覺。
我打從心底覺得，讓我回憶起這種感覺的母愛真的很偉大。

不吝於給予我純粹、無垢的愛的艾莉娜。
為了家族、為了我，一直在身後支撐大家的艾莉娜。
再見了……告訴我母愛有多麼溫暖的我的摯愛。

願妳安息。

——刻在墓碑上的話——

『為家族所愛的忠僕艾莉娜……長眠於此。』

# 《終章》

—— 艾米莉亞 ——

艾莉娜小姐走了，全家人都沉浸在悲傷之中。

雖然知道不可以一直這樣下去，一想到艾莉娜小姐，就會讓人鼻酸。

不過……這也是無可奈何。

因為艾莉娜小姐對我和雷烏斯來說如同母親，是告訴我身為隨從的喜悅及技術的恩師。

當然，如艾莉娜小姐所說，我早已做好覺悟。

就算這樣，看到艾莉娜小姐的身體消失在火中，只剩下骨頭時……雷烏斯、姊姊和迪先生……都忍不住哭了出來。

在大家的啜泣聲中，天狼星少爺默默把遺骨裝進木箱，率先動手整理艾莉娜小姐的房間。

不僅如此，他還幫陷入消沉的我們打氣。

動不動就恍神，做菜越來越常發生失誤的迪先生……

「迪……我知道你很難過，可是不可以把情緒反映在料理上。你想成為煮出來的菜會讓人吃了難過的廚師嗎？」

「這……」

「美味的料理可以使人露出笑容。所以，做出能帶大家走出悲傷的料理吧。而且，你不是還有話要對她說？」

「……是！」

迪先生還是一樣面無表情，但自從那一天起，他就沒有再失敗過。

雷烏斯和姊姊則被天狼星少爺叫到庭院跑步。

「艾莉娜小姐啊啊啊──！」

「唔喔喔喔喔喔喔──！」

「就是這樣！把積在心底的情緒發洩出來！全部吼出來！」

「艾莉娜小姐──！我很努力唷──！」

「我也很努力！謝謝妳，艾莉娜小姐──！」

「沒錯，再多喊一些！等等我做布丁給你們吃！」

「「布丁——！」」

雷烏斯和姊姊全力奔跑後，累得倒在地上，一臉神清氣爽。

在那之後，他們把天狼星少爺做的布丁吃得一乾二淨。

儘管表情仍有些僵硬，我認為雷烏斯和姊姊已經沒問題了。

可是……艾莉娜小姐去世，最難過的明明應該是天狼星少爺，為什麼他這麼堅強？

我忍不住詢問天狼星少爺，他摸著我的頭說：

「我確實很傷心，不過艾莉娜給了我更勝於此的愛情及許多事物，所以我能夠積極邁向前方。艾米莉亞……妳不也是嗎？」

他對我露出一如往常的笑容，完全沒有被悲傷束縛住。

啊啊……少爺真的好堅強。

就因為這樣，我才會那麼喜歡天狼星少爺，發誓要一輩子支持他。

早上……我一起床就立刻換上艾莉娜小姐縫製的女僕裝。

隨從穿得不體面會影響外人對主人的評價，因此服裝儀容要打扮得完美無缺——這是艾莉娜小姐的教誨之一。

我不經意地望向窗外，白雪已完全融化，庭院裡的樹木開始冒出新芽。

這代表雪花之月結束，同時也意謂著再過幾個月，我們就必須搬出這棟房子。

要離開這裡雖然寂寞，只要能待在少爺身邊，根本不算什麼。

因為，我該在的地方就只有天狼星少爺身邊。

而且一旦到了學校，天狼星少爺想必能大展長才，我得更加努力，免得跟不上少爺的腳步。

換完衣服，接下來要用梳子整理頭髮。

天狼星少爺說我的銀髮很漂亮，所以只有頭髮我不會疏於照顧。

整理好儀容，最後用天狼星少爺做的鏡子檢查有沒有不對勁的地方。

頭髮……沒問題。

服裝……沒問題。

笑容……有點僵硬，不過沒問題。

沒時間難過，因為我得照顧天狼星少爺，還要工作和訓練，有很多事要做。

而且……艾莉娜小姐在最後一堂隨從課上，對我這麼說。

『就算天狼星少爺是一個人也活得下去的優秀人才，人類都需要可以休息的地方。所以艾米莉亞……妳要成為能讓天狼星少爺放鬆的人。即使會感覺到自己的無力，我也希望妳能一直扶持天狼星少爺。連我的份一起……拜託妳囉。』

沒錯……艾莉娜小姐把這個任務交給了我。

我自己也是如此期望，所以我樂意接受。

只要和平常一樣，輔佐照自己的意思生活的天狼星少爺就好。

艾莉娜小姐，您的意志由我來繼承。

所以……請您放心在天上守護我們。

我用雙手輕輕拍了下臉頰，幫自己打氣，打開房門。

「好，今天也要為天狼星少爺加油！」

這就是一天的開始。

## ── 天狼星 ──

艾莉娜……媽媽去世後，過了幾天。

每天都活在悲傷中的隨從們也逐漸走出來，臉上開始出現微笑。

本以為消沉的日子應該還會持續一段時間，隨從們卻恢復得比我想像中還快。

雖然媽媽對死的覺悟和我的激勵也有幫助，更重要的還是因為他們有一顆堅強的心。我的隨從都很堅強。

我上輩子經歷過許多生離死別，因此心境已經切換過來。

感傷情緒尚未完全消失，但我還有隨從及徒弟必須引導，不能一直難過下去。

我們要跨過這道牆，向前邁進。

這一天，我坐在庭院的椅子上，看著隨從們享受午餐後的休息時間。

「諾艾兒，亞普差不多可以採收了。」

「真的嗎！我想吃用亞普做的點心！」

「交給我吧。」

媽媽過世後，迪做菜動不動就會燒焦，諾艾兒也常常犯錯，現在他們都恢復正常，在亞普樹下有說有笑。

話說回來……媽媽希望對自己來說跟弟弟妹妹一樣的迪和諾艾兒在一起。明眼人都看得出他們兩情相悅，那兩人卻遲遲不肯踏出最後一步。至今以來，我們都選擇靜觀其變，可是，他們差不多該表明心意了吧。

媽媽的遺言也有交代，現在或許是個好機會。

我決定近日要找一天逼迪開口。

「請用，天狼星少爺。」

「噢，謝謝。」

在我看著雷烏斯在樹蔭下睡午覺時，艾米莉亞幫我倒了杯紅茶。

儘管外表不同，那乾淨俐落的動作美麗得讓人想起媽媽的身影。

艾米莉亞也繼承媽媽的遺志，成長為優秀的隨從。

「那個，您怎麼了？如果有什麼不備之處……」

「沒有啦……我只是在想學校不知道會是什麼樣子。」

我不好意思說我想起了媽媽，反射性搬出學校當藉口。

「學校嗎？您在學校一定會很引人注目。我可以想像您輕鬆打倒全校的人，站上校園頂端的模樣。」

艾米莉亞紅著臉，好像在想什麼，大概是在想像我在學校大展身手的模樣吧。

「姊姊說得沒錯。無論對手是誰，大哥一擊就能把對方幹掉！」

聽見我們的對話，本來在睡覺的雷烏斯忽然坐起身，帶著燦爛笑容高高舉起一隻手。

「你們到底把我當成什麼人？」

我有點無言，不過看到他們恢復原狀，我也覺得很高興。

話說……學校啊。

託大家的福，我的學費順利湊足。

同時，我也要離開陪伴我長大的這棟房子。寂寞歸寂寞，我總不能一直待在如此狹隘的世界。

雖然不知道為什麼會這樣，我轉生到了這個異世界。

我就照媽媽留下的遺言，不受任何事物束縛，自由地活下去吧。

一邊培育弟子，踏遍外面世界的自由人生也不錯。

「天狼星少爺，要不要再來一杯紅茶？」

「好啊。」

哎，想那麼多學校和未來的事也沒用，反正還有一段時間。

「艾米莉亞。」

「請問有何吩咐？」

「雷烏斯。」

「幹麼？大哥。」

「今後也請多指教囉。」

「是！」

「這還用說嗎！」

現在只要和笑容與媽媽有幾分相似的艾米莉亞，以及調皮的雷烏斯，一起度過和平的每一天即可。

# 番外篇《隨從們的過去與現在》

我投胎到這個世界時，已經有三名隨從陪伴。

身為我的隨從，同時也把我當親生兒子般照顧，為我付出無私的愛的艾莉娜……

情感豐富，總是帶著笑容活絡氣氛的諾艾兒……

嘴笨又遲鈍，默默扶持大家的迪……

他們三個本來是我親生母親的隨從，媽媽過世後自然成了我的隨從，是願意陪伴我成長的可靠的人。

即使被趕到這麼偏僻的地方，連薪水都沒有，三位忠誠的隨從仍然選擇與媽媽同在，我有點好奇個中原因——也就是他們和我媽是怎麼認識的。

我治好艾莉娜的魔水病，隨從們開始習慣我講話做事像個大人的時候。

我在吃完午餐的休息時間，詢問喝茶聊天中的隨從們。

「我想問一下，你們和媽媽相遇時是什麼狀況？」

隨從們猶豫了一下該不該回答，不過一知道我並非在緬懷母親，艾莉娜就一面重泡紅茶，一面向我說明。

「我是在被原本服侍的貴族趕出去時，遇到亞里亞大小姐。」

艾莉娜年輕時被某位貴族一眼看上，成為他的隨從，長年在他的宅邸工作，然而，一場大病害她被趕出家門。似乎是因為那病雖然治好了，艾莉娜的身體卻因後遺症變得十分衰弱，主人判斷她無法勝任原來的工作。

身體虛弱的艾莉娜帶著微不足道的金錢和行李，不知所措地坐在某座城市的角落，因現實而絕望。

「後遺症不只搞壞我的身體，還害我再也無法懷孕，所以那個時候我真的什麼都不在乎了。就在那時……有一名少女忽然跑來向我搭話。」

那名少女就是我的母親。

當時，媽媽是領主兼貴族——艾爾多蘭德家的獨生女，身為一名貴族，照理說根本不可能會去和艾莉娜這個縮在城市一角、陷入絕望的平民說話。

『欸，大姊姊，妳怎麼坐在那種地方？』

那時媽媽才十歲左右，應該知道和陌生人說話的危險性，她卻毫不在意地坐到艾莉娜旁邊，探頭觀察她的臉。

「後來亞里亞大小姐告訴我，她感覺到了命運……真是個不可思議的理由。事實上，對我來說那的確是命運般的邂逅。」

艾莉娜從穿著打扮發現媽媽是貴族家的千金，叮嚀她這樣太沒戒心，打算當場離去，不過……

『願意提醒我的人怎麼會是壞人？既然妳不是壞人就沒問題啦。比起這個，快告訴我發生了什麼事，我好好奇唷。』

媽媽態度這麼強硬，艾莉娜只得苦笑著把自己的遭遇告訴她。

或許是絕望到自暴自棄了，艾莉娜鉅細靡遺地把事情經過告訴媽媽，媽媽聽完後用力拍了下手，把手放到艾莉娜肩上。

『嗯嗯，我瞭解了。那妳就來當我的隨從吧。』

『……什麼？』

『長年都在那裡工作，證明妳這個隨從很優秀對吧？所以，妳來服侍我吧。』

『可、可是，我現在不知道能不能像以前那樣工作……』

『我看妳的病已經好了，不要太勉強就行。而且最重要的原因是，我想要妳。』

媽媽一直試圖說服艾莉娜，直至她的護衛找到她。

「雖然她做事毫無條理，態度強硬到讓我說不出話來……當時她說她需要我，真的拯救了我。」

想當然耳，媽媽身邊的人都持反對意見，但她的父母拒絕不了愛女的要求，艾莉娜便成了媽媽的隨從。

「亞里亞大小姐明明身體也沒多好，一個不留神她就會消失在視線範圍內，我只好到處找她，真的很辛苦。不過……那也是很開心的回憶。」

媽媽說服艾莉娜時，看起來是很沒危機意識，但她其實屬於戒心非常強的類型。面對明顯是敵人或可疑人士的人，絕不會疏於戒備。

她會憑本能判斷對方是敵是友，是鑑定人品的天才。

「過了幾年，我開始習慣亞里亞大小姐行動不受控制的時候，領主大人帶著大小姐和我去附近的城市。大小姐就是在這時發現準備在街道附近紮營的迪。」

「當時我真的嚇了一跳。」

迪那時還是冒險者，本來和他組隊的同伴因為受傷而決定退休，迪在煩惱該不該一個人繼續冒險。

雖然他的夢想是當廚師，沒有門路可走也只能乖乖放棄，那個時候，他似乎是在測試能不能至少在路邊做出美味的食物。

『好香的味道。』

『…………妳是誰？』

很少人會主動接近不擅長與人交流、目光銳利、態度冷淡的迪，媽媽卻毫不在意地走過去，緊盯著迪做的料理。

『我叫亞里亞。這味道好香，可不可以分我一些？』

『不可以，亞里亞大小姐！要是裡面有毒……』

『有人會在自己要吃的食物裡下毒嗎？欸，裡面有毒嗎？』

『怎麼可能。那樣……對料理很失禮。』

『妳看，他都這麼說了。這個人是對料理有矜持的人，不會有事的。所以，希望你可以分一點給我吃。』

『……隨便妳。』

這不是對貴族該有的態度，可是媽媽完全沒放在心上，接過盤子把迪做的菜送入口中。

然而，媽媽吃完後的表情好像不太滿意。

『嗯……香氣和味道都不壞，不過少了點東西。真可惜，感覺你的手藝不錯的說。』

『……要是有更多食材就好了。』

迪沒錢也沒食材，東拼西湊才做出這道料理，媽媽對此的評價卻不高，令他感到十分不甘。

媽媽把盤子還給迪，笑著說：

『意思是只要有好食材，你就做得出美味的料理？』

『……嗯。』

『那你來我家做事，為我做菜吧。』

『亞里亞大小姐!?』

『…………什麼？』

就這樣，迪成為媽媽專屬的隨從及廚師。

迪是男性，和艾莉娜不一樣，因此差點被誤認成綁架犯，起了相當大的爭執，最後好像是用自己的料理說服媽媽家裡的人。

「我一開始也對迪存有戒心，但和他相處過後，我明白他其實是個純真的孩子。亞里亞小姐大概就是察覺到這點。」

「亞里亞大小姐認同我這種人，讓我為她做菜，真不知道該如何感謝她。」

迪向提供他夢幻般的環境做菜的媽媽，發誓絕對的忠誠。外加媽媽和艾莉娜幫過好幾次不擅言詞的迪，迪在她們面前似乎抬不起頭來。

「迪以前非常不會說話，雖然現在改善了不少。」

「給您添麻煩了。」

迪低頭致歉時面無表情，不過從他眉毛的動作看來，似乎相當愧疚。

在那之後又過了幾年，媽媽也到了可以稱作大人的年紀，卻還是一樣富有行動力。

那一天，她又擅自跑出屋外，害艾莉娜要到城裡找她。

「我好不容易找到大小姐時，大小姐在和帶著還是奴隸的諾艾兒的奴隸商人爭論。」

「……諾艾兒本來是奴隸？」

「啊、啊哈哈……對啊。」

諾艾兒臉上在笑，聲音卻一點活力都沒有，笑容像硬擠出來似的。

「對不起，諾艾兒。我好像害妳想起討厭的回憶。」

「沒關係沒關係，我已經沒放在心上囉。對了，艾莉娜小姐，亞里亞大小姐那時超帥的耶。」

「對呀，雖然那不是什麼值得稱讚的行為。即使對方是奴隸商人，亞里亞大小姐也一步都沒有退讓。」

媽媽一看到試圖勸架的艾莉娜，就大叫道：

『艾莉娜，妳來得正好。回家把我的錢拿過來！』

『……我想請您先說明狀況。』

『我要買下這孩子！』

看到只穿著一件破布的貓型獸人全身是傷、面露懼色，艾莉娜推測出事情經過，差點忍不住抱頭呻吟。

她知道事到如今，講什麼媽媽都聽不進去，只得照媽媽說的把錢拿來。媽媽一拿到錢，就把金幣砸向奴隸商人。

「亞里亞大小姐多扔了一枚金幣，叫那人不要再出現在她面前。於是，諾艾兒就被帶回我們家了，可是這孩子只會對亞里亞大小姐敞開心房，比迪還要讓人費心。」

「她也很怕我……看到我就逃。」

「因、因為，那個時候我覺得什麼東西都很可怕嘛。我害怕迪先生是過去的事了，現在……那個……我、我很喜歡您！當、當然是指對前輩的喜歡喔⁉」

「……這樣啊。」

這說法顯然在拚命掩飾對迪的好感，迪卻滿足地揚起嘴角。

兩人間飄出神祕的粉紅色泡泡，不過艾莉娜毫不在意，繼續說道。

『我把妳買下來了，所以妳絕對要聽我的命令。妳從今天開始就是我的妹妹，多指教囉。』

『嗯、嗯……』

『不是「嗯」要說「是」。就算大小姐認妳為義妹，妳依然是大小姐的隨從，我來好好教育妳吧。』

『咿!?』

『真是，別擔心，艾莉娜不會打妳啦。不可以躲到我背後！』

『亞里亞大小姐，該去準備晚餐——』

『呀啊啊啊啊——!?』

艾莉娜和她說話她也會怕，至於目光銳利的迪，光是靠近，諾艾兒就會嚇得逃掉。迪說他真的很難過。

「之後在和亞里亞大小姐的相處過程中，諾艾兒慢慢恢復原本輕浮的個性。」

「說我輕浮太過分了！為了記住工作怎麼做，我非常努力耶！」

「……諾艾兒確實很努力。」

「嗯，我承認這點，妳對亞里亞大小姐也很忠心。但是……我還記得妳摔破多少盤子和日用品唷。亞里亞大小姐都會笑著原諒妳，我與迪可是要辛辛苦苦幫妳收拾呢。前幾天打掃時也是，我不是說過好幾次做事要再謹慎一點嗎！」

「咦!?怎麼變成在訓我話了!?」

在那之後，艾莉娜念了諾艾兒好一段時間。

「今天知道媽媽的過去，我很高興。謝謝你們告訴我。」

「您無須道謝。我們是您的隨從，為主人付出是理所當然。」

艾莉娜訓完話時，已經過了飯後休息時間，因此我決定先告一段落。最後八成會講到媽媽去世這種難過的回憶，之後再請他們跟我說吧。

目前只要知道隨從們為何如此喜歡媽媽就夠了。

「嗚嗚……我去掃地。」

被訓了一頓的諾艾兒啜泣著離開，與此同時，迪靜靜站起來看著我們。

「艾莉娜小姐，我也去打掃。」

迪留下這句話便走出客廳，腳步比平常還快。莫非……

「……迪是要去安慰諾艾兒嗎？」

「正是如此。我負責訓話，迪負責安慰。諾艾兒習慣和迪相處後就一直是這樣。」

「嗯，我知道原因。迪不會對諾艾兒發火對吧？」

「是的。迪連諾艾兒沮喪都看不下去，更別說看她哭了，所以迪不會罵她，除非她真的犯了很嚴重的錯誤。說起來，他本來就不太懂該如何表示憤怒。」

迪非常寵諾艾兒。

諾艾兒肚子一餓，迪就會偷偷給她麵包吃。知道諾艾兒喜歡我前幾天做的布丁，迪不是因為自己是個廚師，而是為了做給諾艾兒吃才拚命學會做法。

「諾艾兒和迪是兩情相悅吧？」

「您果然也發現了呀。」

「要不發現才難。迪向諾艾兒告白——看來還沒。」

從艾莉娜緊皺的眉頭來看，他們倆似乎沒在交往。

「那兩人對我來說就像弟妹似的，我希望他們可以在一起。所以我工作時好幾次都安排他們兩人獨處，結果卻……」

據艾莉娜所說，諾艾兒好像下意識認為萬一周遭的人發現迪和曾為奴隸的自己交往，會害他不幸，因此不敢主動告白。這是奴隸時期留下的心靈創傷，勉強她也只會導致反效果。

迪則表示不能丟下我——以前則是媽媽——一個人得到幸福，沒那個心力談戀愛，一副想要逃避的模樣。

這理由近似於藉口，但要是他們在這種狀況下交往，生下小孩的話，很可能沒辦法維持現在的生活，所以我也不是不能理解。

「更重要的是，他們都滿足於現狀，我們也不方便多說什麼。」

想必至今以來，艾莉娜試了各種辦法。然而每次都是徒勞無功，艾莉娜便決定放棄插手，默默在一旁守護。

「辛苦妳了。話說回來，他們感情是怎麼變那麼好的？起初諾艾兒不是會全力逃開嗎？」

「用一句話解釋……就是靠餵食。」

「……這詞用在諾艾兒身上一點都不奇怪，怎麼會這樣。」

詳細情況就是，諾艾兒被媽媽撿回家後，花了半年左右找回笑容，卻還是一樣會躲迪。雖然不會再尖叫，諾艾兒明顯會警戒迪，從來沒有主動接近他。

這時，迪使用麵包當餌，試圖和諾艾兒打好關係。

順帶一提，提出這主意的人是我媽。

「這辦法當然沒用，諾艾兒反而提高戒心，害迪變得更難過。」

腦中浮現從房門後面探出頭低吼著的諾艾兒。

人家把她當動物對待，諾艾兒會警戒也不意外。但迪沒有放棄，執行下一個作戰計畫。

「接著是在諾艾兒床上放料理和紙條，徵求她的感想。」

負責放的人當然是媽媽和艾莉娜。

一開始諾艾兒都當沒看見，過幾次就變得會拿料理來吃，也會寫感想給迪。

「她第一次只回了句『好吃……』，迪就高興得跟什麼似的。經過幾次一來一往，他們感情好了起來，也可以正常交談。不知不覺，這份好感就轉變成了愛情。」

最後諾艾兒甚至會向迪點餐，看來用「餵食」形容並沒有錯。

本想多問一些，艾莉娜也有工作要做，這個話題就到此結束。

當時他們帶著什麼樣的心情呢？

我跟艾莉娜一樣，想要為他們打氣，但讓他們關係變好的契機竟然是食物，令我感到一絲不安，因此我決定直接去問那兩個人。

一走出客廳，我就看到被迪哄得心情大好的諾艾兒在邊哼歌邊掃地，便立刻跑去問她。

「咦!?我、我對迪先生有什麼感覺……?我、我不討厭他呀!?」

「哎呀，大家都知道妳把他當一個男人喜歡啦。回歸正題，我有點好奇妳是什麼時候喜歡上迪的。」

大概是因為我講得太直接，她放棄狡辯了吧，諾艾兒紅著臉開始述說。希望不要是「他給我飯吃，所以我喜歡他……」這種原因。

「一開始我會怕得逃開，盡量不要去注意迪先生，可是等我開始心想『這人會做好吃的菜給我吃……』後，我就發現迪先生會在我犯錯時默默幫我一把。他做給我吃的菜也都有配合我的喜好，真的是很溫柔的人，於是我不知不覺就喜歡上……啊——！」

她害羞得飛奔而去。

我放心了，看來諾艾兒確實是認識迪這個人後才喜歡上他。是說她打掃到一半就跑，之後應該會被艾莉娜罵吧。

接著，我在庭院發現迪在修剪樹木，向他提出同樣的問題。這次我問得很直接。

「我……我喜歡上諾艾兒的原因嗎!?」

迪比想像中還要慌張，我告訴他艾莉娜和我說了什麼後，迪就嘆了口氣，乖乖坦承。

「……我只是想看諾艾兒的笑容。」

諾艾兒以前看到他只會面露恐懼，迪似乎為此感到十分不甘。

在他的努力下，兩人走得越來越近，變得可以正常交談。諾艾兒第一次對迪露出自然笑容時……迪說他驚為天人。

「看到那抹笑容的瞬間，我眼中再也容不下別人。」

迪深深著迷於諾艾兒天真的笑容，過了一段時間才發現自己愛上她了。

「你不向她告白嗎？」

「唔！我、我不能丟下少爺您，自己得到幸福……」

「呃，我不在意啊？我反而想叫你快點讓我抱抱你們的孩子。」

「孩子!?我、我很感謝您的心意，可是現在這個狀況……」

我爸雖然會提供扶養費，光憑那些錢只能供大家過活。果然如我所料，現在的狀況並不適合談戀愛。

「抱歉。一直在幫我做事，好像給你們添了不少麻煩。」

「怎麼會！能服侍亞里亞大小姐和天狼星少爺，我真的很幸福。而且，能跟諾艾兒一起工作，我就很滿足了。」

「……其實你是不敢告白吧？」

「對不起。艾莉娜小姐有交代我事情做，失陪了。」

迪落荒而逃。我說中了嗎？

你們倆真的很適合，都選擇逃走。

也就是說，迪不告白的理由是因為現在的狀況和他太膽小。

看來迪告白的機率微乎其微，除非多賺點錢，讓他沒辦法拿生活艱困當藉口，或是要有個重大契機。

而且現在還要存我的學費，短期內很難改善。

這問題只能暫時擱置。

而且他們好像都很滿意現狀，等到真的忍不下去自然就會在一起了吧。我和艾莉娜一樣，決定默默守護兩人。

※　※　※　※　※

在那之後過了幾年。

事情發生在我把艾米莉亞和雷烏斯帶回家，得到他們信賴的數天後。

那一天全家人都在，姊弟倆在念書。中途雷烏斯忽然丟出一個問題。

「欸，大哥。諾艾兒姊和迪哥是夫妻嗎？」

這個瞬間……空氣頓時凝結，眾人的視線都落在諾艾兒和迪身上。雷烏斯應該是因為剛好學到「夫妻」一詞才會這麼問，想不到扔了顆大炸彈出來。

諾艾兒盯著迪，臉泛紅潮，看起來並不討厭被這麼說，然而……

「……我去煮晚餐。」

最重要的迪卻夾著尾巴溜了。

實在很沒用，但要是他有辦法在這種時候表明心意，早就向諾艾兒告白了。

拜大家辛苦賺錢所賜，現在生活過得比較寬裕，可是我又撿了兩姊弟回來，導致家裡多了兩個人要養，或許是因為這樣迪才遲遲不告白。

而且，我最近發現他意外地是個浪漫主義者。

之前我把上輩子向女性告白的各種方式告訴他，順便為他打氣，迪認真做了筆記。

我不小心看到一些筆記內容，上面把「我會騎白馬來接妳」、「在燦爛星空下遞出戒指，同時訴說愛的告白」這些部分圈了起來，可見迪似乎也有自己的堅持。

因此，在日常生活中——而且還是眾目睽睽之下，迪不可能有辦法告白。

之後，諾艾兒因為太難為情也跟著逃掉，所以我向獸人姊弟解釋了諾艾兒和迪的關係。

「好棒唷！我也要為姊姊和迪先生加油！」

「為什麼諾艾兒姊和迪哥不結婚啊？他們之前還在外面深情對看的說……」

「哎，他們也是有苦衷的啦。」

「嗯，不可以插手唷。」

「不要！他們忍得這麼辛苦，我看不下去！我離開一下！」

雷烏斯無視我和艾莉娜的制止，跑去追迪。

過沒多久，雷烏斯回來了，嘴巴好像在嚼什麼東西，我想八成是迪拿食物把他打發掉。

他拿到東西吃，看起來很滿足的樣子，不過我有話要說。

「……書都還沒念完就擅自跑掉，這怎麼行。」

「我不記得我有教你可以邊走邊吃唷？」

「咦!?那個……我是因為諾艾兒姊和迪哥……」

我和艾莉娜對雷烏斯處以說教和沒收點心之刑。

除此之外，當天的晚餐……

「迪哥，總覺得……只有我的肉特別小塊？」

「……是錯覺。」

「而且麵包也好小喔？」

「……是錯覺。」

「湯裡面的料也好少……」

「是錯覺。」

「對不起迪哥！我知道錯了，不要生氣啦！」

迪用晚餐制裁雷烏斯，讓他學會不可以提到這個話題。

比起天真更接近天然的雷烏斯引發的事故，最後仍然沒有讓迪告白。其實我有那麼一點期待，果然還是不行啊。

確實，現在生活費多了兩人份，我們還必須存錢，實在稱不上適合談戀愛的時候，但也不是完全不行。

事到如今，我開始覺得迪純粹只是膽小，所以我到他房間想找他談談。其實我來這裡擔任戀愛諮詢師很多次了。

雖說我們的關係是主人與隨從，迪應該不會想聽一個怎麼看都是小孩的人教他如何談戀愛，可是我的建議都很有用，迪因此對我深信不疑。

他現在跪坐在我面前，大概是知道自己今天有夠窩囊。

「迪，你懂我想說什麼吧？」

「是……」

「你當時的反應怎麼看都會扣分。既然你喜歡諾艾兒，就不該這麼做。」

「其、其實，這是有原因的，我……訂了戒指……」

「你說什麼!?」

我接著詢問詳情。迪去添購日用品的那座城市有他認識的商人，他就是跟那人訂製要送給諾艾兒的戒指。

當然是在告白同時遞出去的婚戒。

順帶一提，這個世界沒有告白送戒指的習慣，迪之所以會這麼做，是想採用我告訴他的上輩子的方法。

「我錢不夠，但朋友願意通融一下，所以應該勉強弄得到戒指。不過那是特製的，我還沒拿到……」

「嗯，沒戒指也沒辦法。可是啊，像今天這種狀況不能逃避，而是要先把自己的心意告訴她，請她再等你一下。那個時候，諾艾兒看起來真的很期待喔。」

「……受教了。」

「既然知道，現在挽回也不遲。去告訴她吧，就算只有一句話也好。」

「那個……這有點……」

結果由於下午選擇逃避的罪惡感，迪那天並沒有去找諾艾兒。

迪明明眼神銳利，散發出難以接近的獨行俠氣息，心靈卻纖細得可怕。

不久後，戒指似乎做好了，可是迪依舊不敢告白。

看來想看到他們倆在一起，還得過一段時間。

# 後記

大家好，初次見面，我是作者ネコ光一。
從網路版開始看的讀者們，久等了。本作終於出版成書。
這同時也是作者的夢想——「想把自己寫的東西出成書」實現的瞬間。
我看了各式各樣的小說（類型並不平均），自己也想寫點東西，憑著一股氣勢開始創作，如今終於走到這一步。
願意閱讀本作的各位讀者。
憑作者對角色形象不清不楚的描述畫出美麗插圖的 Nardack 老師。
以及陪伴本作直到出書的所有人。
在此致上無盡的謝意。

好了，各位覺得充滿作者妄想的這部作品怎麼樣呢？
雖然第一集結尾是這樣，這部作品的主題本來可是主角天狼星隨心所欲生活的故事喔。
下一集開始，故事舞臺會轉移到外面的世界。天狼星面對逆境毫不在意，一邊排除阻礙，一邊為徒弟奮鬥，一家人將大展身手。

那麼，下一集也能見面的話，還請各位多多指教。

浮文字

# WORLD TEACHER 異世界式教育特務

（原名：ワールド・ティーチャー -異世界式教育エージェント-）

著者／ネコ光一　封面插畫／Nardack　譯者／Runoka
發行人／黃鎮隆　副總經理／陳君平
總編輯／洪琇菁　國際版權／黃令歡
執行編輯／梁瓏　美術編輯／李政儀
文字校對／施亞蒨　企劃宣傳／邱小祐、劉宜蓉
出　版／城邦文化事業股份有限公司 尖端出版
台北市中山區民生東路二段一四一號十樓
電話：（〇二）二五〇〇七六〇〇　傳真：（〇二）二五〇〇二六八三
E-mail：7novels@mail2.spp.com.tw
發　行／英屬蓋曼群島商家庭傳媒股份有限公司城邦分公司　尖端出版
台北市中山區民生東路二段一四一號十樓
電話：（〇二）二五〇〇—七六〇〇（代表號）
傳真：（〇二）二五〇〇—一九七九
北部經銷／祥友圖書有限公司
電話：（〇二）八五一二—三八五一
傳真：（〇二）八五一二—四二五五
中彰投以北經銷（含宜花東）／楨彥有限公司
電話：（〇二）八九一九—三三六九
傳真：（〇二）八九一四—五五二四
雲嘉經銷／智豐圖書股份有限公司　嘉義公司
電話：（〇五）二三三—三八五二
傳真：（〇五）二三三—三八六三
南部經銷／智豐圖書股份有限公司　高雄公司
電話：（〇七）三七三—〇〇七九
傳真：（〇七）三七三—〇〇八七
一代匯集／香港九龍旺角塘尾道六十四號龍駒企業大廈十樓B&D室
電話：（八五二）二七八三—八一〇二
傳真：（八五二）二七八二—一五二九
馬新經銷／城邦（馬新）出版集團Cite (M) Sdn. Bhd.
E-mail：cite@cite.com.my
法律顧問／王子文律師　元禾法律事務所
台北市羅斯福路三段三十七號十五樓
二〇一六年五月一版一刷
二〇一八年三月一版六刷



■中文版■

郵購注意事項：
1. 填妥劃撥單資料：帳號：50003021戶名：英屬蓋曼群島商家庭傳媒(股)公司城邦分公司。2. 通信欄內註明訂購書名與冊數。3. 劃撥金額低於500元，請加附掛號郵資50元。如劃撥日起 10～14日，仍未收到書時，請洽劃撥組。劃撥專線TEL：(03) 312-4212 ・ FAX：(03) 322-4621。E-mail：marketing@spp.com.tw

**國家圖書館出版品預行編目資料**

WORLD TEACHER異世界式教育特務 / ネコ光一作 ;
Runoka譯. -- 初版. -- 臺北市 :
尖端, 2016.05- 冊 ; 公分
譯自 : ワールド.ティーチャー : 異世界式教育
エージェント
ISBN 978-957-10-6594-6(第1冊 : 平裝)

861.57 105004381